전생했더니 검이었습니다

타나카 유 지음
Llo 일러스트
신동민 옮김

3

전생했더니 검이었습니다

"I became the sword by transmigrating" Story by Yuu Tanaka, Illustration by Llo

3

타나카 유 지음

Llo 일러스트

신동민 옮김

CONTENTS

"I became the sword by transmigrating"
Volume 3
Story by Yuu Tanaka, Illustration by Llo

제1장 　고양이도 걸으면 소동을 만난다

하이 엘프 역사 연구가 월로 매그너스가 저술한 「신화 전승 고찰」에서 일부 발췌.

그러면 사신(邪神)이란 어떤 존재인가?

악한 신? 신들과 싸운 신? 분명 그 말들은 틀리지 않다. 하지만 진실의 대부분을 나타내지 못하고 있다. 사신이라는 존재에 관한 극히 일부를 내세우고 있는 데 지나지 않을 것이다.

우선 사신을 알려면 신들부터 알아야 한다.

그다지 널리 알려진 이야기는 아니지만, 이 세계의 신들은 원래 다른 세계의 신들이었다고 한다.

이것은 신탁 스킬을 가진 자나 드물게 강림하는 신들의 말씀을 성실히 기록한 자들에게서 얻은 다양한 정보를 근거로 내가 도출한 결론이다.

들자하니 원래 세계에는 팔백만이나 되는 신이 있다고 해서 놀랐다.

신이 지나치게 늘어나 비좁아진 원래 세계에서 신천지를 목표로 뛰쳐나온 것이 우리 세계의 신들이라고 한다. 마을을 떠나는 데도 야단법석을 떠는 인간과 달리, 신쯤 되면 세상을 뛰쳐나오는 것이다. 여행을 떠난 신의 숫자는 여든아홉. 그야말로 우리가 아는 신들이다.

이 뒷이야기는 많은 사람들이 알지만 일단 간결하게 정리해두자.

다른 신이 없는 새로운 장소에 도착한 신들은 즉시 새로운 세상을 창조하기 시작했다.

대지신이 자신의 몸을 대지로 바꾸고 다른 신들이 갖가지 사물을 그 대지에 채워갔다.

대지 그 자체인 대지신은 대지로, 바다인 대해신은 바다에 깃들었으며, 태양신은 태양에 위치했다. 그리고 다른 신들은 대지신의 부담을 조금이라도 덜어주기 위해 은월신이 창조한 달로 주거를 옮겼다. 은월신이 만든 큰 달에는 자식 신들이, 그 주위를 도는 달에는 큰 신들이 각각 살게 된 것이다.

이 세계 창생에 크게 역할을 하지 못했던 신이 있다. 그것이 싸움의 신이다. 그는 자신의 가호를 세계 창조의 최후에 내리겠다고 하며 다른 신을 계속 보좌했다. 그리고 자신 이외의 신이 세계 창조를 위해 힘을 모조리 쓴 순간 반기를 들었다. 노리고 있었는지 마가 끼었는지, 그것은 신들조차 알 수 없었다. 알고 있는 것은 사신으로 타락한 전신의 힘이 강해서 약해진 다른 신들로는 상대가 되지 않았다는 사실이다.

그래도 일치단결한 신들에게 사신은 패했고, 몸이 잘려 전 세계에 봉인되게 되었다. 하지만 이때 봉인이 늦은 사신의 육체에서 사인이 태어나 세계는 그들과의 싸움을 피할 수 없게 되었다.

이것이 거짓인지 진실인지는 모르나, 신들과 사신의 싸움에 어떤 신이 원래 있던 세계에서 자신의 이름을 붙인 신검을 소환해 싸웠다고 한다. 그리고 이 검이 기폭제가 되어 이 세계에서도 신검이 만들어지게 되었다고 한다.

이 전승에서 중요한 것은 신검이 나타난 사실뿐만 아니라 이계와 이 세계는 의외로 간단히 이어진다는 점이다. 물론 신을 흉내 내 신검을 소환할 수 있다고 주장할 마음은 조금도 없다.

하지만 그 밖의 것이 존재한다면 어떨까? 예를 들어 사람은?

절대 무리라고? 어째서 그렇게 단언할 수 있는가. 애초에 신들은 이계에서 이 세계로 넘어왔다.

신 이외의 존재가 이계에서 이 세계로 넘어올 가능성은 제로가 아닐 것이다.

장의 연구소에서 출발한 다음 날.

울시가 분발하기도 해서 우리는 목표했던 항구 도시 더즈를 시야에 넣을 수 있었다.

원래 같으면 벌써 도착했겠지만 장과 함께 부유도에 가는 바람에 예정이 대폭 늦어지고 말았다.

이 더즈에서 배를 타고 남쪽 항구 도시 바르보라로 향하는 것이 우리의 목적이다. 최종적으로는 그 바르보라에서 던전 도시인 울무토로 향하는 것이 목표다.

『보였다!』

"오오."

도시에서 조금 떨어진 언덕 위에서 더즈의 전경을 내려다볼 수 있었다.

파랗게 빛나는 바다와 운치 있는 항구 도시. 그 항구에 정박한 크고 작은 목조선들.

거 참, 마치 그림 같은 풍경이로군.

도시의 규모는 내가 프란과 만나고 처음 찾은 알레사보다 약간 작은 정도이려나.

"웡웡웡!"

『왜 그래? 울시.』

울시가 별안간 흥분한 듯 짖었다.

처음에는 적이라고 생각해 주위를 확인했지만 아무래도 아닌 듯했다.

"바다를 보고 기뻐하고 있어."

『그러고 보니 울시는 바다를 처음 보는구나.』

"워웡!"

울시는 눈을 반짝거리며 바다를 바라보고 있었다. 태어나서 처음 보는 커다란 웅덩이에 흥분을 억누를 수 없는 모양이다.

『그럼 나중에 모래사장에 가볼까?』

"웡!"

내 말에 울시가 끊어질 듯이 꼬리를 흔들었다. 지금은 거대화 중이라서 꼬리도 당연히 컸다. 그 꼬리가 고속으로 흔들려서 어지간한 선풍기 같았다.

프란도 기분 좋은지 눈을 가늘게 떴다.

"기대돼."

『프란도 그래?』

"왜냐면 모래사장에 간 적이 없거든."

그렇구나, 프란도 노예로 배에 탄 적은 있어도 바다에서 논 경험은 없는 건가.

그건 안 되지! 안 돼! 바다에서 맛보는 즐거움의 절반은 모래사장에 있다고 해도 과언이 아니란 말이다!

좋아, 배를 타고 바르보라로 출발하기 전에 모래사장을 만끽하자.

『그럼 소풍이라도 갈까? 도시락 싸서.』

"카레?"

『카레는 아무리 그래도 그렇잖아?』

휴게소에서 먹는 잡탕 카레는 묘하게 맛있지만 소풍에 카레는 기분이 나지 않는다.

『이럴 때는 샌드위치 아냐?』

"카레 샌드?"

『……뭐, 카레 맛도 준비할게.』

드라이 카레 풍으로 만들어 속으로 넣을까, 카레 가루로 맛을 낸 고기라도 끼울까. 방법을 생각해야겠다.

"응!"

"워웡?"

기쁘게 고개를 끄덕이는 프란을 올려다보며 울시가 어필하듯 한 번 울었다.

『알았다니까. 울시한테도 뭔가 만들어줄게. 뼈가 붙은 고기 정도면 되겠냐?』

"워워웡!"

소풍에 기뻐하는 건지, 음식에 기뻐하는 건지…….

프란도 울시도 완전히 실속파니까 말이야.

뭐, 우선 숙소를 찾자. 확실히 하룻밤은 묵게 될 것이다.

배를 찾는 시간도 생각하면 며칠이 걸릴지도 모른다.

제대로 된 숙소를 찾아야 한다.

『그럼 울시는 작아져. 이제부터는 평범하게 걸어갈 거야.』

"웡!"

거대 마수가 느닷없이 나타나면 패닉이 일어날지도 모른다. 병사가 출동하는 사태라도 벌어지면 여러모로 골치 아프다.

프란은 개 모드가 된 울시를 데리고 언덕을 내려갔다.

그러자 바로 도시로 이어지는 길을 발견했다.

이 주변에 오니 여행자의 모습도 보였다. 하지만 모두가 우리를 보고 황급히 물러났다. 개중에는 노골적으로 길가로 피해서 우리를 보내려는 사람도 있었다.

감각이 약간 마비됐지만 울시는 늑대였다.

본성을 아는 우리가 보기에는 대형견 같은 존재지만, 일반인이 보면 까맣고 얼굴이 험상궂어서 그런대로 박력이 있는 늑대다. 그야 피하겠지.

목걸이에 달린 종마중과 옆에서 걷고 있는 프란 덕분에 등을 돌리고 도망가는 사람은 없지만 주위에 상당한 위압감을 준 모양이다. 여러분, 놀라게 만들어서 죄송합니다.

주위의 여행자들에게 무의식적으로 압박을 주며 우리는 도시 입구에 도착했다.

"어? 모험가? 게다가 랭크 D? 어?"

입구에서 프란이 길드 카드를 보이자 병사가 엄청나게 놀랐다.

이런 작은 아이가 모험가라는 것만으로도 놀라운데, 랭크가 중견 모험가로 인정받는 D였기 때문이다. 눈을 의심하는 것도 당연하겠지.

길드 카드를 몇 번이고 거듭 살핀 후 정신을 가다듬은 병사는 접수 업무를 재개했다.

그 뒤는 300골드를 지불하고 종마증을 제시하면 끝이다.

"통과해도 돼."

질문을 좀 더 받을 줄 알았는데 상당히 순조롭게 통과됐군.

알레사에서도 그랬지만 도시 입장은 신분증만 있으면 상당히 간단한가 보다.

『그럼 우선 숙소를 찾을까?』

"바다는?"

『숙소를 잡고 가자. 그런데 활기가 있는 도시네.』

도시의 규모는 알레사보다 작지만 통행인은 두 배 정도 될 것 같았다. 항구 도시라서 그런가? 역시 상인이나 선원의 모습이 많아 보였다.

『좋은 숙소가 있으면 좋겠는데. 도시 안에서 노숙은 싫잖아?』

"당근이지."

『그런 말 어디서 배웠어…….』

"응?"

『휴우, 길드에도 가고 싶으니 얼른 숙소를 찾자.』

알레사에서도 그랬지만 큰 길을 따라 걸으니 숙소를 몇 개나 발견할 수 있었다. 너무 싸도 안심이 안 되니 조금 비싼 숙소를 찾았지만…….

"또 안 됐어."

『어째서지?』

숙소 다섯 개를 돌았지만 한 곳도 빈 방이 없었다. 처음에는 프란이 너무 어리거나 울시를 데리고 다니는 탓이라고 생각했지만,

숙소 사람에게서 거짓말을 하는 기색은 보이지 않았다. 다섯 번째 숙소의 여주인은 정말 면목 없다는 양 머리를 숙였다. 진짜 빈방이 없나 보다.

항구 도시라서? 사람의 출입이 엄청나서 늘 숙소가 만원 상태인 건가?

하지만 모든 숙소가 만실이 될까?

『할 수 없네, 먼저 길드로 가자. 거기서 빈 숙소 위치를 듣는 게 빠르겠어.』

"응."

모험가 길드는 사람에게 길을 물어보니 바로 도착했다. 건물은 알레사의 길드보다 약간 작군.

"안녕하세요."

"어서 옵쇼!"

모험가 길드의 문을 열자 들려온 건 위세 좋은 남자의 목소리였다.

접수대에는 체격 좋은 근육남이 떡 버티고 있었다.

이마에 수건을 동여매고 불끈불끈한 상반신에는 러닝셔츠 한 장이라는, 저잣거리 생선가게 스타일이었다. 항구 도시라서 그런가? 에이, 설마.

그건 그렇고 알레사는 미인 접수원이었는데…… 낙차가 심하군. 가련한 더즈의 모험가들이여.

"아가씨, 모험가 길드에 무슨 볼일 있나?"

"소재를 팔고 싶어."

"미안하군. 여기는 모험가만 소재를 팔 수 있어."

"문제없어. 모험가야."

프란이 카운터에 길드 카드를 내밀었다. 남자는 프란이 갓 등록한 모험가라고 생각했을 것이다. 대수롭지 않게 카드를 받아들었다.

하지만 바로 안색이 변했다.

"뭐, 뭐야? 랭크 D라고?"

프란이 내민 길드 카드를 보고 몹시 놀랐다.

"위조품? 아니, 아무리 봐도 진짜야…….자, 잠깐 기다려."

도시 입구에 있던 병사와 같은 반응이로군.

남자는 심각한 얼굴로 프란의 길드 카드를 수정에 비췄다.

모험가 등록할 때 사용했던 수정과 똑같았다. 뭐, 이쪽이 꽤나 작지만. 이 수정은 길드 카드의 정보를 판독할 수 있는 모양이다.

프란의 카드 정보를 판독한 수정의 표면에 프란의 이름과 랭크의 정보가 비쳐졌다. 즉, 진짜라는 뜻이다.

"지, 진짜다! 진짜로 아가씨가 랭크 D 모험가였구나!"

근육남이 벌떡 일어서며 경악했다. 그 고함 소리가 들렸는지 길드 안에 있던 모험가가 모여들었다.

이 길드는 안에 술집이 갖춰진 타입으로, 상당한 수의 모험가가 길드에 있었다.

순식간에 스무 명 정도 되는 모험가에게 둘러싸였다.

"이봐, 모지. 무슨 농담이야?"

"어차피 위조잖아?"

그런 반응이었다. 하지만 모지라고 불린 접수원이 진짜라고 반론했다. 뭐, 그 눈으로 확인했으니 말이다.

그런데 모험가들의 소란 때문에 이야기가 전혀 진행되지 않는군.

"매입은?"

"오, 오오, 미안하다. 문제없이 팔 수 있어."

"응, 그럼 저쪽에 꺼내도 돼?"

"그, 그래."

프란은 모험가들의 소동을 완전히 무시하고 매입 카운터로 향했다.

매입 공간에 깔린 가죽 시트에 소재를 차츰 쌓아갔다 .이동 중에 입수한 하위 마수의 소재 몇 개와 던전에서 언데드에게 빼앗은 소재가 약간 있었다.

언데드 소재 중에는 조합에 쓸 수 있는 소재도 있어서 그것들은 장에게 팔았다. 그러므로 지금 여기에 꺼낸 것은 무구에만 쓸 수 있는 소재밖에 없었었다.

소재가 쌓일 때마다 길드 안의 술렁거림이 커져갔다. 하지만 어느 일정 라인에 도달하자 이번에는 점점 조용해져갔다.

마지막에 랭크 D 마수의 소재를 꺼내자 이제 누구도 한 마디도 하지 않았다.

길드에는 프란이 소재를 쌓는 소리만이 울렸다.

모험가들의 상태를 보니 쓰레기 모험가가 시비를 거는 정석 이벤트는 일어날 것 같지 않군. 귀찮은 일이 없어서 좋다.

매번 모험가들 눈앞에서 소재를 팔면 되려나?

아니, 그건 그것대로 돈을 노리는 멍청이를 끌어들일 뿐인가.

"이게 다야."

"⋯⋯⋯⋯."

"?"

"…………."

"저기."

"……헉! 미안하다! 좀 놀라서 말이야!"

프란이 랭크 D 모험가라는 사실을 알았다고 해도 저 모습 때문에 어린아이라는 생각이 머릿속에서 차마 떠나지 않는 거겠지.

"아, 이런. 수가 많아서 한 시간 정도는 걸리겠는데…… 기다리겠어?"

'어떡해?'

『지금 숙소에 대해 물어서 방을 확보해두자.』

'알았어.'

그래서 우리는 접수원 아저씨, 모지에게 빈 숙소의 정보를 물었지만…….

그 대답은 신통치 않았다.

"이 시기에는 힘들겠는데?"

심각한 얼굴로 그렇게 말했다.

"어째서?"

"얼마 뒤면 월연제잖아?"

"응."

"이 도시에서는 평범하게 축하하지만, 바르보라의 3월 월연제에는 매년 큰 축제가 개최돼. 배로 그 축제에 가는 녀석들이 이 도시에 모여서 매년 이 시기는 숙소가 만원이지."

"그렇구나."

으음, 위험할지도 모르겠어. 진짜 도시 안에서 노숙할 생각을 해야 하는 거 아냐?

그리고 월연제는 뭐지? 프란은 아는 것 같으니 이쪽 세계에서는 당연한 행사 같은데.

『이봐, 월연제는 뭐야?』

'축제.'

『그건 알아.』

제라는 말이 붙어 있으니 말이다.

'달이 전부 보이는 날.'

『아니, 달이 전부 보이는 날은 꽤 있잖아?』

'아니야, 전부 보름달이 되는 건 그날뿐이야.'

그 후, 비슷한 대화를 몇 번 나눠서 어떻게든 프란의 말을 정리해봤다.

월연제란 세 달에 한 번 실시되는 축제다.

이 세계에는 거대한 은빛 달과 그 주위를 도는 작은 달 여섯 개가 있는데, 은빛 달과 작은 달 여섯 개 모두가 보름달이 되고 게다가 동시에 보이는 것은 이 월연제 날뿐이라고 한다.

달 일곱 개가 모두 보름달이 되는 건 3, 6, 9, 12월의 마지막 날. 즉, 1년에 나흘뿐인 것이다.

오늘은 3월 25일. 다시 말해 6일 뒤에 월연제라는 건가.

모지의 말로는 규모가 얼마나 되는지 모르겠지만, 바르보라의 월연제는 상당히 큰 축제인가보다. 그야말로 전국에서 사람이 모일 만큼.

"숙소를 못 잡는 녀석은 꽤 있어. 술집 구석에서 다른 녀석들과 혼숙해도 괜찮다면 모포 정도는 빌려주지."

으음. 그건 가능하면 피하고 싶은데.

하지만 소재 사정을 기다리는 시간에 길드를 나가 모지가 빈 방이 있을지도 모른다고 가르쳐준 숙소로 가봤지만…….

방을 확보하지 못했다.

개중에는 귀족이 전세를 낸 숙소도 있었다. 하여간에, 너무 민폐잖아. 다시 한 번 숙소 세 군데를 돌아다녔지만 모두 허탕만 쳤다.

『할 수 없군. 다시 길드로 돌아가 돈을 받자.』

"응."

이거 모지가 말한 대로 길드 주점의 구석이라도 빌려야 할지도 모르겠군.

"오, 돌아왔나. 어땠어?"

"틀렸어."

"그런가. 안 됐구나. 이런, 먼저 소재 대금을 주마."

"응."

전부 해서 12만 골드인가. 그럭저럭 쳐줬군.

이제 숙소만 구하면 완벽한데.

"죄송합니다. 오늘은 만실이에요."

오늘 아홉 번째 허탕이다.

으음. 숙소를 못 찾겠다. 어쩌지?

다른 숙소가 없나 찾는 사이에 도시 중심에 있는 시장에 도착했다.

입구의 노점을 가볍게 둘러보니 항구 도시 특유의 진귀한 식재료가 모여 있었다.

『기분 전환으로 가볍게 시장을 둘러보지 않을래?』

신선한 해산물이 있으면 꼭 사고 싶다.

"응. 알았어."

시장의 노점을 둘러보니 기대대로 다양한 어패류가 진열돼 있었다. 역시 항구 도시. 생선만 해도 수십 종류나 됐다.

그런 시장에서도 특히 눈길을 끈 것은 새파란 빛깔을 띤 소금이었다. 놀랍게도 고급품인 하얀 소금의 열 배 이상의 가격이 붙어 있었다.

판매원 누님(추정 50세)에게 물어보니 엄청 수다스럽게 이모저모 가르쳐줬다. 바로 며느리나 남편에 대한 불평으로 향할 뻔한 이야기의 궤도를 수정해가며 어떻게든 알아낸 정보에 의하면, 더즈 근교 바닷속에 있는 던전에서 채취할 수 있는 특산품이라나.

던전이라는 말을 듣고 프란의 기분이 들떴지만 자세한 이야기를 듣자 순식간에 흥미를 잃었다.

왜냐하면 전부 1층이어서 30분이면 심부에 도달할 수 있는 데다 푸른 소금 말고 특별히 주목할 것도 없다. 마수도 잔챙이밖에 없는 데다 나타나는 숫자도 적다. 그야말로 랭크 G 던전. 프란이 흥미를 잃는 것도 당연할 것이다. 나 역시 들어가고 싶다는 생각도 하지 않았다.

물에 가라앉아 있으니 수중전을 할 수 있다면 그래도 재미가 있겠지만. 도달하는 데 수중 호흡은 필요하지만 안에는 공기가 있어서 보통 동굴과 다르지 않다고 한다. 게다가 특산품인 푸른 소금은 시장에서 살 수 있다.

뭐, 이번에는 건너뛰자.

그 후 우리는 시장을 돌아보며 여러 가지를 사들였다.

도중에 프란이 흥미를 보인 물건을 감정해 상세한 내용을 가르쳐줬다.

"저거 뭐야?"

『피라게니아라는 물고기형 마수네. 고기는 그런대로 맛있나 봐.』

"저기 있는 건?"

『게의 집게인가? 근데 크다!』

"크웅."

『울시는 이게 먹고 싶냐?』

그건 그렇고 어패류가 싸다. 알레사에서 팔던 민물고기에 비해 반액 이하였다.

이거 장을 잘 봤군.

하지만 숙소만은 무슨 수를 써도 구하지 못했다.

"미안하구먼. 빈 방이 없어."

이로써 열 번째로군. 어떻게 된 거야.

"울시."

"워윙."

프란도 포기한 건가? 울시의 귀나 꼬리를 잡아당기며 놀기 시작했다.

"스승, 바다 가고 싶어."

완전히 포기했구나!

『그렇지만 숙소를 아직 못 구했는데?』

"길드에 묵을래. 지금은 바다."

"크웅."

울시도냐! 둘이서 그런 눈으로 쳐다보면 안 된다고 할 수 없잖아!

"바다—."

"워우—."

『하아, 할 수 없네~.』

숙소 찾기는 일단 중지하고 바다에 갈까.

프란과 울시가 바다를 연호하는 소리를 들으니 나도 바다에 가고 싶어졌다.

왜냐하면 약간 싫증이 나서 지친 기분이었기 때문이다.

『좋아, 바다에 가볼까!』

"응!"

"윙!"

가보니 모래사장은 한산했다. 아직 추운 시기라 모래사장에서 노는 사람은 없을 것이다. 전세 낸 상태였다.

바다를 가까이에서 보고 기분이 들떴는지 프란과 울시는 눈을 반짝거리며 외쳤다.

"바다!"

"윙윙!"

프란은 신발과 외투를 벗어던지고 바다를 향해 일직선으로 달려 나갔다.

울시도 그 뒤를 따라 바다로 뛰어들었다.

모래사장에 남은 둘의 발자국. 그림 좋구나.

울시에게는 모피가 있고 프란은 마술을 쓰면 물이 좀 차가워도 괜찮겠지만…….

『이봐, 너무 세게 바다로 뛰어들면—.』

"우와."

"깨앵!"

그래서 말했잖아. 파도를 뒤집어쓴 프란과 울시는 소금물을 퉤퉤 뱉으며 얼굴을 잔뜩 찌푸리고 있었다.

그리고——.

철썩.

"어푸푸."

"깨갱!"

둘은 커다란 파도에 삼켜져 바닷가로 밀려왔다. 온몸이 흠뻑 젖어 모래 위에서 데굴데굴 굴렀다.

으음, 마치 익사체 같군.

스테이터스가 사람의 한계를 뛰어넘은 프란과 다크니스 울프인 울시를 저런 상태로 만들다니, 대자연의 힘이 느껴졌다.

『바다는 전부 소금물이니까 입에 들어가면 짜!』

"몰랐어."

"끄응……."

모래투성이로 일어난 프란과 울시의 기분은 최저였다. 그렇게 즐거워했는데.

"그리고 왠지 기분 나빠……."

"크우우우."

프란과 울시가 얼굴을 찌푸리고 발치를 바라봤다.

『왜 그래?』

"다리가 빨려 들어가."

"워우……."

아아, 울렁거리면 그런 느낌이 들지. 모래와 함께 바다로 끌려

23

가는 것 같은 감각이다. 프란과 울시는 그게 기분 나쁜 듯했다.

『이제 괜찮아?』

"응……."

"윙……."

물을 흘리며 둘이 터벅터벅 돌아왔다. 마치 밤을 샌 것 같은 로테이션이었다.

나는 우선 마술로 담수를 생성해 몸과 털을 씻도록 지시했다.

그렇지 않으면 온몸이 끈적끈적하고 모래가 으적거리기 때문이다.

특히 울시. 며칠은 으적거리는 것을 각오해야 한다.

모래를 최대한 제거하고 마지막으로 머리를 말리면 끝이다.

다만 프란과 울시의 표정은 펴지지 않았다.

쪼그려 앉아서 멍하니 바다를 바라보는 프란과 그 옆에 앉아 공허한 눈빛을 보내는 울시.

바다가 기대에 어긋난 것이 어지간히 충격이었나 보다.

『자자, 밥이라도 먹으며 기분을 전환하자.』

원래는 바다에 가기 전에 숙소를 확보해 도시락을 만들어 바다로 올 생각이었는데.

어쩔 수 없이 미리 만들어 차원 수납에 넣어둔 요리를 꺼낼 수밖에 없었다.

"카레……?"

『뭐, 도시락을 준비 못 했으니까 여기서는 카레로 할까.』

"응."

『울시한테는 이거다.』

"윙."

울시에게는 커다란 고깃덩이를 꺼내줬다.

이로써 조금은 기운을 내주면 좋겠는데…….

산들산들 부는 바닷바람과 구름 한 점 없는 푸른 하늘. 이렇게 바닷가에서 먹는 식사는 프란도 처음일 것이다.

애초에 프란과 울시는 아직 바다를 전혀 즐기지 못했으니 이래서는 안 된다고 생각합니다.

바다를 즐기는 방법은 물놀이뿐이 아니라는 것을 가르쳐줘야겠군.

우선은 이거다.

"낚싯대?"

그렇다. 내 수제 낚싯대다. 뭐, 적당한 길이의 대나무에 줄과 바늘을 매달았을 뿐이지만. 프란도 지금까지 여행하면서 이 낚싯대를 사용해 강이나 호수에서 낚시를 한 적은 있다. 하지만 갯바위 낚시는 또 다르다.

『저쪽에서 낚시하자.』

모래사장이 끝난 곳부터는 갯바위처럼 되어 있어서 낚시를 할 수 있을 것 같았다. 놓칠 수야 없지.

그래서 식사를 마친 프란은 조용히 낚시를 시작했다.

나도 분신을 만들어 낚싯대를 쥐었다.

생각해보니 나는 이쪽 세계에서 낚시를 처음 한다. 보통은 스킬로 가볍게 잡았으니 말이다. 후후후, 팔이 근질근질하는군.

"큰 물고기를 낚을래."

『그래, 힘내자!』

"웡웡!"

한 시간 후.
"우와."
"웡웡웡웡!"
『좋았어, 잡아 당겨 잡아 당겨!』
전혀 잡히지 않아서 진짜 초조했다고. 이대로는 바다=시시한 장소라는 최악의 기억이 남을 뻔했다.
프란의 낚싯대에 걸려준 멍청한 물고기 양반, 고마워!
"됐다."
"워엉!"
『꽤 크잖아.』
좀 기괴하지만 80센티미터 정도는 돼보였다. 여지없이 대어다.
어? 나? 프란이 낚았으니 내 기록은 어떻든 상관없잖아. 하하하하.
『그럼 이 자리에서 회 떠 먹자!』
물고기를 먹기에는 갓 낚은 것을 요리하는 게 제일이다.
"응!"
"웡웡!"
모래사장으로 돌아가 나는 재빨리 요리에 착수했다. 흙 마술로 만든 아궁이에 마술로 불을 피웠다. 내게 걸리면 아무것도 없는 모래사장도 즉시 부엌으로 변한다고.
『요리하는 동안에 모래 장난이라도 하고 있어.』
"모래 장난? 모래로 노는 거야?"

아무래도 모래 장난을 한 적이 없나 보다. 바다가 처음이니 어쩔 수 없나.

『그래.』

"……모래를 서로 던져?"

『아아, 모래 싸움이구…… 아니, 이봐! 그런 위험한 놀이는 허락 못 해! 모래로 성을 만들거나 구멍을 파는 거야.』

모래에는 돌이나 조개껍데기가 섞여 있어서 던지면 상당히 아프다. 프란 수준의 모험가가 모래를 서로 던지면 반드시 어느 쪽이 다칠 것이다.

이런, 역시 와일드 소녀 프란. 떠올리는 놀이가 꽤나 폭력적이었다.

"그렇구나…… 알았어. 해볼게. 올시, 가자."

"웡."

나의 말에 모래를 사용하는 놀이가 무엇인지 이해한 모양이다. 고개를 크게 꾸벅 끄덕이고 올시와 함께 모래사장으로 달려갔다.

『너무 멀리는 가지 마!』

"응!"

그럼 나는 무엇을 만들까. 회는 기본이잖아? 그리고 서덜탕에 간단히 소금구이라도 만들까.

기괴한 얼굴의 물고기를 감정해보니 제대로 식용을 할 수 있는 듯했다. 마수가 아니라 평범한 고기 취급을 받았다. 일단 세 장 뜨기를 해보니 살이 품격 있는 흰색이었다. 기름기도 올라서 적당히 탄력이 있었다.

『일단 회로군.』

탱글탱글한 살이 상당히 맛있어 보였다. 검인 나는 식욕이 없어서 어디까지나 전생 기준이기는 하지만 말이다.

소금구이에는 아까 산 푸른 소금을 써보자.

『흐음, 맛은 평범한 소금이군.』

분신으로 맛을 볼 수 있어서 좋다. 뭐, 혀의 감각도 꽤나 둔해서 신중하게 맛을 보지 않으면 너무 짜게 간을 하는 게 결점이다.

서덜탕에는 아까 시장에서 산 바지락 같은 조개와 게의 집게를 넣어봤다. 맛은 물론 된장으로 냈다. 요리 스킬로 얻은 지식에 의하면 일본의 된장보다 꽤 달다고 한다. 하지만 된장국에 쓰기에는 문제없을 것이다. 맛국물은 충분할 만큼 많으니 말이다.

『좋아, 다 됐다!』

30분 후.

요리를 다 만든 나는 프란과 울시를 부르려다가…….

『엉?』

무심코 한심한 소리를 내고 말았다. 아니, 요리에 지나치게 집중하기는 했지만 저건 내 탓일까? 나의 감독 소홀일까?

조금 떨어진 곳에 5미터가 넘는 거대한 서양식 성이 만들어져 있었다.

물론 범인은 프란이다.

흙 마술과 바람 마술을 써서 성형과 굴착을 한 모양이다. 아니, 성을 만들라고는 했지만…….

이미 모래 놀이 수준의 성을 넘었다. 샌드 아트의 영역일 것이다.

사람이 없는 모래사장이라 정말 다행이다. 아니, 너무 정교한 거 아냐? 프란은 예술에 재능이 있을지도 모른다. 이거 그쪽 방면 스킬을 성장시켜주는 것도 보호자의 의무일지도 모르겠군.

프란이 성을 만드는 데 쓴 대량의 모래는 옆에서 울시가 판 구멍에서 나온 거겠지. 이쪽도 너무 지나쳤다. 엄청나게 큰 크레이터 같은 구멍이 생겨나 있었다.

가까이 가보니 울시가 일사불란하게 구멍을 파고 있었다. 그러고 보니 개는 구멍을 파기 좋아한다.

"헥헥헥헥헥헥헥헥——."

엄청 즐겁게 구멍을 계속해서 파고 있었다.

얼굴도 몸도 모래투성이가 돼서.

기껏 씻겼는데 또 씻겨야 하잖아.

아니, 애초에 이 구멍은 이대로 방치하면 위험하지 않을까?

『이거 어떻게 하면 좋지?』

30분 후. 모래사장을 충분히 즐긴 우리는 숙소를 찾기 위해 도시로 돌아오고 있었다.

모래성? 물론 남겨두고 왔다. 부수려고 하자 프란이 울먹였기 때문이다.

울시가 판 구멍은 마술로 다시 메웠지만 말이다.

모래사장에서 생각보다 시간을 쓰고 말았다. 이제 해가 저물었으니 대로의 숙소는 포기하고 뒷골목의 싸구려 숙소를 공략해볼까.

그리고 숙소를 찾으러 뒷골목을 헤매던 때였다.

'스승.'

『그래.』

프란도 알아차린 모양이다.

뒷길로 들어간 즈음부터 미행이 따라붙었다.

어중간한 거리에서 남자가 두 명이로군. 기척을 몽땅 드러낸 것을 보니 숙련도도 낮은 듯했다.

가볍게 확인해보니 몸을 다 숨기지 못하고 그늘에서 몸이 삐져나와 있었고, 감정하니 확실히 말해서 약했다. 고블린보다 조금 강한 정도일 것이다.

'해치울까?'

『그렇지…… . 하지만 아직 완전히 적대한 건 아니니까…… .』

골목길로 들어온 사람을 이 주변을 구역으로 삼은 똘마니들이 단지 감시하고 있는 것뿐일 가능성도 있었다.

살짝 확인해볼까.

『좀 더 인적이 없는 쪽으로 가보자.』

"응."

이로써 뭔가 나쁜 생각을 하고 있다면 행동으로 나올 것이다.

『울시는 그림자 속에서 대기해.』

'웡.'

프란이 길을 꺾자 마침 막다른 길이었다.

예상대로 프란이 인적이 없는 길로 들어서자, 청묘족 남자 두 명이 모습을 드러냈다. 유도된 것도 모르는 멍청한 녀석들이다.

"아가씨, 미아인가?"

"우리가 길을 가르쳐주지."

익숙한 느낌으로 말을 걸어왔다. 갑자기 도망치지 않도록 부드러운 목소리로 방심을 시킬 생각이겠지.

"괜찮아."

"자자, 그러지 말고."

남자들을 다시 감정해봤다.

『역시 잔챙이야.』

스테이터스도, 스킬도 프란에게 한참 못 미쳤다. 직업은 전사와 상인이라고 적혀 있지만 스킬에는 소매치기, 포박, 암살, 고문 등이 있었다.

스킬 구성을 봐도 건실하지 않군.

"이 부근은 길을 잃기 쉬워."

"쓸데없는 참견이야."

"……자자."

위기 감지가 반응했다. 이로써 얼굴이 험상궂을 뿐인 선인설은 완전히 사라졌군.

"이 이상 다가오면 적으로 여길 거야."

"뭐라고?"

"무사히 안 끝나. 도망치려면 지금이야."

프란이 그렇게 말한 직후였다.

선인의 가면을 벗어던지고 남자들이 천박한 웃음소리를 냈다.

"크하하하하하! 위세가 좋구나!"

"시끄러워! 됐으니까 이리 와!"

"이봐, 상처 입히지 마. 값이 떨어지니까!"

"나도 알아!"

청묘족은 이런 것밖에 없구나. 지금까지 만난 청묘족은 100퍼센트 확률로 쓰레기였다.

프란이 말없이 나를 잡았다.

"뭐야? 해볼 셈이냐?"

"꼬맹이가 폼 잡지 마라!"

프란을 우습게 보는 표정의 남자들.

지금 여유 부리시지. 바로 그 여유를 박살 내 목숨을 구걸하게 만들어줄 테니까.

프란을 팔아치운다고 떠드는 이 쓰레기들에게 나도 분노했다.

"경고는 했어."

그 말을 신호로 나는 마술을 영창했다. 나열 사고 스킬 덕분에 두 가지를 동시에 영창해도 문제없었다.

『──스톤 월.』

『──사일런스.』

흙 마술로 만든 벽으로 남자들의 뒤쪽 길을 막았다. 양쪽에 벽이 있어서 남자들은 도망칠 수 없다. 그리고 바람 마술로 방음도 실시했다. 이로써 무슨 일이 있어도 주위에는 들키지 않을 것이다.

그렇다, 무슨 일이 있어도.

남자들은 난데없는 마술에 여전히 당황하고 있었다.

"뭐, 뭐야?"

"어? 어라?"

자세조차 갖추지 못했다. 어차피 약한 상대를 협박하는 일밖에 할 수 없는 잔챙이라 허술했다.

『죽이지 마.』

'어째서?'

노예로 삼는다는 말을 들어서 프란도 상당히 화가 난 모양이다. 죽이지 말라고 하자 불만스러워 보였다.

『묻고 싶은 게 좀 있어.』

'알았어.'

그리고 프란이 단숨에 내달렸다.

"홋."

"커헉!"

"핫."

"어……?"

네, 끝.

양쪽 모두 의식을 잃고 땅바닥에 쓰러졌다.

"어떻게 할 거야?"

『일단 묶어둘까.』

나는 마법 실 생성 스킬로 실을 만들어 두 사람을 꽁꽁 묶었다.

그다지 강도가 있는 실을 만들지는 못하지만, 양껏 만들어 몇 겹을 겹치면 삼노끈 정도의 강도는 확보할 수 있을 것이다. 처음에 발목, 이어서 양팔을 앞으로 모아 손목을 묶었다.

내 마음에 걸린 것은 이 녀석들의 배후 관계다.

아까 내뱉은 프란을 판다는 말에 청묘족이라는 사실. 이 녀석들은 사람을 납치해 강제로 노예로 삼는 무허가 암(闇)노예 상인의 관계자일 것이다. 프란을 잡았던 녀석들과 마찬가지다.

그리고 이곳은 항구 도시. 크란젤 왕국 전체에서 유괴해온 암노예들은 이곳에 모여 배에 태워지는 게 아닐까? 프란도 배로 운반됐다고 그랬으니 말이다.

청묘족 암노예상들은 프란에게도 원수다. 나도 적으로 봐야 할

33

상대다.

언젠가 본격적으로 일을 꾸밀지도 모르는 상대의 정보는 얼마든지 있어도 된다. 여기서 정보를 얻을 수 있다면 얻고 싶었다.

『그런 거야.』

"그렇구나."

그럼 내가 분신으로 이야기를 들을 테니 프란은 밖에서 망을 보면 되려나—— 하고 생각하고 있는데 프란이 남자들을 느닷없이 걷어찼다.

"일어나."

"으으…… 뭐야, 이건."

"대체 뭐가……."

발에 차인 충격으로 남자들이 눈을 떴다. 하지만 무슨 일이 일어났는지까지는 이해하지 못한 모양이다. 순간적으로 쓰러졌으니 무리도 아니다.

"아, 야, 꼬맹이! 이거 뭐야!"

"이 자식, 뭔 짓 했어! 죽여버린다!"

상황을 전혀 파악하지 못했는데 고함을 치는 건 어떤 의미에서 굉장하군.

하지만 프란은 남자들을 무시하고 울시를 불렀다.

"울시, 나와."

"웡."

"히익!"

"우왓!"

3미터나 되는 늑대가 갑자기 눈앞에 나타나면 그야 겁에 질리겠지. 남자들은 직전까지 보이던 위세는 사라지고 필사적인 모습으로 도망치려 했다. 하지만 팔다리가 실로 묶여서 일어설 수조차 없었다.

"너희한테 묻고 싶은 게 있어."

올시에게 겁을 먹어도 프란에게 명령받는 건 열이 받나 보다.

"이, 이 자식! 건방 떨지 마!"

이 마당에 와서 프란을 위협했다. 이런 건 분위기 파악을 못 한다고 해야 하나, 어차피 피라미라는 느낌이로군.

"우, 우리한테 이런 짓을 하고 살아서 이 도시를 나갈 수 있다고 생각하――으헉!"

우와아, 프란의 발차기가 지껄이던 상인의 안면을 정통으로 날려버렸다. 진짜로 코피가 팍 터졌다. 저런 기세로 분출하는 코피는 처음 봤다.

"시끄러워. 묻는 말에만 대답해."

가차 없는 프란에게 남자들이 공포를 느꼈나 보다. 순식간에 얌전해졌다.

프란 씨, 이거 고요하게 화가 났군요. 생각해보니 나보다 프란 쪽이 몇 배나 청묘족 노예 상인들을 적대시하고 있을 터였다. 증오한다고 해도 좋을 것이다.

차가운 눈으로 남자들을 내려다보며 다시 질문을 던졌다.

"너희는 암노예 상인이야?"

"무, 무슨 소리지? 잘 모르겠는데?"

"서, 선량한 상인인데?"

네, 땡. 허언의 이치가 그 말이 거짓이라고 가르쳐줬다. 아니,

이만큼 알기 쉬우면 스킬이 없어도 알아보겠지만 말이다.

『프란, 틀림없어. 이 녀석들은 암노예상 일당이야.』

"이 도시에 잡혀온 노예를 가둬둔 곳이 있어?"

"그러니까 모른다고."

『이것도 거짓말.』

체념을 못 하는구먼.

"응. 그 밖에도 암노예상 동료가 있어?"

"아니, 그러니까 그런 건 모른다고!"

『응, 거짓말.』

프란의 압박을 받아도 거짓말을 하는 데에는 감탄했다.

뭐, 그 바람에 몸성히 끝나지 않는 게 확정됐지만.

프란의 미간에 주름이 살짝 생겨서 기분이 상당히 좋지 않다는 것을 알 수 있었다.

"전부 털어놓으면 심한 짓은 안 할지도 몰라."

"그러니까 무슨 소릴 하는지 모르겠다니까?"

"그렇지? 지금이라면 용서해줄 테니까 우리를 냉큼 풀어줘라."

"……울시."

"크르르르르!"

"힉."

울시의 거대한 턱을 눈앞에 두고 부르르 떠는 남자들에게 프란이 담담하게 전했다.

"이 늑대는 인간을 좋아해. 특히 산 채로 간을 먹는 걸 좋아해."

"크르르!"

프란의 말에 따라 울시가 들떠서 전사의 얼굴을 혀로 핥고 목을 울렸다. 마치 이 녀석의 생간은 맛있겠다고 말하는 듯했다.

남자들도 그렇게 생각했는지 창백한 얼굴로 떨고 있었다.

"산 채로 먹히고 싶지 않으면 전부 이야기하는 게 좋아."

"그러니까 무슨 소리——크악!"

그래도 뻗대는 전사의 넓적다리에 프란이 나를 꽂았다. 그리고 조금씩 도려냈다.

"크아아아악!"

"이봐, 괜찮아?! 이 꼬맹——크헉!"

"학습 능력 없어?"

"흐이익……."

상인의 얼굴에 다시 발차기가 꽂혔다. 코는 완전히 부서졌군.

"——그레이트 힐."

"어?"

"상위 회복 마법이라고?"

프란이 전사의 다리에서 나를 뽑고 회복 마법으로 상처를 치료했다. 순식간에 구멍이 막히고 상처가 사라졌다. 그것을 본 남자들의 얼굴에 희미한 희망의 표정이 떠올랐다.

이 소녀는 자신들을 죽이고 싶지 않다. 그렇지, 이런 아이가 자진해서 사람을 죽이고 싶을 리가 없지. 그런 망상이 섞인 자기 편의적 희망을 품고 있을 것이다.

하지만 프란의 다음 말이 그들의 희망을 산산조각 냈다.

"다행이네. 간단히는 죽지 않을 거야."

"어?"

"예를 들어 이런 일을 당해도—— 파이어 애로."

"으그아아가아아아아악!"

프란의 불 마술을 맞고 전사가 절규를 내질렀다.

"──그레이트 힐."

다시 영창된 회복 마술에 불에 탄 전사의 손목부터 앞부분이 순식간에 완치됐다.

손목의 실도 같이 탔지만 이제 이 녀석들이 도망칠 염려는 없을 것이다.

"간단히는 안 죽어."

"──아아."

"──히익."

남자들의 입에서 나온 것은 절망의 탄식이었다. 이 소녀에게서 도망칠 수 없다. 회복 마술이 있는 한 죽을 수도 없다. 영구적인 고문이 기다리고 있다.

그렇게 이해했을 것이다.

"이, 이봐, 거래를 하자! 돈이라면 있어!"

"필요 없어."

"그럼 뭐면──."

"바보야? 정보를 말하면 돼."

"그어니까 우히는──쿠헉!"

세 번째 발차기. 상인의 앞니가 몽땅 부러졌다.

"질문에 대답해. 쓸데없는 말은 필요 없어."

두 사람은 이제 어쩔 수 없다고 깨달은 모양이었다. 프란의 질문에 순순히 대답하기 시작했다.

역시 이 도시에는 암노예 상인들이 사용하는 아지트가 있다고 한다. 크란젤 전역에서 비합법적으로 모아온 암노예는 이곳을 통해 타국으로 보내진다. 예전에는 바르보라를 이용했지만 그곳은 5년 정도 전에 단속을 받아 소탕됐다고 한다.

"가, 같은 나라 안에서 팔면 꼬리를 밟히기 쉬우니까……. 레, 레이도스 왕국으로 데려가면 비싸게 팔 수 있어."

"아, 아지만, 히금은——."

상인의 얼굴을 지나치게 망가뜨려서 발음이 샜지만 어떻게든 남자들의 이야기를 다 들었다.

최종 목적지는 레이도스 왕국이지만 적대 중인 이 크란젤 왕국에서 직접 레이도스로 향하기는 어렵다. 그러므로 도중에 시드런 해국이라는 나라를 경유해 레이도스 왕국으로 보낸다고 했다.

"시드런……. 못 들어봤어."

"자, 작은 섬나라야. 요즘 왕이 바뀌어서 혼란스러우니까 우리 같은 사람이 움직이기 쉽지."

그렇군, 세습 직후인가.

그때까지는 크란젤 왕국 순시선의 눈을 피하기 위해서 위험한 난바다를 항해했던 모양이다. 난바다를 대형 몬스터가 나와서 작은 배로는 위험하단다. 하지만 큰 배는 눈에 띄어서 작은 배가 아니면 순시선에 발견된다.

내 추측이지만 프란은 타국에서 노예가 돼 배로 바르보라에 옮겨졌을 것이다. 그리고 바르보라의 아지트에 잡혀 있던 중 국가의 단속이 있어서 일단 크란젤 국내의 다른 아지트로 이동, 더즈를 향해 옮겨지는 와중에 나와 만난 것이 아닐까.

알레사 주변에서 팔릴 예정이었을 가능성도 있지만, 레이도스 왕국은 노예를 비싼 값에 사주기 때문에 최근 10년 정도는 상당한 수의 노예가 더즈로 보내지는 모양이다. 프란도 그쪽 루트였을 가능성이 높다.

남자들에게서 아지트의 위치와 구성원의 숫자와 잡혀 있는 노예의 숫자를 알아냈다.

이 도시에서 납치한 고아와 아이들이 열 명 정도 잡혀 있다고 한다.

"이, 이봐. 얘기했으니 살려주는 거겠지?"

"마음을 바꿔줘!"

남자들은 그렇게 말했지만…….

『윈드 커터.』

나는 바람의 마술로 두 사람의 목을 베었다.

여기서 도망치면 프란이 암노예 조직에 알려진다. 범죄 조직이 계속해서 노리는 사태는 절대로 피해야 한다.

어차피 어린아이를 납치해 팔아치우는 쓰레기들이니 여기서 없애버리는 편이 세상과 인간을 위한 일일 것이다.

시체는 일단 수납해뒀다.

왠지 차원 수납 속이 점점 혼란스러워지는군.

"응, 스승. 고마워."

『아무것도 안 했으니 이 정도야 뭐.』

"앞으로 어떻게 할 거야?"

『프란은 어떻게 하고 싶어?』

"물론, 대청소."

그렇겠지. 프란의 성격이라면 그렇게 말하리라고 생각했다.

사실 프란을 어딘가에 대기시키고 나와 울시가 섬멸하러 가는 게 안전하겠지만⋯⋯. 바닷가에서 오랫동안 요리를 만들 때 위장용으로 쓰는 바람에 모레까지 복수 분신 창조를 사용할 수가 없다.

그리고 프란의 성격이라면 반드시 스스로 노예 상인들을 해치우고 싶어 할 것이다.

『하려면 밤까지 기다려야겠어.』

"응."

『그 전에 숙소만은 구하고 싶어.』

그 후 간신히 싸구려 숙소의 방 하나를 확보한 우리는 습격의 시간을 조용히 기다렸다.

주민이 완전히 잠들어 고요해지고 취객마저 귀갓길에 오른 심야.

『가자.』

"응."

우리는 그 이인조에게서 알아낸 암노예 상인의 아지트 옆에 있었다.

울시의 어둠 마술과 은밀 위장술을 함께 쓰고 있으니 쉽사리 발견되지는 않을 것이다. 일단 프란은 복면으로 얼굴을 가렸으니 준비는 완벽했다.

아지트는 항만 지구에 접한, 1층이 창고이고 2층이 거주 공간인 평범한 건물이었다.

하지만 안에서는 상당한 숫자의 사람이 있는 기척이 느껴졌다.

상황을 살펴보니 입구의 보초는 두 명뿐이었다.

한쪽이 쾌락 고문가, 한쪽이 쾌락 살인자라고 적혀 있었다. 진짜 거지 같군.

『시간을 끌면 들킬 거야.』

"속공하자."

"읭."

『그래, 일단 보초부터.』

"응!"

그리고 프란이 움직이기 시작했다.

내가 바람 마술인 사일런스로 소리를 지우고, 프란이 속공으로 다가가 보초들을 베었다.

그들은 프란의 그림자조차 눈에 담지 못했을 것이다. 그리고 시체는 즉시 수납했다.

땅에 떨어진 피는 어쩔 수 없지만 밤이라서 그렇게까지 눈에 띄지는 않을 것이다.

하지만 건물 안에서는 머리를 조금 쓰지 않으면 곤란할지도 모른다.

『위층부터 갈까.』

"알았어."

바보처럼 정직하게 정면으로 돌입할 필요도 없다.

프란은 공중 도약을 써서 소리도 없이 지붕에 올라갔다. 리치와의 싸움에서 알림이 공중 도약을 조풍 스킬에 통합했는데, 언뜻 보기에 문제없이 다뤘다. 실제로 사용하는 프란은 발동한 감각에 그다지 차이를 느끼지 못했을 것이다.

다만 마력의 소비가 예전보다 커졌다. 여러 스킬이 통합돼 고위 스킬로 바뀐 대신 제어가 보다 어려워졌기 때문이다.

이것도 조금씩 익숙해질 수밖에 없겠군.

온몸의 탄력을 써서 충격을 흡수하며 넙죽 엎드려 착지함으로써 스킬을 쓰지 않았는데도 소리를 전혀 내지 않았다. 역시 고양이 수인이다.

『프란, 우선 이 방이야.』

'알았어.'

다락방의 창문을 가르고 안으로 침입했다. 물론 사일런스로 소리를 차단했다.

안에 있는 침대에서 누군가가 자고 있었지만 이쪽을 눈치챈 기색은 보이지 않았다.

감정해보니 암노예 상인 일당이었다.

협박과 사기술 스킬을 가졌고, 칭호로는 사기꾼과 암노예 상인. 완전히 유죄였다.

『적이야.』

'응.'

프란은 나를 대뜸 침대에 누운 암노예 상인의 심장에 찔렀다.

"──!"

남자는 극심한 통증에 눈을 떴지만 사일런스 효과 때문에 소리도 내지 못했다. 그리고 심장을 꿰뚫린 남자는 그대로 숨을 거뒀다.

피가 솟구칠 틈도 없이 시체와 침구를 수납하자 증거도 남지 않았다. 완전히 어쌔신 플레이로군.

『그런데 노예는 지하에 있는 거 같은데…….』

"일단 이 층을 청소할래."

『뭐, 노예를 구하려면 그쪽이 낫겠지.』

오물은 소독한다! 는 방침으로, 우리는 암살자로 변해 노예 상인들을 살육하며 돌아다녔다.

뭐, 모두 자고 있어서 아무런 고생도 하지 않았다.

언데드 소굴에서 성장한 우리라면 정면으로 싸워도 문제없었을 것이다. 은밀 행동을 취한 것은 어디까지나 소란을 크게 피우지 않기 위해서였다.

모여서 저항하면 성가시고, 도망쳐도 성가시다. 최악의 경우, 구하러 온 아이가 인질로 잡힐지도 모르기 때문이다.

『여기가 마지막이야.』

여덟 명 정도를 재빨리 해치우고 2층에서 마지막 방 앞까지 왔다. 이 동안 5분 걸렸다.

다만 이 방에서는 불빛이 새어 나오고 있었다.

안에서 느껴지는 기척은 한 명뿐이었는데, 아무래도 깨어 있는 듯했다.

사일런스로 소리를 지우고 돌입하는 방법은 상대방이 이상하게 느낄지도 모른다.

『울시, 할 수 있겠어?』

'웡!'

『조용히 말이야.』

'워우──.'

수십 초 후, 울시가 돌아왔다.

『빠르네. 벌써 끝났어?』

'웡!'

역시 어둠에서 사는 늑대. 기다리는 동안 거의 소리가 나지 않았다.

안에 들어가 보니 다른 방과 느낌이 달랐다. 아무래도 서재 같았다.

집무 책상에 기대듯 청묘족 남자의 숨이 끊어져 있었다. 울시의 암흑 마술에 소리도 없이 목숨을 빼앗겼나 보다.

지금까지 해치워온 노예 상인들과 달리 좀 더 질 좋은 옷을 입고 있었다. 아무래도 간부급인 것 같았다.

『흐음. 이 녀석 책상을 잠시 뒤져볼까.』

뭔가 정보를 얻을 수 있을지도 모른다.

서랍을 열어 안을 조사해보니 갖가지 서류와 자료가 나왔다. 레이도스 왕국에 보낸 노예의 숫자가 적혀 있군. 그리고 시드런 해국과의 거래 정보인가? 수아레스나 율리시스라는 사람 이름 같은 글자가 나열돼 있었고, 그 옆에 천 만이나 이천 만이라고 적혀 있었다. 어쩌면 뇌물 금액이 아닐까? 액수가 굉장하니 혹시 상당한 거물들의 이름일지도 모른다.

이건 생각보다 중요한 서류가 아닐까?

되도록 합당한 곳에 가져다주고 싶은데…….

뭐, 지금은 일단 넣어두자.

그 밖에는 마력이 실린 양피지가 일곱 장 정도 나왔다. 이건 본 기억이 있다. 지긋지긋한 노예 계약서다. 이미 누군가의 이름이 적혀 있었다. 이 아지트에 있는, 억지로 계약을 맺은 가련한 암노예의 것이 틀림없었다. 이것도 가져가자.

그리고 방구석에는 소형 금고도 놓여 있었다. 쇠로 만들어서 어떻게 봐도 귀중품이 들어 있을 법한 금고였다. 남자의 시체를 뒤지니 품에 열쇠가 들어 있었다.

금고에서 마력이 느껴지지 않으니 함정도 없는 듯했다.

"이건 열쇠?"

『아마도. 열어보자. 일단 물러서.』

함정 감지는 반응하지 않았지만 만약을 위해 프란을 물러서게 하고 내가 염동으로 금고를 열었다.

역시 함정이 없어서 평범하게 열렸다.

『오오!』

"보물."

프란이 흥미 없다는 듯 중얼거렸다. 값나가는 물건이라는 건 알아도 그 이상 흥미가 나지 않는 거겠지.

현금이 10만 골드 정도. 그리고 보석 장식류가 들어 있었다. 그 야말로 보물이었다.

『도적 아지트 같으니 가, 가져가도 상관없겠지? 응?』

"응."

『그렇지?』

나는 허겁지겁 금고의 내용물을 차원 수납에 집어넣었다.

프란이 흥미를 보이지 않는 만큼 내가 정신 차려야 하기 때문이다. 결코 보석의 반짝임에 넘어간 게 아니다.

『2층에는 이제 아무도 없어.』

'응.'

그럼 다음은 1층으로 갈 차례인데, 사람도 많고 깨어 있는 보초도 있을 것이다.

게다가 창고인 듯하니 몸을 숨길 장소도 적을지도 모른다. 가장 위험한 건 프란의 얼굴을 들키고 도망치는 것. 되도록 습격자가 어린아이라는 사실이 알려지는 일도 피하고 싶었다.

범죄 조직의 아지트를 하룻밤에 소탕하는 어린아이는 별로 없다. 프란이 이 주변에서 활동한 건 조금 조사하면 바로 특정할 수 있을 것이다. 그렇게 되면 그 아이와 프란을 관련지어 생각하는 건 어려운 일이 아니었다.

그러므로 정체가 알려지지 않고 행동하는 것을 제일로 생각해야 한다.

『으음. 어떻게 할까.』

잡힌 노예가 있다는 정보가 있으니 광범위 섬멸은 할 수 없었다. 지하에는 탈출용 비밀 통로가 있을 테니 큰 소동을 일으키면 그곳으로 도망치는 녀석도 있을 것이다. 전방위 감지와 전존재 감지를 구사해 지하의 정보를 조사했다.

『엇…….』

이쪽도 알림이 통합한 스킬인데, 역시 다루기 어려웠다. 정보가 너무 많아서 취사선택을 하지 않으면 영문을 알 수 없게 되기 때문이다.

이해하기 쉽게 말하자면, 소리를 찾으려고 하면 수십 종류나 되는 소리가 들려 그중에서 목표하는 소리만을 골라 들어야 하는 상황이었다.

분할 사고 스킬 덕분에 정보 처리 능력이 올라가지 않았다면 다루기 힘들었을 것이다.

다소 시간은 걸렸지만 1층에 있는 사람의 위치를 파악했다.

방은 창고로 쓴다고 짐작되는 큰 방이 하나. 안쪽에 관리인실

같은 작은 방이 세 개 있었다.

가장 성가신 건 큰 방에 있는 다섯 명이로군. 이 녀석들은 마지막에 해치우자. 나머지는 작은 방 세 개에 두 명, 한 명, 한 명으로 나뉘어 있었다.

『밖으로 돌아들어 가자.』

'응. 알았어.'

우리는 일단 밖으로 나가기로 했다. 그리고 1층 방의 창밖으로 몰래 돌아들어 갔다.

이 안에는 남자가 한 명 있을 뿐이다.

내가 사일런스로 소리를 지우고, 프란이 창을 가르고 침입했다. 그 후, 고함을 지르려고 입을 뻐끔거리고 있는 남자의 목덜미에 울시가 달려들어 숨통을 끊었다.

같은 방법으로 남은 방 두 개를 정리했다.

『그럼 이대로 단숨에 섬멸하자.』

1층에 남은 건 다섯 명뿐. 지하에 얼마나 있을지는 아직 모르지만 말이다.

『기본은 사일런스와 울시의 어둠 마술 블랙 벨이야.』

"웡."

블랙 벨은 어둠을 조종해 일정 공간을 뒤덮는 술법이다. 이럼으로써 시야를 빼앗아 도망치기 전에 단숨에 쓰러뜨린다.

소리 없는 암흑 속에서 남자들이 동요하는 기척만이 전해져왔다.

그런 가운데 기척 감지를 가진 프란과 생명 감지를 가진 울시가 마음껏 날뛰었다. 남자들은 무슨 일이 일어나는지 알지도 못한 채 전멸당했다.

『1, 2층은 제압 완료네.』

"남은 건 지하야."

『어제 들은 구성원의 총인원은 스물네 명. 즉, 앞으로 네 명은 있을 가능성이 있어.』

"응. 알았어."

지하로 통하는 계단을 살금살금 내려갔다. 아무래도 지하 감옥으로 만들어져 있는 것 같았다.

그 입구에 보초가 두 명 있었지만 순식간에 해치웠다. 애초에 의욕 없이 카드 게임을 하고 있었다.

나머지 두 명의 모습은 보이지 않았다. 기척도 느껴지지 않는 것을 보아 아지트 밖으로 나간 모양이다.

『남은 건 잡힌 애들을 구하는 것뿐이네.』

사전 정보대로 어린아이 일곱 명이 감옥에 갇혀 있었다. 이미 노예의 목걸이가 채워져 있었다. 만났을 무렵의 프란의 모습이 떠올라 다시금 암노예 상인에게 분노가 솟구쳤다.

『구해주자!』

'응. 당연하지.'

프란은 천천히 감옥으로 다가갔다.

"……누구야?"

갑자기 모르는 아이가 나타나 놀랐을 것이다. 일곱 명 중에서 가장 연장자로 보이는 소년이 이쪽을 보고 조심스레 말을 걸었다. 상당히 좋은 옷차림을 하고 있었다. 귀족인가? 뒤로 감싸고 있는 소녀와 얼굴이 똑같았다. 쌍둥이인 듯했다.

"정의의 편."

"뭐?"

"구하러 왔어."

"하지만 위에는 유괴범들이······."

아무리 그래도 프란이 암노예 상인 일당이라고 생각하지는 않았지만, 설마 프란이 상인들을 섬멸하고 왔다고도 상상할 수 없는 모양이다. 몰래 들어왔다고 생각한 거겠지.

"이미 쓰러뜨렸어."

"뭐?"

프란의 말을 듣고 멍한 표정을 짓는 소년.

"건물 안에 있던 노예 상인들은 쓰러뜨렸어."

"네, 네가 쓰러뜨린 거야?"

"응."

"············."

소년 소녀들이 얼굴을 마주 봤다. 응, 그야 못 믿겠지. 어쩌면 자신들보다 어린 소녀가 스무 명 이상의 범죄자들을 쓰러뜨렸다고 했으니까.

하지만 프란은 소년 소녀들이 당황스러워하는 분위기를 읽지 못하고 감옥으로 터벅터벅 다가갔다. 그 손은 등에 맨 나의 자루에 닿아 있었다.

"물러나."

"어?"

"위험해. 창살에서 떨어져."

"아, 응."

"훗."

챙강!

프란이 단숨에 뽑은 나를 휘둘러 창살을 쉽사리 절단했다.

"어어?"

"거짓말."

바닥에 떨어진 쇠창살을 보고 넋이 나간 아이들. 어떻게 반응해야 좋을지 알 수 없는 모양이다.

생각해보면 참철(斬鐵)은 검의 오의나 마찬가지니 그야 현실미가 없는 것도 어쩔 수 없을 것이다.

하지만 프란은 그런 분위기를 읽지 못하고 감옥 안으로 발을 들였다.

"다쳤어?"

아이 중 한 명이 다리를 다친 듯했다. 헝겊을 감은 조잡한 치료를 받았을 뿐이라서 이대로는 감염증을 일으킬지도 모른다.

『고쳐주는 게 좋겠어.』

"응."

프란이 그 소녀에게 회복 마술을 걸었다.

"——미들 힐."

"어? 나았어?"

"마술사?"

"굉장해."

아이들이 술렁댔지만, 프란은 그들 쪽을 쳐다보지 않았다.

『프란!』

'응! 누가 왔어.'

누군가가 건물로 침입해 오는 기척이 있었기 때문이다. 녀석들의 동료가 돌아온 건가? 위험해, 이변을 눈치채기 전에 쓰러뜨려야겠어.

"왜, 왜 그래?"

"안에 숨어 있어."

"어? 어?"

"돌아올 때까지 나오면 안 돼."

갑자기 천장을 올려다보고 입을 다문 프란을 보고 불안해하는 아이들. 프란은 그들을 감옥 안으로 밀어 넣고 서둘러 계단으로 되돌아갔다.

『1층을 어슬렁대고 있어.』

"뭔가를 찾고 있나?"

『동료를 찾고 있겠지. 그보다 복면 까먹지 마.』

"응."

계단을 올라가 기척의 주인을 살며시 훔쳐봤다.

으음, 완전 무장한 남자인데 상당히 강해 보이는군. 적어도 우리가 섬멸한 다른 암노예 상인들과는 비교가 되지 않을 것이다.

기척을 제거하는 방법도 나쁘지 않았다. 우리는 여러 스킬을 같이 쓰고 있어서 기척을 감지했지만, 그렇지 않았다면 건물에 들어온 것도 파악하지 못했을 것이다.

감정해봤다.

이름 : 살트 오르란디   나이 : 55세

종족 : 인간

직업 : 암기사(闇騎士)

Lv : 31/99

생명 : 169   마력 : 288   완력 : 236   민첩 : 127

스킬 : 암흑 내성 6, 암살 4, 위압 5, 은밀 3, 감정 방해 6, 기척 차단 3, 검성기 1, 검기 10, 검성술 2, 검술 10, 궁정 작법 3, 방패기 7, 방패술 8, 신문 4, 독 내성 4, 독 마술 3, 폭풍 내성 6, 포박 5, 마비 내성 4, 어둠 마술 5, 기력 조작

고유 스킬 : 암흑기

칭호 : 맹세를 저버린 자, 수호자

장비 : 질 좋은 암흑 미스릴 롱소드, 검은색 미스릴 방패, 검은색 미스릴 전신 갑옷, 흑천호 망토, 마술 내성 팔찌, 유대의 반지

　역시 강했다. 그리고 역시 적 같았다. 무려 직업이 암기사였다. 암살, 신문, 체포라는 어둠의 가업 같은 스킬도 있고 말이다. 칭호는 맹세를 저버린 자였다. 암노예 상인과 직접 관련된 스킬은 신문과 포박뿐이니 전투 전문 경호원일지도 모른다.

　감정 방해 스킬을 가지고 있었지만, 천안 스킬을 가진 나의 감정 쪽의 위력이 강한 듯했다. 아무렇지 않게 감정할 수 있었다.

　"젠장, 어디냐!"

　암기사는 묘하게 살기를 띠고 있었다. 동료가 없는 것을 들킨 모양이다.

　『프란, 상당한 강적이야. 조심해.』

　'응.'

　『울시는 언제든지 기습할 수 있도록 숨어서 대기해.』

　'워우!'

관찰하고 있는데 남자가 이쪽으로 등을 돌렸다. 그 한순간에 프란이 뛰쳐나갔다.

'갈게!'

남자는 역시 상당한 실력자인지 갑자기 나타난 프란의 기척을 재빨리 파악하고 바로 전투태세를 취했다. 이런 상황에 익숙한 모양이다.

"웬 놈이냐!"

"합."

"큭! 이름도 대지 않고, 비겁한 놈!"

"하앗!"

프란은 상대의 말을 무시하고 공격을 퍼부었지만, 남자는 검과 방패를 능란하게 사용해 프란의 공격을 가까스로 받아넘겼다. 역시 검성술을 가진 상대다웠다.

"으리야압!"

"하압!"

그뿐만이 아니라 반격해 왔다. 검만 따지면 프란 쪽이 강했지만 상대는 방패도 쓰는 기사다. 그 수비는 상당히 견고했다. 게다가 전투 경험은 압도적으로 남자 쪽이 위일 것이다. 간단히 이길 수 있는 상대가 아니었다.

뜻밖의 장소에서 뜻밖의 강적과 만났군. 울시의 기습 공격이나 나의 염동 캐터펄트를 쓰면 이기기는 쉽겠지만 되도록 죽이지 않고 붙잡고 싶었다. 이만한 실력을 가진 자가 말단일 리 없다. 신문하면 다양한 정보를 얻을 수 있을 것이다.

『프란, 어떻게든 죽이지 않고 잡자.』

'응. 알았어.'

"이야압!"

"하앗!"

프란과 암기사 남자가 검을 맞부딪치자 불꽃이 흩날렸다. 격렬한 금속음이 울려 퍼졌다.

"우오오오오!"

"핫!"

죽이지 못하는 프란과 동료의 구원을 기다리는지 방어에 중점을 둔 암기사.

검만으로는 오래 끌 것 같군. 게다가 남자에게는 생명력을 깎는 대신 전투력을 폭발적으로 상승시키는 암흑기라는 오의 스킬까지 있었다. 그 스킬을 쓰기 전에 승부를 결정짓고 싶었다.

좋아, 우선 검을 빼앗자.

"핫!"

"어엇?"

조풍 스킬과 속성검·뇌명을 동시에 사용했다. 무시무시한 충격이 검을 쥔 상대방 손을 덮쳤을 것이다.

예상대로 손의 마비를 견디지 못한 남자는 검을 떨어뜨리고 말았다.

"크윽!"

그러나 남자는 포기하지 않았다. 방패로 검을 막으며 주문을 영창하기 시작했다.

"――다크 애로!"

뭐, 의미는 없었지만. 우리는 악마에게 받은 암흑 무효 스킬을 가지고 있었다.

흑기사가 쏜 칠흑의 화살은 프란에게 닿기 직전 보이지 않는 벽에 막힌 양 산산이 흩어졌다.

"말도 안 돼!"

검 실력으로는 우리를 이기지 못하고 암흑 마술은 무효화됐다. 프란과 암기사는 상성이 좋지 않았군.

"틈이 있어."

"크악!"

프란은 놀라서 움직임이 둔해진 남자의 틈을 놓치지 않았다. 검의 배로 남자의 다리를 후려쳤다.

그리고 한쪽 무릎을 꿇은 남자의 목덜미에 나를 들이댔다. 승부가 났군. 남자는 분한 듯이 프란을 올려다보고 있었다.

"……원통하다!"

"누구야?"

"네놈 같은 자에게 댈 이름 따위는 없다!"

기운 넘치는 아저씨로군. 일단 혼쭐을 내서 정보를 알아낼까.

『울시, 나와.』

"크르르르르."

"우읏! 뭐, 뭐냐?"

후훗, 겁먹었군. 울시로 위협하며 우선 팔 한 쪽을 자르면──그런 생각을 하고 있는데 어느새 아이들이 올라와 있었다.

쌍둥이 귀족을 선두로 계단 입구에서 이쪽을 들여다보고 있었다.

뭐, 방치돼서 불안해진 것도 이해하지만. 전투 중이 아니라 다행이다.

"위험하니까 안 오는 게 좋아."

프란이 경고하자 아이 일곱 명은 살짝 겁을 먹은 표정으로 발을 멈췄다. 하지만 선두에 있는 귀족 소년이 암기사를 보고 놀란 표정으로 외쳤다.

"살트!"

"왕자님! 무사하셨습니까!"

뭐? 왕자? 이 소년이?

"구하러 와줬구나……."

"공주님도!"

어라? 혹시 적이 아닌 건가? 다리가 완전히 부러졌는데…….

일단 힐을 걸어둘까?

10분 후.

기사의 부상을 고쳐준 우리는 그들의 설명을 듣고 있었다.

"왕자님과 공주님?"

프란의 말에 암기사가 고개를 끄덕였다.

"음. 필리어스 왕국의 제6, 제7 왕위 계승자이시다!"

"그리고 호위?"

"그렇다."

"왕족이 유괴당해 구하러 왔어?"

"그, 그렇다."

아무래도 왕자님과 공주님이 몰래 빠져나왔다가 유괴를 당한 모양이다. 이 사람을 책망하면 가엽다.

"그런데 더러운 도적놈들! 전하들께 이런 물건을 채우다니……

애처로우십니다!"

왕족이 노예의 목걸이를 찼으니 그야 문제겠지. 이 사람의 목이 위험할지도 모른다.

"그리고 이런 어린아이들까지 노예로……. 소녀여, 감사한다. 네가 없었다면 이렇게 쉽게 왕자님과 공주님을 탈환하지 못했을 것이다."

"별로. 나를 위해서야."

"그래도다. 네 덕분에 전하들을 구할 수 있었으니 말이다. 그런데 노예 상인들은 어떻게 했지? 시체조차 없는데."

역시 그곳을 찌르고 들어오는 건가. 뭐라고 설명하지…….

내가 고민하고 있는데 프란이 태연하게 대답했다.

"정리했어."

"적지 않은 도적들의 시체를 어떻게……."

"응? 스킬."

"그건…… 아니, 깊이는 묻지 않으마. 스킬을 억지로 듣는 건 매너 위반이니까."

"응."

"네 실력이라면 거짓말은 아니겠지."

고맙군. 아무래도 프란이 어린아이라는 사실 이전에 자신보다 강한 전사라서 대등한 상대로 봐준 모양이다.

잡혀 있던 아이들은 보호 대상이라고 생각하는지 명백하게 아이 취급을 했지만 말이다.

『이봐, 일단 여기서 나가자. 녀석들의 동료가 돌아올 가능성이 있어.』

"응."

『다만 노예 상인과 마주치면 성가시니까 목걸이는 벗기고 싶어.』

어린아이의 수는 일곱 명. 아까 입수한 노예 계약서도 일곱 장이다. 시도할 가치는 있을 것이다.

프란은 계약서를 꺼냈다.

"그, 그건?"

"위에서 찾았어."

살트는 보기만 해도 이 양피지 다발이 뭔지 파악한 모양이다. 눈을 동그랗게 뜨고 프란의 손에 들린 계약서를 응시하고 있었다.

프란이 소년들에게 묻자 이런저런 말로 협박당해 계약서에 사인했다고 한다.

역시 이 계약서 일곱 장은 여기에 있는 소년 소녀들의 노예 계약서였다. 적힌 이름이 모두 일치했다.

『해버려!』

"응!"

이름을 확인한 프란은 계약서를 하늘로 확 던지고 나를 연속으로 휘둘러 계약서를 잘게 찢었다.

직후, 아이들의 목에 달려 있던 노예의 목걸이가 빠직하는 소리를 내며 두 조각으로 갈라졌다.

프란을 노예에서 해방시켰을 때와 완전히 똑같군.

설마 이렇게 간단히 벗겨진다고 생각하지 못했는지 살트를 포함해 전원이 놀란 표정으로 프란을 보고 있었다. 다만 바로 기쁨으로 바뀌었나 보다.

그야 그럴 것이다. 이제부터 암노예로 최악의 인생을 보낼지도 모른다며 절망에 떨고 있었는데, 순식간에 구원을 받고 노예의 목걸이까지 벗겨졌기 때문이다.

왕자라고 불린 소년이 프란의 손을 잡고 갈채를 보냈다.

"감사한다!"

이만큼 기뻐해주니 기쁘군. 기쁘기는 한데——.

"응. 일단 여기서 나가자."

프란은 알고 있나 본데, 아직 완전히 안전해지지는 않았다. 얼른 도망쳐야 한다.

"그, 그렇지."

왕자님도 그것을 눈치챘는지 바로 진지한 얼굴로 고개를 끄덕였다.

"그럼 우리가 묵는 숙소로 피난하지."

"네! 그럼 제가 앞장서겠습니다."

왕자 남매는 전세를 낸 숙소의 방 하나를 제공해준다고 했다.

왕족이 묵으면 경비를 위해서도 전세를 내는 편이 좋겠군.

뭐, 이런 귀족이 잔뜩 있는 바람에 우리는 숙소를 구하느라 고생했지만 말이야!

프란과 울시와 살트가 아이들을 호위하며 아지트를 탈출해 왕자 남매의 숙소로 향했다.

상당히 경계했지만 잔당과 맞닥뜨리지 않았다.

처음에 울시를 본 아이들은 꽤나 무서워했지만 그 붙임성 있는 모습을 보는 동안에 익숙해졌나 보다. 숙소에 도착하는 사이에 사이가 좋아져서 마지막에는 쓰다듬는 아이도 있었다.

"다들 숙소까지는 얼마 안 남았다. 괜찮나? 힘내라."

"힘내세요."

왕자는 왕족답게 거들먹거렸지만 그 언저리의 쓰레기 귀족과는 달랐다. 서민 아이들을 배려해 솔선해서 선두를 걷는 도량도 있었다. 어리지만 왕족으로서 해야 할 책무를 완수하려고 하는 듯했다.

왕녀는 상당히 얌전한 느낌이었다. 태도는 정중하고 아이들에게도 상냥하게 말했다.

뭐, 숙소를 빠져나가 암노예 상인에게 붙잡혔으니 둘 다 어린 아이로서 제멋대로 구는 부분도 있는 모양이지만, 지금은 반성 중이라서 얌전한 걸지도 모른다.

도착한 곳은 귀족 납품업자가 운영하는 엄청나게 화려한 숙소였다. 아까 숙소를 못 잡은 건 왕자 남매 탓이라고 생각해서 미안해. 이런 숙소는 처음부터 묵으려고 생각하지도 않았어.

아이들도 뒷걸음질 치고 있었다.

"어? 여기 들어가는 거야?"

"크다."

문 앞에서 소란을 피우는, 명백하게 옷차림이 좋지 않은 아이들을 문지기가 이상한 눈으로 바라보고 있군.

다만 왕자 남매의 얼굴을 아는지 딱히 말을 걸지는 않았다.

"왜 그래, 빨리 와."

"자, 오세요."

왕자님과 공주님이 아이들을 재촉해 숙소로 들어갔다. 귀족님에게 거역하지 못하는 아이들은 머뭇거리며 숙소 입구를 빠져나갔다.

"아니, 이게 누구십니까. 어서 오십시오."

그러자 심야인데도 사람들이 늘어서 맞이했다. 지배인 같은 아저씨나 메이드 같은 누님들까지 스무 명 정도가 멋지게 나열해 있었다. 왕족이 상대이니 이 정도는 당연한가?

지배인이 나이 어린 왕자 남매에게 정중하게 고개를 숙였다.

하지만 역시 그 뒤를 따라 들어온 아이들에게는 어찌할 바를 모르는 듯했다.

"이쪽 아이들은……?"

"일이 좀 있어서, 이 아이들 몫의 방과 식사를. 그리고 목욕 준비도."

"아니, 하지만……."

"물론 아이들 숙박료도 전부 지불하지. 문제는 있나?"

"무리한 말씀을 드려서 죄송해요."

오오, 역시 왕자님. 어른을 상대로도 위엄이 가득한데! 그리고 공주님은 여전히 겸손하군. 당근과 채찍이랄까, 좋은 콤비일지도 모르겠어. 명령과 간청의 파상공격에 지배인은 이 이상 할 말이 사라진 모양이었다. 섣부른 추측이기는 하지만, 알고 역할을 분담하고 있는 걸까?

"알겠습니다. 바로 준비하겠습니다."

숙소 사람이 지배인과 함께 떠나자 이번에는 왕자의 수행인이 다가왔다.

머리가 하얀 신경질적인 노인이었다. 입고 있는 로브 같은 옷에는 장식과 자수가 주렁주렁 달려서 나름대로 지체 높은 사람이라는 것을 보기만 해도 알 수 있었다. 왕족의 수행인이니 이 노인

자체도 귀족일지도 모른다.

"이건 무슨 소동입니까!"

"세리드, 지금 돌아왔어."

"오오, 왕자님! 걱정했습니다!"

"음. 미안해. 길을 좀 잃어버려서."

"길을 잃어……버리셨습니까?"

"응, 살트가 맞이하러 나와 줘서 돌아올 수 있었어."

노예 상인에게 잡혀서 노예의 목걸이를 차고 있었다고 말하지는 않는군. 왕자 남매가 마음에 들어 하는 살트가 추궁을 당하게 될 것이다.

"그럼 이 아이들은 어떻게 된 겁니까? 노예라도 사신 겁니까?"

"아니야. 길을 잃은 우리의 안내를 부탁했어."

"하아, 그러십니까."

세리드 노인은 그렇게 말하며 아이들을 업신여기는 눈으로 둘러봤다.

"그럼 용무는 이미 끝났군요. 이놈들, 품삯은 줄 테니 얼른 사라져라."

이 세리드라는 남자는 욕심 많은 귀족 놈인가 보군.

한시라도 빨리 더러운 아이들과 왕자님을 떼어놓고 싶은 거겠지. 뭐, 자기가 함께 있고 싶지 않을 뿐일지도 모르지만. 아무튼 혐오감을 숨기지 않고 내뱉었다.

하지만 왕자님이 그 세리드를 불쾌한 듯 질책했다.

"닥쳐라, 세리드! 이 아이들은 손님이기도 하다. 말조심해."

"이런! 그 말씀은 흘려들을 수 없겠군요! 무슨 생각을 하시는 겁니까! 이런 더러운 자들──.”

“닥치라고 했을 텐데. 우리의 은인이다.”

“큭……!”

꼴좋다! 이쪽에는 쌍둥이가 붙어 있지롱!

세리드는 분통한 얼굴로 이쪽을 노려보고 발을 돌려 떠났다.

아이들도 그다지 내키지 않는 모양이다. 오히려 귀족으로서 평범한 반응은 저런 게 아닐까? 하는 기색이었다.

“우리 시종이 실수를 했군.”

“딱히 신경 안 써.”

“유능하지만 융통성이 부족해요.”

천민에게 상냥한 타입인 왕녀님까지 그런 말을 하다니, 얼마나 융통성이 부족한 거야.

“너는 어떻게 할 거지? 괜찮다면 묵고 갔으면 하는데.”

왕자님이 꼭 그래달라고 권유했다.

‘어떻게 해?’

『어차피 목욕탕도 없는 싸구려 숙소이니 이쪽에 묵을까?』

열심히 돌아다녀 확보한 숙소지만 침대에서 진드기가 나올 것 같은 싸구려 여관이다.

이런 고급 숙소에 묵을 수 있다면 이쪽에 프란을 묵게 하고 싶었다.

“응. 신세 질게.”

프란이 고개를 끄덕이자 왕자와 왕녀가 기쁨의 소리를 질렀다.

“오오, 그런가! 그럼 즉시 방을 준비시키지!”

“보답할 기회를 줘서 기뻐요.”

그리하여 우리는 왕자 남매가 전세 낸 고급 숙소에서 하룻밤을 묵게 됐다.

"그럼 우선 목욕탕에 들어가 씻도록."

"안내시킬게요."

목욕탕은 넓고 화려했다.

새하얀 눈대리석이라는 돌에 온수 구멍에는 용이 조각돼 있었고, 욕실의 사방에는 관엽식물이 심어져 있었다. 어디 식물원에 온 것 같은 느낌이었다. 그리고 벽과 천장에는 신화를 모티브로 한 벽화가 그려져 있었고, 목욕통에는 썩지 않도록 마술이 부여돼 있었다. 압권은 마법약을 배합한 초고가 비누류일 것이다. 예술적인 유리병에 샴푸와 바디샴푸가 담겨 있었다.

정말 귀족 저택도 울고 갈 만큼 호화로웠다. 아니, 본 적은 없으니 완전히 상상이지만 말이다.

어째서 내가 그렇게까지 자세히 목욕탕 내부를 아느냐고 묻는다면 프란과 함께 욕탕에 있기 때문이었다.

놀랍게도 프란이 나를 씻어준다고 했던 것이다. 정말 다정한 아가씨구나! 세계 제일이라고 해도 과언이 아닐지도 몰라.

응? 아무리 검이라도 원래 남자인 내가 프란과 함께 목욕탕에 들어가면 안 된다고?

아니지, 나는 보호자라고!

애초에 검이잖아? 성욕도 없는데?

아무런 문제도 없어!

"울시, 가만히 있어."

"워우ㅡ."

『꼬리 흔들지 마!』

"끄응."

우선 둘이서 울시를 씻겼다.

처음에는 등, 다음으로 내가 뒷다리, 프란이 앞다리를 문질렀고 마지막으로는 다리를 위로 들고 눕혀 배를 북북 씻겼다.

기분이 좋은가 본데 그 탓에 꼬리가 붕붕 움직였다. 그때마다 거품이 흩날려 나나 프란에게 튀었다.

그 후 모두가 거품투성이가 되면서도 어떻게든 울시를 다 씻겼다.

"워흥."

『우와!』

"울시⋯⋯."

"끄응⋯⋯."

울시의 몸털기 폭탄에 프란은 털과 거품투성이가 돼 있었다. 머리카락도 부스스해서 정말 폭풍우를 만난 직후 같았다.

프란이 눈을 게슴츠레 뜨고 노려보자, 울시가 시선을 피하며 도망치려고 욕조로 뛰어들었다. 그러자 또다시 온수가 성대하게 튀어서 프란이 노려본 것은 말할 것도 없었다. 학습 효과가 없는 녀석.

"워우ㅡ."

욕조 가장자리에 턱을 대고 몸의 힘을 쭉 빼고 쉬는 울시는 마치 욕조에 떠 있는 털 긴 카펫 같았다. 온수에 한들한들 흔들리는 검은 털이 바닷말처럼도 보이는군.

『그럼 다음은 프란이네. 이쪽에 앉아.』

"응."

다음은 프란 차례다. 나는 스펀지로 등을 씻었다.

『어디 가려운 데는 없어?』

"응…… 괜찮아. 기분 좋아."

『그럼 다음은 머리를 감는다~?』

"응."

『자, 문질문질.』

"아우, 눈에 들어갔어."

『뭐시라! 우, 움직이지 마! 자, 이걸로 눈 씻어!』

"으──."

검에 베여도 동요하지 않으면서 샴푸가 눈에 들어간 것만으로 큰 소동이 벌어졌다.

하지만 이런 아이 같은 면을 보여주니 조금 안심이 되는군.

『이번에는 눈 제대로 감는 거다?』

"응. 꼭 감을게."

선언대로 눈을 꼭 감고 있는 프란의 머리를 정성스레 씻겨줬다.

눈에 들어간 게 상당한 타격이 됐을 것이다. 마지막에 온수로 샴푸를 씻을 때까지 프란은 전력으로 눈을 계속 감고 있었다.

"끝났어?"

『그래, 끝났어.』

"그럼, 다음은 스승 차례."

그리하여 공수 교대다.

프란이 스펀지를 써서 나의 도신을 북북 문질러줬다.

레벨이 낮아도 대장장이 스킬을 가지고 있는 덕분인지 무척 기분이 좋았다. 프란이 나를 위해 열심히 애를 써주기 때문일 것이다. 뭐라고 해야 할까. 안마 같은 느낌이었다.

『아아, 거기야 거기.』

"여기?"

『거기도 좋네.』

잠시 프란의 스펀지 놀림에 취했다.

그렇게 서로를 씻겨준 우리는 함께 욕조에 몸을 담갔다. 내가 아니었다면 확실히 녹이 슬 것이다.

프란이 어깨까지 몸을 담그자 첨벙하는 소리가 나며 온수가 욕조에서 넘쳐흘렀다.

역시 고급 숙소. 온수에 인색하지 않군.

"후~."

욕조 가장자리에 턱을 대고 릴렉스 모드에 들어간 프란이 눈을 가늘게 뜨고 숨을 토했다.

접은 타월을 머리에 올린 채 정말 기분이 좋아 보였다.

『어때? 기분 좋아?』

"응~."

"워우~."

결국 프란과 울시는 현기증이 나기 직전까지 욕조를 즐겼다.

『욕조에도 놀랐는데 식사도 굉장하군.』

심야인데도 숙소 식당에는 그런대로 호화스러운 식사가 준비돼 있었다.

건더기가 수북한 해산물 수프, 부드러운 버터 빵, 닭 허벅지살로 만든 큼직한 스테이크, 색색의 과일류.

목욕탕에서 나오니 이 야식이 준비돼 있었다. 갑자기 늘어난 아이들에게도 이런 대접. 얕볼 수 없군, 고급 숙소.

원래 아저씨인 내 입장에서는 너무 과하다고 생각하지만 배가 고픈 소년 소녀들에게는 딱 좋은 모양이다. 처음에는 사양하던 아이들도 한 입 먹자 멈추지 못했다. 모두 일사불란하게 식사를 했다.

그런 때에도 쌍둥이의 배려는 훌륭했다.

아이들에게 돌아갈 곳은 있는지 물어서 있으면 내일은 집에 보내주겠다고 약속하였으며, 없다는 아이에게는 나쁘게 대하지는 않 겠다며 안심시켰다. 평범한 열세 살은 좀처럼 할 수 없는 배려였다.

그리고 자신들을 구해준 프란에게 정중히 머리를 숙였다.

"오늘은 정말 고마웠다."

"고마웠어요."

"응."

왕자의 이름은 헐트. 왕녀의 이름은 사티아. 두 사람이 함께 머리를 숙이는 모습은 쌍둥이답게 호흡이 딱딱 맞았다.

프란도 그들이 마음에 들었는지 질문에도 짧지만 제대로 대답을 했다. 이거 기쁘군. 프란이 또래 소년 소녀와 사이좋게 이야기를 나누고 있다. 그 모습을 보기만 해도 그들을 구한 보람이 있군.

그 후, 프란에게 배정된 것은 화려한 개인실이었다. 전생에서도 이런 화려한 방에 묵은 적이 없었다. 샹들리에, 지붕이 달린 침대에, 푹신푹신한 카펫. 하룻밤에 얼마나 할까.

"부드러워."

"워우."

아, 녀석들아! 프란도 울시도 침대에 뛰어들지 마! 더러워져서 물어주게 되면 얼마나 내야 할지 모른단 말이야!

들뜬 기분은 이해가 가지만 말이야. 아니, 나 역시 그 이불에서 자고 싶어!

"잘 자……."

"웡……."

이미 눈이 깜빡거리던 프란과 울시는 고급 침구의 마력에 저항하지 못하고 순식간에 잠으로 떨어져갔다.

『오냐, 잘 자라.』

한 시간 후.

네, 현장에 나와 있는 스승입니다. 지금 저는 고급 숙소의 다락방에서 리포트를 하고 있습니다.

제 눈앞에는 기척을 지우고 몰래 돌아다니는 쥐가 있네요. 감정해보니 직업은 암살자. 완전히 유죄입니다. 저는 전혀 눈치채지 못했네요.

그리하여 사일런스를 비롯한 바람 마술로 의식을 끊어 신병을 확보했다. 기척 감지 스킬도 있었지만 역시 무기물인 나의 기척은 감지하지 못한 모양이다.

그대로 프란에게 배정된 방으로 암살자를 옮겼다.

『잡았어.』

"쿼."

여러 의미로 말이지.

『우선 배후 관계를 캐낸 뒤 왕자 남매한테 넘길까.』

"응."

이 녀석은 인간이라 암노예 상인들과는 관계가 없어 보이지만 일단 이야기를 듣자. 만일 청묘족과 관계가 있다면 이런저런 정보를 듣고 싶고 말이다.

프란이 암살자의 뺨을 몇 번 때려 깨웠다.

힘을 너무 실은 거 아냐? 양 볼이 새빨갛게 됐는데? 자다가 일어나서 기분이 상한 건 알겠지만.

"으응……?"

"일어났어?"

"! 나한테 무슨 짓을 한 거냐!"

"기절시켜 묶었어."

"어느새……!"

암살자는 즉시 도망치려고 했지만 내가 만든 마법 실에서는 도망치지 못했다.

정신을 차리니 묶여 있는 상황에 암살자는 혼란스러운 듯했다.

"젠장!"

"듣고 싶은 게 몇 개 있어. 순순히 말해주면 아프게 하지는 않을게."

"크르르르르."

몸을 거의 움직일 수 없는 데다 눈앞에 검이 들이밀어진 상태다. 게다가 거대한 늑대가 내려다보고 있었다.

어쩔 수 없다는 것을 깨달았을 것이다.

"——큭."

『아! 이 녀석 독을 삼켰어!』

어금니에 끼워뒀던 독을 삼킨 듯했다. 하지만 정말 이런 짓을 할 줄이야. 영화에서나 봤다고.

그건 그렇고 어금니에 넣은 독은 실수로 삼킬 거 같지 않아? 그 것도 훈련하나?

감정해보니 엄청난 속도로 생명력이 줄어갔다. 상당히 위험한 독을 장치했나 보다.

『——미들 힐.』

"——안티 도트."

하지만 우리가 앞에 있으면 그런 물건은 무의미했다.

독도 사라지고 생명력도 회복됐다.

"유감이네. 무리야."

"말도 안 돼……. 왕독을 무효화했다고……?"

"회복 마술은 잘 다루는 편이야."

"큭——."

포기를 못 하는군. 이번에는 혀를 깨물었다.

"——미들 힐."

"젠장!"

"아픈 꼴, 당하고 싶어?"

"힉……."

결국 암살자는 아는 것을 불었다. 죽을 각오는 있어도 고문을 당할 각오는 없었나 보다.

역시 암노예 상인들과는 관계가 없었다. 프리랜서 암살자로, 의뢰에 따라 왕자와 왕녀를 암살하러 왔다고 한다.

의뢰인은 모르지만 침입 경로의 지시는 사전에 받아서 간단히 숙소 안으로 들어왔다고 했다.

의뢰비는 선금으로 받았고 의뢰인에 관해서는 자세히 알지 못했다.

『우리한테는 그렇게 의미가 없는 상대였네.』

"응."

『살트한테 넘기자.』

"울시, 지키고 있어."

"웡!"

암살자를 기절시키고 1층에 있는 왕자 남매의 방으로 향했다.

방 앞에는 온몸에 장비를 모두 갖춘 살트와 병사들이 보초를 서고 있었다. 이제 곧 동이 틀 텐데 자지 않고 번을 서고 있었나 보다.

"프란이여, 이런 시간에 무슨 일인가?"

"쥐를 잡았어."

"호오?"

그 말만으로 살트에게는 통한 모양이다.

병사들에게 그 자리를 맡기고 그대로 프란의 뒤를 따라왔다. 그리고 실에 묶인 채 프란의 방에 쓰러져 있는 암살자를 놀라며 바라봤다.

"이 녀석이 암살자인가?"

"응."

그리하여 살트가 암살자를 신문했다.

이제 포기의 극치에 이르렀는지 대부분의 질문에 순순히 대답했다.

"흐음…… 거짓은 아닌 듯하군. 대체 누구의 착수금일까……."

살트의 머릿속에서는 다양한 가능성이 검토되고 있을 것이다. 우리는 모르는 여러 용의자를 떠올리고 있을 것이 틀림없다.

"일단 이 남자는 데려가지."

"응."

그렇게 해주면 고맙다. 이대로 잡아두고 있어도 어쩔 도리가 없고. 내일에는 그들이 더즈의 위병에게 넘긴다고 한다.

"뒷일은 내일 이야기하지. 사례도 나올 테니 기대하고 있어라."

암살자의 포박에 대해 사례를 하는 모양이로군. 인심도 후하셔라. 뭐, 프란은 전혀 흥미가 없는 모양이지만.

"그보다 아침밥이 기대돼."

"하하하. 뷔페니까 마음껏 즐겨주게!"

다음 날 점심.

어젯밤 소동 때문에 늦게 일어난 프란은 아침과 점심을 동시에 먹는 위업을 보여 모두를 놀라게 했다.

고양이가 아니라 다람쥐 수인인가 생각할 만큼 볼에 빵빵하게 요리가 들어차 있었다. 마치 차원 수납에 넣은 것처럼 식사가 사라져갔다. 살트도 눈을 동그랗게 뜨고 있군.

그런 프란에게 쌍둥이가 말을 걸었다.

"프란, 이후 예정은 어떻게 되지?"

"?"

"어딘가 목적지가 있나요?"

"우물우물우걱."

"……미안하군. 질문은 식사 후에 하지."

"꿀꺽."

그리고 프란이 10인분 가까이를 배에 넣고 부른 배를 통통 두드리고 있는데 힐트 왕자가 다시 입을 열었다.

"프란은 여행을 하고 있다고 들었는데, 목적지가 있는 여행인가?"

"응. 울무토."

"그럼 배로?"

"응. 우선 바르보라로 갈 거야."

"그런가……."

왕자는 프란의 말에 뭔가 생각에 잠겼다. 그리고 다시 입을 연 왕자에게서 충격적인 사실을 들었다.

"배의 수배는 끝난 건가? 월연제를 가는 사람들이 많아서 여객선은 이미 꽉 찼다고 생각하는데."

"진짜?"

"바르보라의 월연제는 크란젤에서도 굴지의 규모니까."

"왕도보다도 붐빈다고요."

몰랐다. 그럼 앞으로 며칠은 바르보라로 갈 수 없다는 뜻인가. 숙소가 다 찬 시점에서 상상했어야 했다.

나라에서 굴지의 규모인 축제이니 프란에게 꼭 보여주고 싶었는데…….

이거 무리인가?

"몰랐어."

"다만 배에 탈 방법이 있어."

"?"

"우리 호위로 고용되지 않겠어? 바르보라까지라도 괜찮아."

"보수는 지불할게요. 우리의 목적은 바르보라의 월연제이니까 축제에는 안 늦을 거예요."

헐트 왕자와 사티아 왕녀가 저마다 제안했다.

이건 나쁜 이야기가 아니지 않을까?

지금부터 배를 찾아도 어엿한 배를 발견할지 알 수 없다. 그리고 모처럼 알게 된 프란과 또래인 상대다. 여기서 헤어지기는 아쉽다.

"특별히 부탁하고 싶은 건 마수에 대한 대비예요."

"살트도 있는데?"

"실은——."

아무래도 근해에서 대형 마수의 모습이 확인된 모양이다. 평상시라면 문제없지만 대형 마수가 되면 조금 불안하다고 한다.

그러므로 만일을 위해 실력이 뛰어난 전력을 확보해두고 싶은가 보다. 그리하여 살트보다 실력 좋고 암살자일 우려가 없는 프란이 뽑힌 것이다.

"전하! 마음대로 그러시면 곤란합니다! 이런 가문도 모르는 것을 호위로 고용하다니요!"

시종인 세리드는 아무 말도 듣지 못했나 보다. 갑작스러운 소리에 성난 고함을 질렀다.

"이봐, 소녀! 어떻게 전하의 환심을 샀느냐!"

"닥쳐라! 프란은 우리의 친구다. 무례는 용서하지 않겠다고 했을 텐데?"

"큭······!"

세리드는 왕자와 왕녀가 노려보자 분한 듯이 입을 다물었다.

엄청 째려보고 있군.

'스승, 받아들여도 돼?'

오오, 프란은 할 생각이다. 프란도 사이가 좋아진 또래 아이들과 헤어지자니 쓸쓸하겠지.

『괜찮지 않을까? 배에 탈 수 있는 점은 커.』

"응. 받아들일게."

"오오, 고맙다."

헐트 왕자도 사티아 왕녀도 기쁜 듯 손뼉을 쳤다. 신분 차이는 있지만 프란은 전혀 신경 쓰지 않았고, 왕자와 왕녀도 그렇게 신경 쓰는 타입은 아닌 듯했다. 이거 꼭 친해졌으면 좋겠군. 프란에게는 또래 친구가 필요하기 때문이다.

"후회하셔도 모릅니다!"

"메롱."

험한 말을 내뱉고 떠난 세리드의 등에 프란이 혀를 내밀었다. 그건 그렇고 미움받았군. 배에 타는 동안에는 최대한 얼굴을 마주치지 않도록 하자.

"잘 부탁한다."

"함께 여행을 할 수 있게 되어서 기뻐요."

"응."

그리하여 우리는 왕족의 호위를 맡게 되었다.

제2장　바다의 골칫거리

『으음, 날씨 좋다.』

"응."

푸른 바다, 하얀 구름, 끝없는 수평선. 끈적끈적한 바닷바람, 피부를 괴롭히는 자외선. 이거야말로 바다!

우리는 지금 왕자 남매가 전세 낸 배에 타고 있었다. 크기는 중간 정도지만 역시 왕족이 전세 낸 배답게 내장은 호화 객선에 버금갔다. 방도 고급 숙소와 다르지 않은 수준이었다. 그리고 마도기관을 탑재해 스크루와 비슷한 추진력도 냈다.

프란은 그런 배의 갑판에서 따뜻하게 햇볕을 쬐고 있었다. 바닷바람을 맞아가며 나무 의자 위에서 느긋하게 있었다. 옆에는 열대 빛깔 과일 주스가 놓여 있어서 완전히 바캉스 상태였다.

배의 호위는 어떻게 됐냐고? 물론 제대로 하고 있는데? 울시가.

저 봐, 지금도 배에 접근한 물고기형 마수를 쓰러뜨리고 돌아왔다. 공중 도약과 어둠 마술이 있어서 전투를 해도 거의 젖지 않았다. 사냥감을 물어 끌어올릴 때 얼굴만은 젖었지만.

아니, 프란도 일하고 있다고. 울시가 마수를 상대할 때 반대편에서 공격을 받았을 경우에는 프란이 마술로 날려버리니까.

그 외에는 바캉스 상태지만.

"웡웡!"

"울시, 어서 와."

『마수 고기는 넣어둘게. 나중에 뭔가 만들어줄게.』

"윙!"

『마석도 꽤 모였군.』

울시가 다섯 마리, 프란이 두 마리. 출항하고 몇 시간 만에 그만한 마수를 처리했다.

모두들 앞에서 마석을 흡수할 수는 없으므로 해체하지 않은 채로 차원 수납에 넣었다.

선장을 비롯한 사람들에게 이만한 마수를 만나고도 배에 아무 피해가 없는 건 기적이라고 감사 인사를 받았다.

처음에는 게으름 부리는 프란에게 엄격한 시선을 보내고 얼굴이 마주치면 일하라고 잔소리를 퍼붓던 시종 세리드도 마수를 이만큼 해치우는 우리에게 아무 말도 하지 않게 됐다.

뭐, 이를 갈며 노려보는 건 그만두지 않았지만.

저 녀석, 진짜로 짜증난다니까. 식사 중에도 일일이 매너니 뭐니 트집이나 잡고.

열 받아서 궁정 작법 스킬로 완벽한 매너를 보여줬더니 분한 듯 입을 다물었지만.

살트와 사이가 나쁜지 그와 사이가 좋은 우리를 적대시하고 있는 것 같았다.

'스승, 간식.'

프란 씨가 단 음식을 원했다.

『네네, 뭐로 할래?』

'으음, 쿠키.'

나는 알레사에서 산 쿠키를 꺼내줬다.

과자는 아직 그다지 많이 만들지 못해서 기성품이 많았다. 보통은 팬케이크만 만들고 있었다.

이 쿠키도 귀족에게 납품하는 가게의 과자여서 맛있다고는 하는데, 역시 지구에서 만든 과자 쪽이 맛있을 것 같았다. 조만간 케이크나 푸딩을 대량생산해주지.

"우물우물."

"킁킁."

『자, 울시는 이쪽.』

"윙!"

오는 마수는 잔챙이뿐이고 프란과 울시는 편안히 지내니, 좋은 의뢰를 받았구나~.

한동안 빈둥대고 있는데 사티아 왕녀가 다가왔다.

바닷바람에 나부끼는 금발이 태양빛을 반사해 빛나고 있었다. 사티아 왕녀는 검은 머리에 검은 눈인 프란과는 대조적으로 긴 금발에 푸른 눈을 한 서양 계통 외모다. 두 사람이 나란히 있으면 태양과 달처럼 느껴졌다. 지금은 귀여운 계열의 외모지만 장래에는 반드시 미인이 될 것이다.

"프란 씨, 다들 낚시를 한다고 하는데 함께 하는 건 어때요?"

"응. 갈게."

갑판 뒤쪽으로 향하니 헐트 왕자와 세 아이가 낚싯대를 손에 들고 왁자지껄 떠들고 있었다.

소년이 두 명에 소녀가 한 명. 프란이 구해준 아이들 중에서 원래 부랑아로 생활해 돌아갈 곳이 없는 아이들이다.

왕자와 왕녀는 이것도 인연이라며 그들을 사용인 견습으로 데리고 돌아가기로 했다고 한다.

다만 아직 정식 고용 관계가 아니므로 여행 도중에는 또래 친구로 대하라고 아이들에게 말했다.

그래서일 것이다. 아이들은 신분 차이도 겁내지 않고 쌍둥이와 순식간에 사이가 좋아졌다. 얼핏 진짜 친구처럼 보였다. 시종인 세리드 등은 화가 난다는 양 잔소리를 했지만 그런 건 무시했다.

"프란도 낚시하는 건가?"

"응. 자신 있어."

어라? 그랬었나?

"호오, 그런가?"

"그럼 모두 승부로군요!"

"낚은 고기는 다 같이 먹자!"

받은 낚싯대에 릴이 달려 있는 것을 보고 놀랐다. 마법으로 실을 감는 최고급품인 모양이다. 낚싯대도 마법으로 강화되어 있는 듯했다. 역시 왕족 납품업자의 최고급품이었다.

아이들은 그 가치도 모른 채 다들 갑판에서 낚싯줄을 드리웠다.

그러자 바로 모두에게 입질이 오기 시작했다.

"아자! 낚았다!"

"크다~!"

"굉장해!"

아이들은 낚은 고기를 서로 보여주면서 누구 것이 크고 누구 것이 진귀하다며 즐거워했다.

낚시에 참가하지 않은 왕녀도 싱글싱글 웃으며 모두를 지켜보고 있었다.

지금 입질이 없는 건 프란뿐이다. 왕자와 아이들이 놀렸다.

"자신 있지 않았나?"

"못 낚은 건 프란뿐이야!"

"나는 세 마리나 낚았지롱!"

"뭐, 우리 고길 나눠줄게!"

아이들의 말에 어딘가 즐거운 기색으로 받아치는 프란.

"흐흥. 나는 잔고기는 무시해. 대어를 낚을 거야. 울상 짓게 해줄게."

"하하하! 기대되는군!"

나는 평범하게 낚시를 하면 된다고 생각하는데.

프란은 거대한 사냥감을 노린다며 듣지 않았다.

미끼는 차원 수납 안에 남아 있던 록 웜을 썼다. 이전에 알레사 주변에서 토벌한 잔챙이 마수인데, 마석 이외에 쓸 데가 전혀 없어서 계속 넣어두고 있었다. 악취가 나고 딱딱해서 먹을 수 없는 데다 가죽은 말리면 물러져서 방어구로도 쓰지 못한다. 기껏해야 부숴서 가루로 만들면 비료가 되는 정도일 것이다.

프란은 이것을 1미터 정도로 토막 쳐서 엄청나게 거대한 낚싯바늘 끝에 달아 미끼로 썼다.

상어든 마수든 고래든. 그런 급이 아니면 입에도 넣지 못할 크기다. 프란은 무엇을 낚으려는 걸까.

뭐, 프란이 이게 좋다고 했으니 즐기면 그걸로 족할 뿐이다.

그리하여 한 시간 정도 낚시를 즐겼을까. 아이들은 각각 열 마리 정도 낚았지만 프란만 여태껏 한 마리도 낚지 못했다.

처음에는 놀리고 웃던 아이들도 점점 걱정하는 얼굴이 되어갔다. 분명 부디 프란에게도 입질이 와달라고 기도하고 있을 것이다.

프란은 화기애애한 분위기를 즐기고 있어서 딱히 기분이 나쁘지 않았지만, 말수가 적고 무표정한 탓에 기분이 나쁘다고 착각을 하게 만든 듯했다.

하지만 드디어 모두가 기다리던 그때가 왔다.

"응!"

"오오! 걸렸어!"

"죽인다. 휘어졌어!"

"대어다!"

모두가 자신의 일처럼 기뻐했다.

그런데 낚싯대가 엄청나게 휘었군. 가장 튼튼한 낚싯대를 빌렸을 텐데 당장이라도 뚝 부러질 것 같았다.

청새치라도 걸린 걸까.

"끄응."

"힘내!"

"감아 감아!"

"응!"

프란이 전력으로 감았지만 실은 점점 풀려갔다. 그거다, 세상을 낚는 텔레비전 방송에서 본 적이 있는 광경이다.

"으으응!"

"힘내!"

"놓치지 마!"

프란은 이마에 땀을 흘리며 필사적으로 릴을 감았다.

내가 손을 빌려주면 간단하다. 몰래 바닷속에서 사냥감을 약화시키거나 재우면 된다. 하지만 그건 멋이 없을 것이다. 하더라도 프란이 스스로 해야 한다.

그로부터 30분. 걸린 물고기가 저항을 계속해서 전혀 낚아 올리지 못했다. 프란에게도 피로가 보이기 시작했다.

정말 끌낚시처럼 되기 시작했다. 프란도 전혀 낚이지 않는 사냥감에 안달이 난 모양이다. 결국 스킬을 쓰기 시작했다.

속성검·뇌명으로 낚싯대를 통해 전격을 흘려 넣었다. 그리고 수류 조작과 물 마술로 사냥감을 배로 끌어당겼다. 육체 조작법 스킬과 보조 마술로 완력도 올리고 라스트 스퍼트를 했다. 물고기를 상대로 본격적이구나.

10분 후, 수면 가까이로 거대한 물고기 그림자가 보였다.

아니, 너무 큰 거 아냐?

울시보다는 확실히 컸다. 전장 10미터에 가깝지 않을까.

"꺅! 뭐야, 저거!"

"프, 프란! 괜찮아?"

"위험하다고 위험해!"

아이들이 소란을 피우기 시작했지만 프란은 개의치 않고 릴을 계속 감았다.

거대어의 꼬리가 수면을 두드려 바닷물이 샤워기 물처럼 갑판에 쏟아졌다.

때때로 빛이 탁탁 튕긴 건 속성검을 쓰고 있기 때문일 것이다. 그래도 이만큼 저항하다니……. 어떻게 생각해도 평범한 물고기가 아니겠는데?

이름 : 함쇄(艦碎) 다랑어

종족 : 마어

Lv : 29

생명 : 356   마력 : 109   완력 : 207   민첩 : 108

스킬 : 경화 6, 수류 조작 6, 유영 5, 후각 강화, 껍질 경화

설명 : 머리가 미스릴 못지않게 단단한 충각으로 뒤덮여 있다. 이름은 초
고속으로 돌진해 머리의 충각으로 배마저 부수는 데에서 유래됐다. 스테
이터스는 위협도 E 정도지만, 바다에 사는 번거로움 때문에 위협도는 D.
그 몸이 무척 아름다워서 초고급품으로 불린다. 마석 위치 : 머리

『프란! 마수야! 게다가 꽤 강해!』

"응!"

프란은 바람 마술과 완력으로 수면 가까이 떠오른 함쇄 다랑어
를 단숨에 차 올렸다.

그 거구가 엄청난 기세로 하늘을 날았다.

"우와아~!"

"꺄악!"

"켁!"

배를 향해 떨어지는 거대한 마수.

아이들뿐만 아니라 갑판의 선원들도 비명을 질렀다.

으음, 패닉이로군.

『프란, 이대로 떨어지면 배가 위험할 거야.』

이 거대한 다랑어가 갑판에서 날뛰면 확실히 선체가 대미지를
입을 것이다. 아니, 낙하하기만 해도 상당히 위험할지도 모른다.

"응! 끝낼게!"

프란이 나를 쥐고 치켜들었다. 그리고 마력 감지로 찾아낸 마석을 향해 힘껏 나를 던졌다.

『이얏호!』

"기이이이이!"

바람의 마술로 가속한 내가 함쇄 다랑어의 마석을 정확히 꿰뚫었다.

아무리 비늘이 단단해도 내 칼날을 막을 정도는 아니었다.

숨통이 끊긴 마수를 프란이 바람 마술로 받아내 살며시 갑판에 착지시켰다.

전장은 10미터가 넘을 것이다. 배의 폭을 초과해서 꼬리지느러미가 갑판에서 튀어 나왔다. 큼직한 고래상어를 한 번에 낚은 것이다. 지구에서는 상상도 할 수 없었다.

"낚시 승부는 내 승리."

"아니…… 그……."

"그런 경우가…… ."

"응?"

갑판에서는 아직껏 큰 소동이 벌어지고 있었지만 프란은 그런 일은 신경 쓰지 않았다. 지금의 프란에게는 다랑어의 맛이나 신선도 쪽이 중요할 것이다.

『프란 씨?』

"응?"

프란이 그 자리에서 마수를 해체하기 시작했다. 뭐, 머리를 떨구고 내장을 꺼낸 후 세 조각으로 나눴을 뿐이지만. 스킬을 쓰면 1분도 걸리지 않는다.

이전에 초밥집에서 다랑어 해체 쇼를 본 적이 있는데, 이쪽이 백 배 박력 있군.

『어째서 해체하고 있지?』

'낡은 고기는 다 같이 먹는다는 약속.'

『아아, 그렇구나…….』

그건 그렇고 이 거체를 순식간에 해체하다니, 해체 스킬은 무섭군.

주위의 선원들도 눈을 동그랗게 뜨고 프란의 해체를 바라보고 있었다.

일단 고급품이라고 하니 소동이 수습되면 모두에게 대접하는 것도 좋겠지. 소동을 일으킨 위자료 같은 느낌으로 말이다.

그 소동이 언제 끝날지는 알 수 없지만.

그건 그렇고 크구나. 쥠초밥을 몇백 인 분 만들 수 있는 정도인가.

이쪽 세계에 와서 마수의 거대한 고깃덩이나 1미터에 가까운 새알을 봤을 때도 흥분했지만 지금은 그 이상이다. 왜냐하면 눈앞에 수백 인분은 될 법한 거대한 대뱃살 덩어리가 떡하니 놓여 있잖아?

하얀 살에 박힌 거대한 대뱃살을 보기만 해도 일본인의 피가 끓었다. 아니, 이제 피는 흐르지 않지만. 혼에 새겨진 다랑어 애호 정신은 검의 몸이어도 사라지지 않았다.

머리도 거대했다. 이것으로 머리 구이를 만들려면 거대한 가마가 필요하겠군.

"아가씨, 뭘 하고 있지?"

선원 중 한 사람이 아까의 나와 완전히 똑같은 질문을 하고 '낡은 고기를 모두 먹는다'는 대답을 듣고는 입을 다물었다.

프란의 끝없는 식욕에 두려움을 느꼈는지, 고급품인 함쇄 다랑 어를 먹을 수 있다는 사실을 알고 저지할 생각이 없어졌는지. 선 원들은 초고속으로 해체되는 다랑어를 멀리서 보고 있었다.

결국 소동은 프란이 머리와 뼈를 수납하고 함쇄 다랑어의 회와 쥠초밥을 다 만든 무렵에 겨우 잦아들었다.

아니, 초밥을 돌리자 바로 큰 소동이 일어났지만.

"맛있어!"

"이, 이게 함쇄 다랑어?"

"평생 먹을 걸 다 먹는구나!"

"프란이 강한 건 알았지만 이 정도일 줄은……."

"정말 살트보다 강하네요. 굉장해."

짬이 난 선원에게도 다랑어 요리를 대접한 결과, 선상에서는 축제가 벌어졌다. 조금 전까지 일어났던 패닉과 달리 이번에는 좋은 의미의 소동이었다. 갑자기 전원에게 초고급 식재료를 대접 했으니 당연하겠지.

입이 고급일 헐트 왕자와 사티아 왕녀가 웃음을 지을 수준이 다. 맛도 상당히 좋은 모양이다. 이걸 먹을 수 있는 모두가 부럽 구나.

"이거 잘 먹었습니다."

놀랍게도 선장까지도 인사를 하러 왔다.

"저는 렌길입니다. 이름을 물어도 될까요?"

"프란."

"모험가입니까?"

"응. 랭크 D 모험가."

프란이 길드 카드를 보여주자 선원들에게서 "오오" 하는 웅성거림이 일어났다.

이 나이에 랭크 D라는 사실에 놀랐을 것이다.

"역시 대단하군요. 아니, 함쇄 다랑어를 사냥했으니 당연하다면 당연합니다만. 오히려 더 높아도 이상하지 않군요……. 아니, 이 만남에 감사를 드립니다."

렌길 선장이 품에서 뭔가를 꺼내 프란에게 건넸다.

"이건?"

"그건 제가 소속된 루실 상회의 문장이 그려진 코인입니다. 바르보라에 본점이 있으니 그 코인을 보이면 다양한 편의를 봐드릴 겁니다."

"대단한데! 루실 상회라면 크란젤 왕국에서도 첫째 둘째를 다투는 대상회야. 거기 간부의 마음에 들다니."

왕자의 말로 이 코인이 상당히 대단한 물건이라는 사실을 알 수 있었다. 대상회의 지원을 받으면 상당히 편리할 것이다. 그런데 프란을 주목하다니, 안목이 있구먼 렌길 선장.

"괜찮아?"

"네. 장래성이 있는 모험가와 인연을 맺을 수 있다면 쌉니다."

그러자 선원들이 다시 "오오" 하고 술렁댔다. 렌길이 그렇게까지 말하는 건 드문 일인가보다.

"저 선장님의 마음에 들다니!"

"저 나이에 랭크 D야. 당연하지."

"함쇄 다랑어도 간단히 쓰러뜨렸고 말이야!"

"게다가 귀엽고."

"넌 로리콤이냐!"

"아, 아냐!"

"바르보라에 도착하면 꼭 한 번 들러주십시오."

"응."

선장이 다시 머리를 숙이고 떠나자 선원들도 교대로 다가와서 프란에게 인사했다. 그 모습을 본 아이들이 프란에게 선망의 눈빛을 보냈다.

"프란, 굉장해!"

"흐흥. 당연해."

"나도 너만큼 강해지고 싶어!"

"열심히 해."

"저기, 코인 보여줘~!"

완전히 친구로구나! 이 시간이 계속되면 좋을 텐데. 하지만 며칠 뒤에 바르보라에 도착하면 그곳에서 이별해야 한다.

『정말 아쉽군.』

하지만 나의 마음은 나쁜 의미로 배신당하게 된다.

그날 저녁, 폭풍우에 휘말려 꼼짝할 수 없게 된 것이다.

『우와, 배가 엄청 흔들리는군.』

"응. 출렁거려."

"워웡."

배의 흔들림에 맞춰 프란과 울시는 침대 위를 왔다 갔다 했다.

이 폭풍에는 갑판에 나갈 수도 없어서 선실에 대기할 수밖에 없었다.

『바로 그치면 좋겠는데······.』

배가 가라앉지는 않겠지?

새벽.

우우우웅──.

선실 안에 있어도 세찬 바람 소리가 들렸다.

끼익끼익끼익──.

파도에 농락당해 흔들리는 선체의 삐걱거리는 소리가 전혀 멈추지 않았다.

불안해지는 소리로군.

게다가 진동이 굉장했다. 모 유원지의 해적선만큼 흔들리고 있었다.

그렇지만 이래 봬도 어젯밤보다는 상당히 나아졌다. 진동도 소리도 절반 정도일까? 비도 내리지 않아서 지금은 단순히 폭풍이라는 느낌이 들었다. 어젯밤에는 비도 바람도 차원이 다른 초대형 폭풍이 밀어닥쳤다.

"쿨─ 쿨─."

이런 와중에 숙면할 수 있는 프란은 역시 대단하구나.

진짜 존경스럽다.

하지만 잠시 있자 프란이 눈을 번쩍 뜨고 침대에서 상반신을 일으켰다. 동시에 울시도 눈을 뜨고 일어섰다.

아직 새벽인데 왜 그러지?

『프란? 울시?』

"뭔가 와······."

"그르르……."

『뭔데?』

프란의 말에 누군가가 방으로 침입하려 한다고 생각했지만 그런 기색은 조금도 느껴지지 않았다.

하지만 나도 프란과 울시보다 조금 늦게 감지할 수 있었다.

거대한 생물의 기척이 상당히 멀리서 배로 다가오고 있었다.

자면서 나보다 빨리 눈치채다니……. 프란과 울시의 야성적 감은 놀랍구나.

아니, 지금은 그런 데 감탄하고 있을 때가 아냐!

『뭐야, 이 크기는!』

이 배보다 훨씬 컸다.

『고래인가……? 아니, 달라!』

그렇게 작지 않아!

다가오는 기척의 거대함에 나는 전율했다.

길고 가느다랗다고 하면 좋을까? 그 형태는 지렁이나 뱀에 가까울 것이다. 하지만 몸통 둘레만 해도 이 배와 비슷할 정도였다. 길이는── 솔직히 어느 정도인지 파악할 수 없었다. 아마 100미터 이상일 것이다.

그런 거대한 괴물이 이 배를 노리고 다가오고 있는 것을 알았다.

『위험해! 프란, 울시! 모두에게 경고해!』

"응!"

"윙!"

프란과 울시가 방에서 뛰쳐나갔다. 울시가 이주 구획을 뛰어다니며 최대 음량으로 계속 울부짖었다. 어떻게든 모두를 깨워야

93

하기 때문이다.

프란은 렌길 선장의 방으로 달렸다. 선장의 방에는 마도 전성관이 있으니 배 전체에 경고를 할 수 있을 것이다.

쾅쾅쾅! 쾅쾅쾅!

프란은 렌길 선장의 방문을 힘껏 노크했다.

오오, 대답을 기다리지 않고 돌입하지 않다니, 학습했구나.

"뭐, 뭐지?"

안에서 선장의 놀란 목소리가 들렸다. 일어난 모양이다.

벌컥.

"선장, 마수!"

결국 렌길의 대답을 기다리지 않고 문을 열고 말았다. 뭐, 긴급 사태이니 이번에는 용서해주세요.

"프란 씨? 마수……라고요?"

"응! 이 배보다 큰 마수! 배로 향하고 있어!"

"아, 알겠습니다!"

프란 같은 어린 여자아이의 말에 즉시 반응해 마도 전성관으로 달려가는 선장. 함쇄 다랑어를 낚은 일로 그 실력을 인정한 거겠지.

배 안에 선장의 목소리가 울려 퍼졌다.

『초대형 마수 접근 중! 반복한다! 초대형 마수 접근 중! 전원 긴급 배치!』

그 경고 직후였다.

콰앙!

커다란 진동이 선체를 덮쳤다.

"크윽!"

"웃?"

선장과 프란이 벽에 손을 대고 몸을 지탱하지 않았다면 쓰러졌을 정도의 진동이었다.

『마수 짓인가?』

부하인 선원들의 고함을 종합해보면 마수가 배 옆구리를 파괴한 듯했다. 정확히는 식료품을 채운 선실 근처에 커다란 구멍이 뚫렸다고 한다.

구멍에서 바다로 유출된 식품을 쫓아갔는지 마수가 일단 멀어져갔다. 안에는 젓갈처럼 냄새가 강한 음식도 많으니 후각이 뛰어나면 이끌릴 가능성도 있을 것이다.

『서둘러, 프란!』

"응!"

우리는 서둘러 갑판으로 향했다.

주위는 아침 해의 어슴푸레한 빛이 비치기 시작해 아직 어두웠다.

수평선에서 태양이 머리를 내밀기 직전이었다. 앞으로 30분만 있으면 완전히 아침이 올 것이다.

『저기다!』

배에서 50미터 정도 거리에서 길고 거대한 그림자가 몸을 굽이치며 헤엄하고 있는 모습이 보였다.

밤의 어둠과 높은 파도와 뒤섞인 탓에 파수꾼도 눈치채지 못했을 것이다.

실제로 배는 지금도 수면에 뜬 나뭇잎처럼 크게 흔들리고 있었다.

상대는 이 배보다 거대한 마수다. 다시 접근하면 위험하다.

"프, 프란 씨! 어떻게 됐습니까!"

"선장. 저기."

프란이 가리킨 방향을 보고 갑판에 올라온 렌길 선장이 창백한 얼굴로 중얼거렸다.

"미, 미드가르드오름……."

"알아?"

"바, 바다의 골칫거리라고 불리는 대마수입니다!"

으음, 강해 보이는군. 섣불리 공격해 주의를 끄는 건 상책이 아닐지도 모르겠다.

"살아 있는 재앙이라고도 불리고 과거에는 대국의 해군조차도 전멸시킨 적이 있다고 합니다……."

"선장, 지금 도망 못 쳐?"

"이 파도에는 무리입니다. 미드가르드오름 쪽이 빠르니까요."

그렇다면 싸울 수밖에 없는 건가?

망설이는 사이에 미드가르드오름과의 거리가 좁혀지고 있다는 것을 알았다.

"아무래도 이 배를 쫓고 있는 모양이군요."

렌길 선장의 말대로 그 머리는 확실히 이 배 쪽을 향하고 있었다.

역시 못 도망치나…….

『프란, 할 수밖에 없겠어.』

"선수필승."

『그래! 최대 공격을 쏟아붓자.』

"응!"

다만 바닷속에 있는 상대에게 공격이 미칠까? 미친다고 해도 해면에 충격이나 열이 흡수돼 분명히 위력이 줄어들 것이다.

『울시, 녀석을 도발해 해면으로 유인할 수 있겠어?』

"그르르르르!"

오오, 의욕이 가득하군. 프란도 그렇고 울시도 그렇고 정말 호전적이구나. 의욕이 있는 건 좋은 일이지만.

그사이에 나와 프란은 공격 준비를 해야 한다. 저 거체를 상대로 주저할 필요는 없다.

『일격필살──염동 캐터펄트야. 프란은 바람 마술과 투척, 속성검으로 위력을 상승시켜줘.』

"알았어."

우선 형태 변형이다. 보다 위력을 높일 수 있도록 모습을 변형시켰다.

이미지는 탄환. 나머지 부분을 깎고 나선형 홈을 몸에 새겼다. 왠지 탄환이라기보다 기다란 드릴처럼 됐는데? 뭐, 관통력은 높아 보이니 상관없나.

다음으로 속성검·화염, 바람 마술, 조풍으로 초진동과 경화를 발동시켰다. 나열 사고 덕분에 여러 가지 스킬도 문제없이 동시에 발동할 수 있었다.

마력이 쭉쭉 줄어들었지만 지금은 아까워할 상황이 아니었다.

『프란, 준비는 됐어?』

'응. 언제든지.'

『좋았어!』

나도 준비 오케이다.

당장이라도 뛰쳐나갈 기세의 프란을 보고 선장이 황급히 말을 걸었다.

"프란 씨! 무슨 짓을 할 생각입니까!"

그 얼굴에는 '설마 저놈에게 싸움을 걸 생각은 아니겠지?'라고 쓰여 있었다. 하지만 프란은 시원스레 고개를 끄덕였다.

"저 꿀틀꿈틀을 쓰러뜨릴 거야."

"지, 진심입니까?"

선장은 저 거대한 마수에게 도전하는 것 따위는 꿈도 꾸지 않았나 보다.

그 존재에 대한 지식이 있어서 절대로 대적할 수 없는 재해 같은 상대라고 인식하고 있는 탓이겠지.

하지만 우리에게 그런 상식은 없다. 적이라면 쓰러뜨려라. 간단하잖아?

"응."

프란이 렌길 선장의 말에 고개를 끄덕인 직후였다.

마침내 그때가 왔다.

"크우우우우우우오오오오오오오!"

"울시가 해냈어."

수면에서 주의를 끌던 울시가 마수를 유도하는 데 성공했다. 공중 도약으로 상승해가는 울시를 쫓아 바닷속에서 거대한 생물의 머리가 튀어나왔다. 대왕고래 정도는 쉽게 통째로 삼킬 만한 크기였다.

모습은 바다뱀이라기보다 지렁이 같으려나. 입은 송곳니가 늘어선 말미잘처럼 기괴한 형태였다.

"갈게!"

『그래!』

큰 빈틈을 보인 미드가르드오름의 머리를 향해 프란이 스킬과 마술을 써서 전력으로 나를 던졌다. 그것만으로도 레서 와이번 정도라면 관통할 정도의 위력을 가지고 있을 것이다.

하지만 나는 모으고 모은 염동을 해방해 더욱 가속했다.

『우오오오오오오!』

직후, 무시무시한 충격과 함께 나는 마수의 육체에 착탄했다. 목? 머리? 뭐, 두부 주변에 직경 10미터 정도의 크레이터가 뚫려 있었다.

사실은 관통할 생각이었는데……. 두꺼운 피부와 두꺼운 근육 벽 탓에 생각 이상으로 염동 캐터펄트의 위력이 죽고 말았다.

『어떠냐? 해치웠나?』

나는 미드가르드오름에게 충돌한 충격으로 공중으로 튕겨 날아가고 있었다. 도신은 반파되고 남은 부분에도 가느다란 금이 가 있었다. 역시 스킬과 마력 전개로 실시하는 특공은 부담이 너무 크다.

하지만 내게 자폭 대미지를 한탄하고 있을 여유는 없었다.

『말도 안 돼. 뭐야, 이 녀석……!』

마수의 감정 결과가 너무 충격적이었기 때문이다.

이름 : 미드가르드오름

종족 : 바다뱀

Lv : 60

생명 : 35991/38709   마력 : 531   완력 : 4019   민첩 : 302

스킬 : 흡수 2, 재생 2, 포식

설명 : 무한하게 성장한다고까지 일컬어지는 바다의 골칫거리. 지능이 낮아서 본능만으로 살아간다. 움직이는 것은 뭐든 입에 넣어 삼킨다. 특수한 능력은 없고 그저 거대할 뿐이지만 그 거대함이 가장 성가시고 위험하다. 섬을 집어삼킨 일화도 남아 있다. 심장을 여러 개 가지고 있어서 죽이기는 어렵다. 위협도는 A. 마석 위치는 심장.

생명이 3만을 넘는다고? 저 상처로 10퍼센트도 깎지 못한 건가……. 게다가 위협도 A라고?

스킬이 적어서 그것만 보면 하급 마수 같다. 크기만 한 단세포다.

하지만 그 크기가 지나치게 규격을 벗어났다.

『치잇! 성가시군!』

"그오오오오오오오오!"

미드가르드오름이 이쪽을 봤다. 지렁이 같은 머리의 어디에 눈이 있는지는 알 수 없지만 확실히 시선을 느꼈다. 내가 자신의 몸에 부상을 입혔다고 이해했을 것이다.

피차 눈도 없는데 서로 노려봤다.

『다시 봐도 크네…….』

해면에서 나온 부분만으로도 30미터 이상 됐다.

도신의 파손을 회복하며 녀석을 관찰했다.

『이미 상처가 막히기 시작했군.』

재생 레벨은 높지 않지만 원체 생명력이 높은 만큼 회복하는 수치도 클 것이다.

"크아아오오오오!"

『우왓!』

갑자기 미드가르드오름이 뭔가를 토했다. 아무래도 소화액을 포탄처럼 토한 모양이다. 배에 구멍을 뚫은 것도 이거겠군. 겨냥도 정확해서 회피하지 않으면 직격했을 것이다.

『아직 기운이 넘치는군.』

위력이 죽었다고는 하나 머리에 큰 구멍이 뚫렸는데? 그래도 움직임이 전혀 둔해질 기미가 보이지 않는군.

솔직히 이 녀석의 생명을 모조리 줄이는 건 어려워보였다.

하지만 생명력을 빼앗는 것이 이 녀석을 쓰러뜨릴 유일한 방법은 아니다.

예를 들어 급소를 명중시킨다면.

가능하면 마석을 파괴하고 싶지만 이 거체에서 마석을 찾기는 어려울 것이다. 하지만 더 간단히 쓰러뜨릴 수 있는 급소가 눈앞에 있었다.

『으랴압! 그 정수리, 뭉개주마!』

나는 다시 마력을 과하게 주입한 오버 부스트로 염동 캐터펄트를 쐈다.

무시무시한 충격이 나를 덮치고 도신이 또다시 부서졌다.

하지만 녀석의 머리에도 두 번째 크레이터가 뚫렸다. 프란의 조력이 없는 만큼 위력이 반감했지만 그래도 직경 5미터 정도 되는 구멍이 생겼다.

『이건 어떠냐!』

"크우우우우우우!"

『쳇. 아직 움직이나.』

그렇다면 인내심 경쟁이다!

나는 부서진 도신을 복원하며 다시 염동을 모았다. 마력은 아직 70퍼센트가 남아 있었다. 회복에 쓰는 양을 생각해도 앞으로 다섯 발은 쏠 수 있다는 계산이 나왔다.

『받아라아!』

"크아아아아아아아아!"

『하아아압!』

"크오오오오!"

『으랴아아압!』

"크우우!"

진짜 튼튼한 녀석이다. 이미 머리의 절반이 사라졌는데도 아직도 아무렇지 않게 움직였다.

감정해보니 미드가르드오름의 생명은 아직 80퍼센트 이상 남아 있었다. 이 녀석, 머리가 약점이 아니었나?

아니, 일단 한두 방 더 날려보자.

『죽어라아!』

"크르아아아──."

그리고 미드가르드오름의 머리가 완전히 소멸했다. 이제 입도 뇌도 남아 있지 않았다. 남아 있지 않았지만…….

『왜 안 죽는 거야!』

아무렇지 않게 움직였다. 아니, 움직임이 둔해진 건 확실하지만 죽을 기미는 보이지 않았다. 그러기는커녕 날아간 머리의 단면의 살이 부풀어 오르며 재생하기 시작하는 게 아닌가.

이래서 판타지 생물은! 머리가 부서지면 죽으라고!

이 거대함에 비정상적인 생명력과 재생력──.

『부, 불사신이냐.』

단조롭게 공격을 계속해도 쓰러뜨릴 것 같지 않군.

이대로라면 상황이 점점 나빠질 뿐이라서 나는 일단 프란에게 돌아가기로 했다.

녀석을 쓰러뜨릴 수단도 생각났고 말이다…….

가능하면 이 수단은 찾고 싶지 않았지만 이런 큰일이 일어났으니 희생을 아까워할 수는 없었다. 정말 싫었지만…….

나는 배를 향해 날았다.

그리고 프란의 손에 빨려 들어가는 움직임을 연출하며 그 손에 들어갔다. 내가 인텔리전스 웨폰이라는 사실을 숨기고 싶어서 프란이 조종한 것처럼 보인 것이다.

'스승, 어땠어?'

『염동 캐터펄트로 해치우는 건 무리야.』

저 불사신으로도 보이는 초마수를 해치우려면 앞으로 몇 백 발이 필요할까…….

'그렇게 강해??'

프란이 놀랐다. 과거에 염동 캐터펄트가 전혀 먹히지 않았던 상대는 리치 정도였다. 저 거대 마수가 그 수준의 상대라는 것을 다시금 깨달았기 때문일 것이다.

『하지만 내게 생각이 있어.』

'어떻게 할 건데?'

『———.』

'스승?'

『——즉사 능력을 가진 마검 데스게이즈를 쓰자……!』

'그렇구나.'

이름 : 마검 데스게이즈

공격력 : 880   보유 마력 : 600   내구도 : 400

마력 전도율 B+

스킬 : 즉사(3퍼센트의 확률로 벤 상대가 즉사)

이거라면 상대가 크든 생명력이 높든 베기만 하면 즉사시킬 가능성이 있다. 즉사가 발동할 가능성은 낮지만 몇 번이고 공격하면 언젠가 효과가 발휘될 것이다.

고뇌에 찬 결단이지만…….

검인 내가 다른 검에 의존하다니!

요리사가 딸의 결혼식 요리를 자신보다 실력이 좋은 요리사에게 부탁하거나, 뇌외과 의사가 부모의 심장 수술을 자신보다 유명한 심장외과 의사에게 부탁하거나, 아무튼 패배한 기분이 잔뜩 들었다.

다만 지금은 그런 말을 할 때가 아니었다.

어쩔 수 없다……. 어쩔 수 없다고, 젠장!

'자, 스승.'

프란이 차원 수납에서 데스게이즈를 꺼냈다. 선원들이 그것을 보고 숨을 삼켰다.

"그, 그건?"

"왠지 한기가…….."

어둠처럼 새까만 도신에 혈관처럼 붉은 선이 그어져서 불길함이 피어오르는 것 같군.

"마검 데스게이즈. 즉사 능력이 있어."

"그렇군, 그걸로 녀석을 쓰러뜨린다는 거군요."

그렇다. 하지만 렌길 선장이 심각한 얼굴로 생각에 잠겼다. 뭐지?

"그 즉사검 말입니다만, 저 마수에게는 통하지 않을지도 모릅니다."

"어째서?"

"이건 들은 이야기입니다만, 미드가르드오름은 여러 개의 심장을 가지고 있다고 합니다. 어쩌면 즉사 능력에도 죽지 않을 가능성이 있습니다."

감정으로 본 설명에도 그런 말이 적혀 있었다. 확실히 즉사가 어디까지 효과가 있을지는 미지수다. 뭐, 그래도 심장이 몇 천 개나 있지는 않겠지. 그렇다면 완전히 죽일 때까지 공격해주마.

'그럼, 갈게.'

『그래.』

그리하여 나는 다시 출격하기로 했다. 물론 나 자신이 날아가는 게 아니라 프란이 조종하는 것처럼 보이며.

"조검연무(操劍演舞)."

"오오!"

기술 이름을 적당히 중얼거린 프란이 양손을 내밀어 집중하는 동작을 보였다. 때때로 몸을 비틀기도 하고 "으음" 하고 중얼거리는 등 경쾌했다.

뭐, 실제로는 단순한 시늉이고 내가 평소대로 염동으로 나와 데스게이즈를 날렸을 뿐이지만.

옆에서 보면 프란이 수수께끼의 스킬로 검을 날려서 자유자재로 조종하고 있는 것처럼 보일 것이다. 상당히 무방비하지만 울시가 옆에서 지키고 있으면 문제는 없다.

'스승, 힘내.'

'웡.'

『맡겨줘!』

그렇다고 해도 미드가르드오름의 공격을 피하며 즉사가 발동할 때까지 벨 뿐이었다.

『검으로서 나의 자존심을 굽히면서까지 다른 검을 쓰는 거다! 반드시 죽여주마! 이 대물! 이 자식아!』

"크오아아아아아아!"

쳇. 단순히 베기만 해서는 두꺼운 피부에 칼날이 들어가지 않는군. 염동으로 나름 기세를 더하지 않으면 안 되나. 뭐, 염동 캐터펄트에 비하면 미미하지만.

그렇게 마력을 실은 데스게이즈로 스무 번 정도 벤 직후였다. 데스게이즈의 도신이 진홍빛으로 빛났다. 즉사 효과가 발동한 것이다.

"크아아아아아아아——."

미드가르드오름이 나의 도신이 흔들릴 만큼 엄청난 포효를 내질렀다.

그리고 미드가르드오름의 움직임이 멈췄다.

『쓰러뜨렸다!』

하지만 나의 기쁨도 잠시였다.

젠장, 내 기쁨의 외침을 돌려줘!

"———크아아오오."

『뭐야! 안 죽었어!』

"크오오오오오오오!"

렌길 선장의 예상이 적중한 모양이다. 즉사로는 심장이 여러 개 달린 마수를 죽일 수 없는 듯했다.

『그렇다면 모든 심장을 부숴주마! 덤벼!』

"크오오오오……"

『이봐! 왜 그래? 난 여기 있다고!』

"크오오오우우우우우우우우우!"

놀랍게도 미드가르드오름이 나를 무시하고 배를 향해 헤엄치기 시작하는 게 아닌가.

『이 덩치! 야, 적은 여기 있다!』

데스게이즈를 거체에 내리쳤다. 하지만 미드가르드오름은 내게 몸을 돌리지 않았다.

생각해보니 나는 무기물이다. 위험한 무기물보다 간단히 삼킬 수 있는 생명체 쪽이 이 녀석의 구미를 끄는 건 어쩔 수 없을지도 모른다.

몇 번이고 데스게이즈로 공격하자 다시 즉사가 발동했다. 순간 덩치의 움직임이 멈췄다. 하지만 몇 십 초가 지나자 아무 일도 없었다는 양 헤엄치기 시작했다.

게다가 속도가 상당했다. 배도 이미 미드가르드오름에게서 도망치는 침로를 잡고 있었지만, 이대로는 순식간에 따라잡힐 것이다.

이거 미드가르드오름이 배를 따라잡기 전에 데스게이즈로 죽이기는 어려울지도 모른다.

『젠장, 어쩌지? 독은 효과를 기대할 수 없고.』

데스게이즈 공격에 나 자신의 마독아 공격도 추가로 실시했지만 전혀 중독될 기미가 보이지 않았다. 독 내성은 없을 텐데……. 몸집이 너무 커서 아무리 강력해도 소량의 독으로는 의미가 없나 보다. 역시 여기서도 크기의 벽이 가로막았다.

『쳇! 저 배에는 프란이 타고 있어! 절대로 못 보낸다! 이 자식아!』

나는 초조하고 화가 난 채로 다시 염동 캐터펄트를 발동했다. 다짜고짜 돌진한 나의 도신이 반쯤 재생한 미드가르드오름의 머리에 박혔다.

『무시하지 마! 야! 적은 이쪽이다! 이쪽에 있다고!』

나는 몇 번이고 몇 번이고 무아지경에 빠져 미드가르드오름에게 계속 돌진했다. 지나치게 분노했는지 거무칙칙한 감정과 함께 묘하게 힘이 용솟음치는 듯한 느낌이 들었다. 마음은 없지만 내 도신에 흐르는 마력도 검은 느낌이 들었다. 나는 안에서 소용돌이치는 격렬한 감정 그대로 전력을 미즈가르드오름에게 쏟아부었다.

『젠자아아앙!』

엄청난 반동과 함께 나의 도신이 완전히 부서졌다. 그 대신 지금까지 낸 것보다 더욱 큰 크레이터가 미드가르드오름의 머리에 생겨나 있었다.

그래도 나는 완전히 무시했다.

『내게 방법이…… 달리 뭔가 없나?』

적어도 이 녀석의 속도를 줄일 수 있다면……. 아니 아니, 어떻게? 생각해! 잿빛 뇌세포여, 풀회전이다! 뭐, 내게 뇌는 없지만 말이야!

그리고 나는 어떤 방법을 떠올렸다.

『그걸 쓸 수 있을지도 몰라.』

솔직히 이판사판이지만 이제 떠오르는 건 뭐든 해보는 수밖에 없었다.

『마력 장벽 전개! 염동 해방!』

나는 미드가르드오름의 앞쪽으로 돌아가 다시 염동 캐터펄트를 사용했다. 하지만 표적은 이 녀석의 몸이 아니다. 목표는 재생하고 있는 입. 그리고 그 내부다.

『이름하여 난쟁이 작전!』

밖에서 안 된다면 안에서 공격하는 작전이다.

『우왓! 기괴해!』

미드가르드오름의 내부는 내장 느낌이 물씬 풍겨서 엄청나게 기분 나빴다.

게다가 무시무시한 기세로 나의 내구도가 감소해갔다. 몸속에서는 위가 아니라도 소화액이 분비되는 듯했다. 마력 장벽이 없었다면 순식간에 녹아버렸을 것이다.

사실은 내부에서 날뛰고 싶었지만 냉큼 목적을 마치고 탈출하지 않으면 정말 위험할 것 같았다.

다만 내가 생각한 작전을 실행하려면 좀 더 안쪽으로 들어가는 편이 좋을 듯했다.

나는 다시 염동을 전개해 녀석의 몸속을 나아갔다.

내구도가 반이 깎였군. 사실은 더 안으로 들어가고 싶지만 할 수 없다.

『날아가라! 차원 수납 발동!』

내가 차원 수납에서 꺼낸 것은 낙하하는 부유도를 부숴 수납한 바위들이었다. 나는 차원 수납 속에 대량으로 넣어둔 바위들을 연속으로 꺼냈다.

입 근처에서 바위를 꺼내면 토해낼지도 모르기 때문에 가능하면 몸 안쪽에서 하고 싶었다. 이 위치라면 쉽게는 못 뱉을 거다!

예전에 초반에 수납했던 독 연못의 물은 여기서는 쓰지 않기로 했다.

대해원에 비하면 아주 미약한 양이지만 위험한 짓은 하지 않는 편이 좋다고 판단했기 때문이다.

『우왓! 내구도가 위험해! ──쇼트 점프!』

미드가르드오름의 소화액과 그 몸속에서 서로 마찰하는 바위의 압력으로 나의 내구도 감소가 가속한 상태였다. 황급히 시공 마술을 영창해 전이했다.

첨벙!

생각대로 바닷속으로 나올 수 있었다.

남은 내구도는 대략 백. 정말 아슬아슬했다.

『녀석의 배가 파열되면 좋겠는데.』

미드가르드오름의 배의 일부가 열 배 이상 부풀었지만 그곳이 터질 기미는 보이지 않았다. 뭐, 뱀은 자신보다 훨씬 큰 먹이를 통째로 삼키니 이 녀석도 이 정도라면 문제없는 모양이다.

하지만 저만한 숫자의 바위가 몸속에 존재하고 있다. 움직임은 확실히 둔해질 것이다.

해상에서 확인하니 헤엄치는 속도는 확실히 느려져 있었다.

이만하면 그 바위들을 소화시키기 전에 배로 도망칠 수 있을 것이다.

『좋았어, 얼른 이 해역을 이탈하자!』

여러분은 갈수록 태산. 혹은 엎친 데 덮친 격이라는 말을 아십니까? 눈병에 고춧가루라고 해도 좋을지도 모릅니다.

무슨 말을 하고 싶냐면――.

"해, 해적선이다!"

이런 겁니다.

망루의 선원이 경종을 울리며 외쳤다.

지금 우리는 본래의 남진 항로에서 벗어나 북쪽을 목표하고 있었다.

향하고 있는 곳은 시드런 제도라는 군도에 있는 시드런 해국이라는 작은 나라다.

목적은 배의 수리와 물자의 보급이다.

미드가르드오름의 습격으로 배에 큰 구멍이 뚫린 데다 식료품과 물의 태반을 잃어버렸기 때문이다.

어젯밤부터 분 큰 폭풍과 미드가르드오름 때문에 본래 항로에서 큰 폭으로 벗어나기도 해서 출발지인 더즈로 돌아가지 않고 시드런 해국으로 향하기로 한 것이다.

장소로 말하자면 지금까지 우리가 있었던 크란젤 왕국 등이 있는 질버드 대륙과 그 북쪽에 있는 블로딘 대륙, 더 나아가 질버드의 서쪽에 있는 크롬 대륙을 삼각으로 잇는 정확히 중간 지점. 질버드와 블로딘 사이에 있는 마해의 약간 남서쪽에 존재한다나.

현재 위치에서 보면 약간 북쪽에 존재하는 나라다.

약간 마음에 걸리는 건 암노예 상인들이 시드런 해국을 중계지로 이용하고 있다는 점인데…….

나라 전체가 범죄에 가담하고 있을 리는 없을 테니 이렇게 되면 어쩔 수 없겠지.

"총원! 긴급 배치!"

해적선의 모습이 보인 직후, 렌길 선장의 고함이 울리자 선원들이 황급히 움직이기 시작했다.

미드가르드오름에게서 겨우 도망쳐 함쇄 다랑어 초밥으로 축하를 하고 있었는데.

즐거워하던 아이들도 다시 불안한 표정을 짓고 있었다. 헐트 왕자와 사티아 왕녀도 마찬가지였다.

젠장. 모처럼 프란도 즐거워하고 있었는데! 용서 못 한다, 해적 자식들아!

쌍둥이에게 렌길 선장과 살트가 설명을 하기 위해 바로 찾아왔다.

"해적선단에 포착됐습니다."

"선단? 상대의 수는?"

"네 척입니다."

"도망칠 수는 있나?"

헐트 왕자의 물음에 선장이 고개를 저었다.

"무리입니다. 지금의 배로는 전속력을 낼 수 없어서…….''

"그럼 싸울 수밖에 없나."

왕자가 결의에 찬 표정으로 그렇게 중얼거렸지만 살트가 그 말을 부정했다.

"아닙니다. 현재 상태로 포격전이 되면 가라앉을 가능성도 있습니다. 하지만 해적은 어지간한 경우를 제외하고 항복한 상대를 죽이지 않는다고 합니다. 그렇지, 선장?"

"네. 해적은 확실히 난폭한 자들입니다. 배를 습격했을 때 저항하면 목숨을 빼앗습니다. 하지만 항복한 자를 해치는 경우는 없습니다."

"그런가?"

"네. 배를 습격하는 건 위험이 무척 큰일입니다. 호위하는 모험가나 위병의 저항을 받는 경우도 많고 습격한 배에 무엇이 실려있는지도 불확실합니다."

그렇겠군. 경우에 따라서는 수입보다 지출이 많을 가능성도 있을 것이다.

"그러므로 그들은 인질을 잡아 몸값을 요구합니다. 그쪽이 확실하게 수입이 있기 때문입니다. 그 대신 인질의 무사는 보장합니다. 해적에게 신용이라는 말도 이상하지만 몸값의 지불은 신용이 중요하기 때문입니다."

"그렇군."

"하지만 이번 경우는……."

렌길 선장이 거기까지 말하고 표정을 굳혔다.

"뭔가 문제가 있는 건가?"

"이번에는 항로를 크게 벗어났습니다. 보통 해적은 배의 왕래가 많은 해로 근처에 거점을 둡니다. 그러므로 이 장소에서 해적과 만나는 일은 보통은 있을 수 없습니다."

"다시 말해 어떻게 된 거지?"

"저 해적은 이쪽의 상식이 통하지 않을 가능성이 있습니다. 정말로 이쪽을 해치지 않고 몸값을 요구하려고 하는지도 알 수 없습니다."

그거 확실히 판단하기 어렵군.

전투도 위험하고 항복도 위험하다. 어느 쪽이든 왕자 남매의 목숨을 위험에 노출시킬 가능성이 있다는 뜻인가.

"그러므로 전하들께서는 탈출정으로 도망치셔야 합니다."

"그 탈출정으로 전원이 못 도망치나?"

왕자의 말에 살트가 고개를 가로저었다.

"숫자는 됩니다만, 해적을 유인하기 위해 싸울 자가 필요합니다. 전하들과 아이들, 그리고 저를 포함한 수행원 몇 명과 탈출정 조종에 필요한 선원만 도망치겠습니다."

시드런 해국은 엎어지면 코 닿을 데 있으므로 소형 탈출정으로도 오늘 안에 육지에 도착한다는 이야기였다. 하지만 그것을 왕자와 왕녀가 부정했다.

"그 경우 남은 자들의 생존은?"

"안심하십시오. 어느 정도 싸우고 항복시키겠습니다."

살트가 그렇게 고했지만 왕자와 왕녀의 얼굴은 어두웠다. 안심하라고 말하는 살트도 얼굴에는 심각한 표정이 떠올라 있었다. 뭐, 저항한 상대의 항복을 해적들이 순순히 인정한다고 생각하기도 어렵고, 본보기로 괴롭히다 죽일 가능성도 있을 것이다.

"안 된다. 신하를 남기고 우리만 도망치는 건 허락할 수 없다."

"그래요. 도망친다면 다 함께 도망쳐야 해요."

으음. 훌륭한 생각이다. 평범하게 생각하면 여기서는 부하를 미끼로 삼아 도망쳐야 할 것이다. 그것이 왕족의 책무라고 생각한다. 이 두 사람은 너무 무르다.

하지만 나는 이 둘이 마음에 들었다. 이런 어설픈 왕족이 있어도 괜찮지 않은가.

"저도 반대입니다."

그렇게 말하고 이야기에 끼어든 것은 어느새 나타난 시종 세리드였다.

"세리드도 그렇게 생각하나. 역시 모두가 도망쳐야 해."

"아니요, 여기서는 항복해야 합니다."

"말도 안 돼! 방금 전 설명을 듣지 않았나! 항복이 받아들여질지 알 수 없다고 했을 텐데!"

"하지만 이 대해원에서 작은 배로 노를 저어 무사히 도착한다고 생각할 수 있나? 그렇다면 이쪽의 신분을 밝히고 항복한다. 녀석들도 국가를 적으로 돌리려고는 하지 않을 것이다. 그렇다면 몸값을 지불하면 풀려나겠지. 그러기 위해서도 쓸데없이 저항하지 마라. 섣불리 저항해 상대를 화나게 만들면 교섭조차 할 수 없게 될지도 모른다."

그건 그것대로 일리가 있지만……. 그렇게 잘 풀릴까?

"나는 반대다!"

"본분을 분별해라, 살트. 기사 따위가 끼어들 문제가 아니야."

"나는 두 분의 호위다! 이런 경우에 대한 재량을 부여받았다."

여전히 사이가 안 좋군, 이 두 사람.

"전하의 호위라고 거만하게 구는구나!"

"거만하게 군 적 없다! 두 분의 생명을 지키는 것이야말로 나의 사명! 그러기 위해 전력을 다할 뿐이다!"

"왕비님께 알랑거리기만 한 타국인이! 그 말이 본심인지 수상쩍구나!"

"세리드 공! 나를 모욕하는 건가!"

"굳이 위험한 방책을 밀어붙이니 의심하고 싶어지는구나! 레이도스 왕국에서 도망쳤다는 말도 사실이 맞는가! 아마 우리나라의 신검을 노리고 있는 게 아닌가?"

"응? 신검이 있어?"

신검이라는 말에 반응한 프란이 아저씨들의 말싸움에 끼어들었다. 잘도 지금 두 사람 사이에 끼어들었구나.

"아, 아아. 우리나라에는 신검이 있네만."

"네놈이 우리나라라고 하지 마라! 레이도스 인!"

"뭐라고!"

또다시 아저씨들이 말싸움을 시작했군. 으음, 발전이 없다. 아니, 시간낭비라는 생각이 들었다.

『프란, 귀찮으니 얼른 정리하자. 그리고 신검 이야기를 천천히 듣자.』

'응. 그렇게 할게.'

『식사도 하던 중이었고.』

'초밥, 맛있어.'

『울시는 여기서 왕자 남매를 호위해.』

'웡!'

'그리고 내가 먹을 초밥도 확보해.'

'워웡!'

117

『거 참, 그렇게 마음에 들었어?』

'응! 카레 다음으로 맛있는 음식은 초밥. 당당히 2위에 랭크인.'

카레에는 대적하지 못하는 건가.

터벅터벅 배 가장자리로 향하는 프란을 보고 헐트 왕자가 말을 걸었다.

"프란? 어디 가는 거지?"

"응? 잠깐 가라앉히고 올게."

"뭐? 잠깐 기다려! 무모하다!"

왕자가 저지하려고 했지만 프란은 그 손을 슬쩍 피하고 뱃전에 발을 걸쳤다.

"그럼 갔다 올게."

그리고 뛰어내렸다.

"꺄악! 프란 씨!"

"프란!"

아이들이 황급히 달려왔다. 바다에 뛰어들었다고 생각한 모양이다. 이봐들, 아무리 프란이라 해도 헤엄쳐서 해적선에 올라타는 건 힘들다고.

갑판에서 아래를 내려다본 그들이 본 것은 물결에 휩쓸리는 흑묘족 소녀가 아니라 신기한 힘으로 하늘을 뛰어오르는 프란의 모습이었다. 더 나아가 프란은 나를 앞으로 던지고 하늘에 뜬 내게 올라탔다.

"우와!"

"굉장해!"

"프란이 하늘을 날고 있어!"

그대로 나의 염동 에어라이드가 발동해 프란은 파도를 타듯 하늘을 나아갔다.

30초도 걸리지 않아 해적선 상공에 도달했다.

『깃발에 해골이라니, 이런 표준적인 해적이 살아 있구나.』

"응."

불성실하지만 약간 두근거리고 말았다.

다만 왠지 엉성했다. 이미 어딘가에서 전투를 하고 온 것처럼 배는 흠집투성이였다.

좀 더 관찰해보니 대포나 캐터펄트 종류도 눈에 띄지 않았다. 배의 측면을 봐도 대포용 구멍도 없었다.

아무리 봐도 전투함이 아니었다. 그러기는커녕 이 크기에 이 형상은——.

『이건…… 원래 어선이었던 거 아냐?』

해적들을 감정해봤다.

그러자 정말 본래 직업은 해적이 아니었다. 직업이 어부나 사공이라고 적혀 있는 데다 스킬 구성도 낚시나 투망뿐이었다. 전투에 쓸 만한 건 투척이나 창던지기 정도일 것이다.

『어떻게 된 거지?』

"글쎄?"

『으음, 하지만 해적기를 달았고 무기도 들고 있어. 그냥 넘어갈 수는 없지.』

"가장 큰 배를 남기고 나머지는 가라앉혀?"

『어떻게 할까…… 해적이지만 해적이 아니니…….』

"죽이지 않고 제압할게."

『그렇지, 그렇게 가자.』

"응."

그리하여 프란은 우선 기함으로 보이는 배로 향했다. 해적들은 입을 벌리고 멍하니 있었다.

"갈게."

『그래. 죽이지 마.』

"응."

프란이 내게서 뛰어내렸다.

나는 그 뒤를 쫓아가 공중에 뜬 프란의 손에 들어갔다.

그리고 프란이 해적선단의 기함에 내려섰다.

"어──?"

"엉──?"

갑자기 나타난 미소녀의 존재에 놀라 몸이 굳은 해적들. 프란은 그대로 칼집에 들어 있는 나를 휘둘러 주위에 있는 해적들을 순식간에 때려눕혔다.

얼굴을 구타당해 코피를 뿌리며 날아가는 해적. 팔다리가 부러져 격통에 몸부림치는 해적.

순식간에 몇 명이 전투불능에 빠졌다.

"크아아악!"

"크으으윽!"

죽이지 말라고 했지만 큰 부상을 입히지 말라고는 안 했거든.

뭐, 뼈 몇 개는 각오해두라고.

"뭐가……"

역시 이 해적들은 아마추어다. 이만한 사태에도 거의 반응하지 못했다. 무기를 들지도 못한 채 그저 눈을 동그랗게 뜨고 있을 뿐이었다.

남은 건 유린의 시간이었다.

몇 사람이 더 얻어맞아 쓰러지자 겨우 움직이기 시작한 해적들이었지만──.

쏘는 화살을 마력 장벽으로 튕겨내며 프란이 공격에 나서자 일격에 쓰러져갔다.

"뭐, 뭐하는 놈이야, 너!"

"모험가."

"큭, 비상식적인 놈이!"

"죽어라!"

"그쪽이."

아니 아니, 안 죽인다고!

"크악!"

"히이이익!"

순식간에 서 있는 건 선장뿐인 상황이 되었다.

"젠장! 괴, 괴물 놈!"

으음, 마음에 안 드는군. 마음에 안 들어.

'스승, 불만이야?'

『왜냐하면 이 녀석의 꼴을 봐!』

"?"

해적이라고 하면 안대에 의수라든가 해골 마크가 들어간 모자라든가 여러 가지가 있잖아! 이상은 후크 선장. 다음으로 잭 스패로우. 그런데 이 녀석은!

『아무리 봐도 평범한 아저씨로밖에 안 보이잖아!』

그렇다. 이 선장은 보통 갑옷에 보통 투구라는, 재미라고는 눈곱만큼도 없는 모습이었다! 도저히 해적 선장으로는 보이지 않았다. 감정이 없었다면 선장이라고 눈치채지 못했을지도 몰랐다.

"빌어먹을! 놔라! 놓으란 말이다!"

그러는 사이에 프란이 선장을 붙잡았다. 몸집 작은 프란이 덩치 큰 남자를 간단히 제압하는 모습은 상당히 기묘하게 보일 것이다.

『얼른 질문하자.』

'우선 뭘 물어?'

『이 녀석이 이 선단의 보스이려나?』

자, 신문 시간이다. 프란이 질문하고 허언의 이치로 사실인지를 판단할 뿐이지만 말이다.

다른 동료는 있는가? 아지트는 어디인가? 묻고 싶은 것은 몇 개나 있었다.

하지만 다른 배에서 이 배로 포격을 하기 시작했기 때문에 신문은 중단되고 말았다. 보스가 잡혔는데 잘도 쏘는군.

"저 자식들, 배신했구나!"

아아, 자주 있는 이야기인가? 보스가 죽으면 우리가 보스다! 같은?

『일단 다른 배를 해치우자.』

"응. 핫."

"쿠헥!"

프란이 선장의 목덜미에 수도를 먹였다.

아니, 지금 소리는 좀 위험하지 않아? 의식을 잃었다고 해야 하나, 입에 거품을 물고 흰자위가 드러났는데.

『지금 건 뭐지?』

"? 멋있는 거. 대성공. 목에 춉을 먹여 기절시키는 거야."

『……뭐, 살아 있으니 됐나. 이 녀석은 묶어두자.』

"응. 그럼 갈게."

프란은 묶어둔 선장을 겨드랑이에 끼고 다시 내게 올라탔다. 이쪽에도 포탄이 날아왔지만 과녁이 너무 작아 맞을 기미가 보이지 않았다.

"그럼 할게."

그리고 다른 배에 올라탄 프란이 선원들을 차례차례 때려눕혀 갔다.

5분도 걸리지 않아 네 척 있던 해적선은 모두 제압됐다.

대부분의 해적들은 의식을 잃고 갑판에 쓰러졌다.

『일단 해적 선장을 데리고 배로 돌아갈까.』

"응."

"건방진 짓을 했구나!"

해적선단을 제압하고 돌아온 우리를 맞이한 건 세리드의 노성이었다.

"?"

"누가 멋대로 공격해도 좋다고 했나!"

"전부 제압했어. 문제없어."

"호위 직무를 내팽개치고 멋대로 전투 행동을 했다! 이게 문제다! 녀석들이 화가 나 반격해 전하들께 무슨 일이 생기면 어쩔 셈이었느냐!"

프란이 무엇을 하든 마음에 들지 않을 것이다. 어쩌면 이렇게 폄하해 공적을 깎아내리려는 작전인 걸까? 살트도 감싸주지 않고 말이다.

『일단 사과해.』

이런 녀석에게는 적당히 머리를 숙이는 것이 제일이다. 그래도 여전히 불만을 터뜨리면 그때는 실력 행사도 고려하면 된다.

"응. 죄송합니다."

"흥, 알았으면 됐다!"

우쭐한 얼굴을 해가지곤! 그 얼굴에 한 방 먹이면 속이 후련해질 텐데.

"……으응?"

"깨어났나?"

소동 때문인지 발치에 쓰러져 있던 해적 선장이 눈을 떴다.

"너, 너는! 여기는 어디냐!"

"배 위."

"내 부하들은 어떻게 했지?"

여기서는 조금 위협해둘까. 죽지 않았다는 것을 알면 반항할지도 모르니.

『프란, 다른 녀석들은 배와 함께 가라앉았다고 거짓말해.』

"가라앉았어. 지금쯤 바닷말이 됐겠네."

『물고기 밥이야!』

"응, 물고기 밥."

"그, 그게 사실이냐……."

해적은 탐색하는 표정으로 프란을 올려다봤다. 아까 그 난리를 봤으니 그 말이 진실이라고 생각한 모양이다.

프란이 해적을 위협해 정보를 캐내려는 것을 알았는지 렝길 선장도 살트도 아무 말도 하지 않았다.

"몇 가지 질문이 있어. 얌전히 대답하면 동료의 뒤를 따르지 않고 끝날 거야."

"누, 누가 말할까보냐!"

센 척하면서도 얼굴은 창백했다. 역시 프란에게 두려움을 품고 있는 것 같군. 여기서 좀 더 위협하면 바로 정보를 실토할 것이다.

하지만 그런 계획을 박살 내는 분위기 파악 못 하는 녀석이 있었다.

"이봐, 무슨 말을 느긋하게 하고 있나! 해적선을 가라앉혔다는 둥 영문 모를 소리나 하고! 녀석들은 건재하지 않나! 얼른 고문이라도 해!"

해적과 이야기하고 있는 프란에게 세리드가 애가 탄다는 양 고함을 지른 것이다.

정말 이 자식은……. 이 녀석부터 물고기 밥으로 만들어줄까?

죽지 않았다는 것을 알았기 때문인지 해적의 태도가 눈에 띄게 이쪽을 우습게 보는 쪽으로 바뀌었다.

이쪽을 어설프다고 생각한 거겠지.

세리드 때문에 귀찮아졌잖아.

가능하면 고문은 하고 싶지 않았는데.

『프란, 귀찮지만 할 수 없다.』

"응. 살트. 애들을 밑으로 데려가."

"……알았다."

살트도 프란이 이제부터 하려는 행동을 알았을 것이다. 왕자와 아이들을 설득해 갑판에서 선내로 데려갔다. 헐트 왕자는 왕족으로서 이런 행위의 필요성도 아는 듯했지만 여기는 프란과 다른 사람들에게 맡기겠다고 말하고 순순히 따라주었다.

이로써 거리낌 없이 이야기를 들을 수 있겠군.

"그럼……."

"뭐, 뭐냐!"

해적이 프란에게 눌려 얼굴을 굳혔다. 프란의 눈은 프란을 모르는 사람이 보면 마치 감정이 없는 것처럼 보이기 때문이다.

"다른 동료는 몇 척 정도야? 아지트는 어디 있어?"

"마, 말 안 한다!"

"그래."

그리고 프란의 신문이 시작──되지 않았다.

원래 크기로 돌아온 울시를 부추기며 위협을 실어 뺨을 가볍게 베자 간단히 얌전해졌기 때문이다.

역시 이 남자들은 해적이 아니었다.

원래는 시드런 해국의 어부였지만 무거운 세금을 내지 못해 나라에서 도망쳤다고 한다.

아지트라고 부를 만한 곳은 없고, 이 주변 작은 섬을 전전하며 고기잡이와 해적 행위로 생계를 꾸렸다고 했다.

해적 이야기를 듣고 렌길 선장이 신음했다.

"국왕이 세대교체해 혼란스럽다고는 들었지만……. 설마 백성이 도망칠 정도로 어지러워졌을 줄이야. 무거운 세금은 국민 전체에 부과된 겁니까?"

"그, 그래. 선대왕에서 왕태자로 왕이 바뀌고 세금이 두 배가 됐어. 게다가 갑작스레 영문 모를 세금을 생각해 무리하게 징수했지."

"그런데도 잘도 반란이 일어나지 않는군요."

"켁. 군이 왕태자의 개이기 때문이야. 무기를 들고 일어서면 바로 진압돼 끝났지."

해적은 완전히 태도를 바꿨는지 그 자리에 책상다리를 하며 욕을 퍼부었다.

마치 자신들도 피해자라고 하고 싶은가 본데…….

"그렇다고 도망쳐 해적 행위를 하는 건 용납할 수 없습니다."

"닥쳐! 젠장! 첫째 공주님이 그렇게 되지 않았다면……."

"첫째 공주는 누구지?"

"제1 왕녀인 세리메어 공주님이다! 우리 같은 가난한 사람의 편이었어! 하지만 어느 날 갑자기 행방불명됐다고."

제1 왕녀는 자비심이 깊기로 유명해서 다양한 약자 구제 정책을 실행에 옮겼다고 한다. 빈민에 대한 식사 공급뿐만 아니라 무료 진료소 개설이나 어선 보수비 보조 등 많은 사회 보장을 충실하게 갖췄다나.

그러나 현재 왕이 즉위한 직후에 행방을 알 수 없어서 암살당한 것이 아니냐는 이야기가 돌고 있다고 한다.

실제로 지금 왕은 사회 보장비를 대부분 삭감해 군사비로 전용한 모양이다.

"그렇다 치더라도 시드런 본국에서 이만큼 가까운 곳에서 해적 행위가 가능합니까? 단속은 어떻게 된 겁니까?"

"해군 녀석들은 말이야, 돈만 쥐어주면 어떻게든 돼."

"뇌물로 해적을 봐줄 만큼 부패했다는 건가……."

듣고 싶은 이야기는 얼추 들은 것 같군. 이 녀석들이 평소 정박하는 곳도 물었지만 그곳에 식료품은 거의 없다고 했다.

하지만 식료품이 없다는 말이 사실인지는 허언의 이치로 거짓말을 판별할 수 있는 나밖에 알 수 없다.

그 진위를 확인하기 위해 해적들이 정박지로 이용하는 작은 섬으로 향하게 됐다.

"그곳에 식료품도 물도 없으면?"

"그러면 어떻게 해야 할까요……."

프란의 질문에 렌길 선장이 고민스러운 표정을 지었다.

주민이 도망칠 만큼 혼란스러운 나라에 과연 기항해도 좋을지 생각하고 있을 것이다.

왕자 남매가 있어서 그 판단은 내리기가 무척 어려웠다.

"……항해를 계속하려면 식료품이 필요합니다."

최악의 경우, 시드런으로 향할 것을 결심한 모양이었다.

습격해 온 해적들은 전원 구속해 이쪽 배에 태웠다. 만약 시드런으로 가게 될 경우 위병에게 넘기기 위해서다.

세금이 무거워서 도망쳤다는 이야기는 확실히 불쌍할지도 모른다. 하지만 그 후 해적으로 전락한 것은 이 녀석들의 선택이다. 그리고 이쪽을 습격한 것도 사실이다. 동정의 여지는 없었다.

거기에 도망친 국민을 잡으면 시드런 정부에 우호를 어필할 수 있다. 렌길 선장은 왕자 남매의 안전을 확보하기 위해 할 수 있는 일은 무엇이든 할 생각일 것이다.

　한 시간 후.

　해적이 거점으로 삼던 작은 섬에서 렌길 선장과 선원들이 어깨를 늘어뜨리고 있었다.

　"식료품은 거의 없었습니다."

　"역시 시드런 해국으로 향할 필요가 있습니까……."

　식료품은 고사하고 물조차 발견할 수 없었다.

　그러는 와중에 렌길 선장의 부하가 허겁지겁 선장을 부르러 왔다.

　"서, 선장님! 배입니다!"

　"방향은?"

　"북쪽! 시드런 방면에서입니다! 상당히 대형함이니 시드런 해군 소속이 아닐까 합니다!"

　"그런가요……. 출항 준비를 서두르세요! 상대의 태도를 알 수 없는 이상 경계를 게을리하지 말도록!"

　"넷!"

　선원이 황급히 떠난 후 선장이 심각한 얼굴로 프란에게 몸을 돌렸다.

　"프란 씨도 경계를 부탁합니다."

　아무래도 이제 살았다고 생각하지 않는 모양이다.

　시드런 해국의 태도도 알 수 없으니 말이다.

　세금을 무겁게 부과하는 정부의 해군이라면 무슨 수작을 부릴지 알 수 없다. 확실히 경계는 필요할 것이다.

"응."

"모쪼록. 아무쪼록 이쪽에서 싸움을 거는 행동은 하지 말아주십시오."

"알아."

"그럼 됐습니다."

짧은 만남에서도 프란의 호전적인 성격을 이해한 듯했다.

하지만 아무리 프란이라고 해도 국가의 군대를 상대로 싸움을 거는 짓은 하지 않는다.

아니, 하지 않겠지?

"응?"

『아무것도 아냐. 일단 방어가 우선이니 공격은 하지 않도록 하자.』

"응! 맡겨줘."

『울시도 알겠지?』

"윙!"

그 지나치게 기운찬 대답이 묘하게 불안한데…….

여차하면 내가 몸을 던져 둘을 막자.

그런 생각을 하는 사이에 군함이 섬까지 접근했다.

내건 문장은 머리가 일곱 개 달린 해룡. 시드런 소속이 틀림없나 보다.

"자, 어떤 상대일까요."

해군함이 나타나고 20분 후.

"그러니까 저희는 해적 일당이 아니라고 말했잖습니까!"

"발뺌하지 마라! 해적 기항지를 이용하면서 해적이 아니라고?"

"그렇습니다. 해적을 붙잡아 이곳을 알아냈을 뿐입니다."

"흥, 동료를 팔아 자신들만 살겠다고 할 줄이야. 꼴사납군."

렌길 선장과 군함의 책임자가 똑같은 대화를 줄기차게 나눴다.

군함의 책임자——드와이트라고 이름을 밝힌 약간 후덕한, 오크와 살짝 닮은 함장은 처음부터 이쪽의 말을 들을 생각이 없는 것처럼 보였다.

처음에는 이쪽을 해적이라고 단정 짓고 있나 했지만 아무래도 아닌 모양이다.

명백히 의도적으로 이쪽을 해적으로 몰아가고 있었다.

렌길 선장이 잡은 해적들을 인도해도, 세리드가 자신들은 필리어스 왕국의 요인이라고 내려다보는 시선으로 밝혀도 그 태도는 바뀌지 않았다.

기분 나쁘고 섬뜩한 웃음을 띠며 렌길 선장의 해명을 완전히 무시했다.

상대의 태도를 이해할 수 없어서 왕자와 왕녀가 있다고는 밝히지 않았지만 세리드는 자신이 귀족이라는 설명을 했다. 하지만 드와이트는 강경한 태도를 버리지 않았다.

렌길 선장은 넌지시 뇌물을 주겠다고 했지만 그것도 무시했다.

"해적의 변명은 들을 필요 없다! 설사 네놈들이 필리어스 사람인 경우에도 영해 침범이다!"

"뭣……! 저희 배는 시드런으로 가는 도항 허가증이 있습니다!"

"어차피 위조겠지!"

역시 해적 취급을 해 나포하려 하는 듯했다.

하지만 너무 억지스러운 느낌도 들었다. 아무리 그래도 귀족이

탄 배를 부당하게 나포해 금품을 빼앗으면 장래 이런저런 화근을 남긴다.

귀족이라는 이야기를 거짓말이라고 단정했다?

아니면 귀족이라도 입을 막으면 된다고 생각하고 있나? 하지만 그건 상당한 도박이다. 지구에는 죽은 이에게 입은 없다는 말이 있지만, 사령 마술이 있는 이 세계에서는 그 말도 통하지 않기 때문이다. 필리어스 측이 돌아오지 않는 귀족을 수상히 여겨 사령을 소환해 진실을 알아낸다면? 국제 문제는 무를 수 없다. 자칫하면 전쟁이다.

그런 문제를 모를 만큼 바보일 가능성도 있지만…….

뒤에 어떤 꿍꿍이가 있는지 모르는 이상 가능하면 여기서 얼른 헤어지고 시드런에 접근하지 않는 방향으로 이야기를 진행하고 싶었다.

내게는 프란의 신변의 안전이 가장 중요하다. 그러므로 드와이트를 여기서 베어버리고 혼란스러운 틈에 군함을 공격할까도 생각했다. 제독인 것치고는 상당히 약하고 전투도 저 레벨 검술과 바람 마술을 쓸 수 있을 뿐이다. 간단히 죽일 수 있을 것이다.

국제 문제? 알게 뭐야!

그렇게 생각했는데── 무리였습니다.

"움직이지 마라."

"큭!"

드와이트의 옆에 있던 전사풍 남자가 원인이다. 지금은 프란의 뒤에서 등에 검을 들이대고 있었다.

『뭐야! 이 녀석, 어느 틈에……?』

색이 칙칙한 외투에 가벼움을 중시한 쿵후복 비슷한 검은 전투복이라는, 얼핏 굉장히 평범한 모험가 차림을 한 남자였다. 드와이트의 주위를 경호하는 다른 호위 전사와의 차이는 창이 아니라 검을 장비하고 있는 점 정도일까. 그리고 피부가 적동색인 전사들과 달리 황인종에 가까운 피부색과 생김새였다.

덥수룩하게 자란 회갈색 머리카락을 적당히 뒤로 하나로 묶었고 얼굴에는 다박수염에 졸린 눈. 볼은 홀쭉해서 솔직히 강해 보이지는 않았다. 하지만 그건 겉모습에 불과했다.

우리는 검성술의 레벨을 올려서 다른 이의 실력을 전보다 느낄 수 있게 됐는데, 이 남자에게서는 특히 위험한 분위기가 감지됐다. 등급이 올라가지 않는 하급 모험가 같은 그 외모와는 반대로 상당한 실력자일 것이다.

강력한 마수들과 싸움을 경험하여 웬만한 인간에게 그렇게 지지는 않겠다며 우습게보고 있었다. 어느새 교만이 생긴 거겠지. 하지만 완전히 눈이 뜨였다. 머리부터 찬물을 뒤집어쓴 기분이었다.

『프란, 절대로 손대지 마.』

'응.'

몸에 걸치고 있는 장비도 얼핏 보면 양산품 같지만 모두 상당히 강한 마력이 느껴졌다. 마수의 소재로 만든 마력품인 것이다.

이름 : 발더　나이 : 41세

종족 : 인간

직업 : 섬검사(閃劍士)

Lv : 45/99

생명 : 309 마력 : 135 완력 : 217 민첩 : 251

스킬 : 회피 8, 궁기 2, 궁술 4, 기척 감지 7, 검기 10, 검술 10, 검성기 2, 검성술 4, 유연 6, 순발 7, 수영 6, 수상 보행 5, 선상 전투 7, 투척 5, 등반 5, 독 내성 4, 반응 속도 상승 5, 마비 내성 5, 기력 조작, 통각 둔화, 반사 신경

고유 스킬 : 섬검

칭호 : 전사장, 살인자

장비 : 수마강(水魔鋼)의 장검, 해룡 가죽 군복, 해룡 가죽 군화, 마고래의 외투, 수중 호흡 목걸이, 매 눈의 반지

역시 상당한 실력자였다. 검성술까지 가지고 있었다.

단순한 파괴력이라면 우리가 앞설 것이다. 하지만 경험은 차이는 압도적으로 부족했다. 그래서 지금 상황에 몰린 것이다. 방심한 결과, 허를 찔려 배후를 빼앗기고 말았다.

마수와는 다르게 사람이 내는 힘이다. 연구와 단련과 경험을 쌓은 결과, 손에 넣은 힘이었다.

방금 프란의 배후를 빼앗은 것도 특수한 보법이나 스킬 덕분이 아닐 것이다. 한결같이 연습해 평소 움직임의 낭비를 없애서 힘을 순간순간 싣는 것이 가능해진, 예비 동작을 극한까지 줄인 움직임이다. 그 움직임이 남자에게 당연한 것이라 긴장도 부자연스러움도 없어서 우리는 이변을 느끼고 감지하는 것이 늦고 말았다.

'……대단해.'

『프란?』

'전혀 반응 못 했어. 대단해.'

프란은 분노하기는커녕 남자의 움직임에 감탄하고 있었다. 굉장한 건 솔직히 굉장하다고 느낀 거겠지.

확실히 지금의 우리는 절대로 흉내 낼 수 없는 움직임이었다.

그래도 나의 존재가 알려지지 않은 이 상황이라면 저항하려면 할 수 있을 것이다.

하지만 이만큼 경험 차이를 보인 데다 상대에게는 선상 전투라는 스킬까지 있다. 게다가 미드가르드오름과의 싸움으로 전력을 소모한 프란으로서는 이긴다고 단언할 수 없었다.

또한 이 녀석에게 이기기 위해서는 전력으로 싸울 필요가 있다. 음, 확실히 배는 가라앉겠군. 하지만 힘을 적당히 쓰면 이쪽은 확실히 해적으로 인식돼 다른 병사들에게 왕자 남매가 죽을지도 모른다.

결국 여기서는 얌전히 있을 수밖에 없을 것 같았다.

뭐, 프란에게 위험이 있으면 다른 건 버리고 날뛸 생각이지만.

"무슨 일입니까?"

"아아, 헐트 전하."

위의 소동을 들었을 것이다.

헐트 왕자가 살트를 데리고 올라왔다.

성가신 일이 벌어지지 않으면 좋을 텐데.

"실은 시드런의 군함과 접촉했습니다만……."

"이봐! 뭘 떠들어!"

렌길 선장에게서 사태에 대한 설명을 받는 헐트 왕자를 본 드와이트가 고압적인 고함을 질렀다.

그 말을 들은 살트가 분노한 표정으로 받아쳤다.

"네놈, 그 태도는 무엇이냐! 이분은 필리어스 왕국의 왕자, 헐트 전하이시다!"

"호오…… 왕족이 국기도 걸지 않은 배에 타고 있었다는 건가?"

"항해 중에는 눈에 띄지 않기 위해 그러고 싶다고 고용주인 전하께서 말씀하셨습니다."

"믿기 어려운데……. 그 아이가 필리어스의 왕족이라면 증거라도 보여라."

"이걸 봐라!"

살트가 꺼낸 건 작은 금속 카드였다.

아마 필리어스 왕국에서 발행하는 특별한 신분증인 모양이다.

하지만 드와이트는 관심 없는 표정으로 그 카드를 흘낏 보고 무시하듯 코웃음을 쳤다.

"진짜로 보이지도 않는데……."

"진짜다!"

이 상황에 이르러서도 의심하는 말을 꺼내는 드와이트에게 화를 내는 살트.

나는 드와이트의 목적이 알고 싶어 허언의 이치를 써봤는데, 역시 드와이트는 이 신분증이 진짜라고 이해하고 있었다. 그래도 이렇게 의심하는 연기를 하는 건 명백히 이쪽을 도발하는 거겠군.

왕자 남매가 나왔으므로 세리드는 반대로 왕자의 신분을 이용하려고 생각한 모양이다.

"이봐! 이 배에는 우리 필리어스의 왕족이 타고 계신다! 이건 외교 문제다!"

뻐기듯 그렇게 단언했다.

하지만 드와이트의 태도는 바뀌지 않았다.

"그건 이쪽이 할 말이다. 설사 그 말이 사실이라 해도 이쪽은 왕족이 온다는 보고는 받지 못했다. 왕족이 허가도 없이 멋대로 우리나라 근해로 들어왔다면 그건 영해 침범이다."

"그러니까 도항 허가증은 있다고 했잖습니까!"

"우리나라와 필리어스는 현재 국교가 일시 정지된 상태다. 이 배의 도항 허가증이 있다고 해도 그것만으로 그런 나라의 왕족의 도항을 허가하겠나!"

"이, 일시 정지? 확실히 새로운 무역 비율 때문에 교섭이 난항을 겪고 있지만……."

세리드가 신음했다. 아무래도 왕이 바뀌어서 양국의 관계에 미묘한 변화가 생겼나 보다. 지금 왕이 정말 어리석다면 무역에서도 타국에 갖가지 생트집을 잡고 있을 것이다. 그 왕과 교섭이 끝나지 않은 상태라면, 상당히 억지스러운 논리이기는 하지만 확실히 국교가 정상이라고는 할 수 없을지도 모른다.

"하, 하지만 이번에는 긴급 피난에 해당하지 않습니까."

바다라는 장소는 무슨 일이 일어날지 알 수 없다. 수많은 선원에게 갑작스러운 사고로 항행 속행이 곤란해지는 사태는 남의 일이 아니었다. 설령 적국의 어선이라 해도 나포하거나 가라앉히지 않고 구원의 손길을 내미는 것이 암묵적인 규칙인 모양이다. 국민의 대다수가 뱃사람인 시드런 해국의 사람이 그 상식을 모를 리가 없었다.

"뻔뻔스럽군."

"저희도 맨입으로 도와주신다고는 생각하지 않습니다. 루실 상회에서 보답은 제대로 하겠습니다. 물론 이익도 챙겨드리고 함장님께도 충분히 사례는 하겠습니다."

"호오?"

렌길 선장의 말에 드와이트의 눈이 반짝 빛났다.

이거 잘 풀린 건가? 하지만 드와이트의 말은 예상외의 것이었다.

"지금 건 명백한 매수로군?"

"네?"

"영광스러운 시드런 해국의 제독에게 설마 뇌물을 언급할 줄이
야……. 이건 중대한 범죄다!"

"기, 기다려주세요! 지금 건 단순히 인사를 하려고 말씀드린 겁
니다!"

렌길 선장은 그렇게 말할 수밖에 없었다. 뭐, 완전히 뇌물을 줄
테니 못 본 척 해달라는 의미였다고는 생각하지만 명확히는 말하
지 않았다.

그래도 드와이트는 이죽대는 표정으로 부하에게 명령했다.

"이 녀석들을 잡아라! 저항하면 베어도 된다! 설령 상대가 누구
라도 상관없다."

시드런의 병사들이 일제히 검을 뽑아 이쪽 배에 올라탔다.

그리고 팔을 잡힌 필리어스 병사가 저항하자 발더가 그 병사를
느닷없이 베어버렸다.

너무 빨라서 프란 외에는 보지 못했을 것이다.

그만큼 빠르고, 그리고 주저 없는 검놀림이었다. 이 남자는 누
구를 베어도 주저하지 않을 것이다. 설령 필리어스의 왕족이라고
밝힌 소년 소녀라고 해도.

발더의 압도적인 힘과 조금 전까지 보이던 기를 못 펴는 수더

분한 표정에서는 상상도 할 수 없는 냉철한 눈에 공포를 느꼈는 지 모두가 입을 다물고 그 자리에 서 있었다. 그 압도감 속에서도 움직일 수 있는 건 프란과 헐트 왕자뿐이었다.

왕족이라서 부리는 자존심인지 대담한 혈통인지. 헐트 왕자는 혼자서 발더에게 따졌다.

"무슨 짓이냐!"

"저항하면 벤다고 했을 텐데."

"그, 그렇다고 갑자기 검을 휘두르는 일은 아니잖나!"

"그래서?"

"넌——."

왕자가 뭔가를 더 말하려고 하는 모습을 보고 발더는 차가운 눈 으로 다시 검 자루에 손을 댔다.

위험해, 멈춰야 해.

하지만 프란이 끼어들기 전에 렌길 선장의 고함이 갑판에 울려 퍼졌다.

"알겠습니다! 그쪽에 따르겠습니다! 신병을 넘길 테니 이 이상 은 용서해주십시오!"

왕자가 베인다고 이해한 거겠지.

렌길 선장이 양손을 들고 드와이트에게 항복을 표시했다.

"처음부터 그렇게 나왔으면 괜히 사람이 죽지 않고 끝났을 텐 데 말이야. 뭐, 됐다. 항구에 도착할 때까지 얌전히 있도록."

"알겠습니까, 여러분. 절대로 거역하지 않도록 합시다. 프란 씨 도요."

"응."

"세리드 님도 괜찮으시겠죠?"

"젠장! 알고 있다!"

"좋은 마음가짐이다. 하지만 그쪽 기사는 납득하지 않은 듯한데?"

"살트 님! 여기는 참아주십시오."

"…………."

살트도 거역할 생각은 없었을 것이다. 하지만 왕자가 병사에게 끌려가려고 하자 저도 모르게 검 자루에 손이 간 듯했다.

"살트, 여기서 싸워 피가 흐르는 건 내 진심이 아니다. 여기서는 얌전히 잡히자."

"네……. 알겠습니다."

헐트 왕자의 명령이라 그런지 아주 쉽게 따르는군.

"어린아이도 많이 타고 있다. 그 아이들을 난폭하게 대하지 않았으면 한다."

"뭐, 얌전히 잡히면 생각해주지 못할 것도 없지."

밧줄이나 수갑 종류는 채워지지 않을 듯하니 느닷없이 노예가 되는 사태는 벌어지지 않을 것이다. 당연히 최악의 사태를 상정해 경계만은 하지만 말이다. 일단 여기서는 따르자.

그 후, 렌길 선장을 비롯한 사람들과 함께 프란은 군함 안으로 끌려갔다.

선원들이나 왕자님 일행을 포함한 전원이 큰 방에 갇혔다. 보통은 반란을 경계해 더 잘게 나눠 가둘 거 같은데…….

하지만 드와이트가 왜 전원을 한곳에 모았는지 납득이 갔다. 방의 입구를 시드런 병사가 지키고 그 안에 발더가 있었기 때문이다.

약간의 저항이라면 쉽게 진압할 수 있다는 거겠지.

그리고 이만큼 포위돼 있으면 탈주나 반란 계획도 세울 수 없다. 오히려 프란과 사람들을 안전하게 가둬두는 방법이었다.

나는 가만히 발더를 관찰했다. 그러자 발더도 프란을 바라봤다. 저쪽도 프란이 실력자라는 것을 알고 있는 것이다.

감정을 읽을 수 없는 표정으로 프란을 빤히 응시했다. 흠, 경계하고 있군.

주목을 받아도 성가시다. 프란에게 최대한 얌전하고 조용히 있으라고 하자.

발더에게는 살인자라는 위험한 칭호도 있으니까.

두 시간 후.

군함이 돌연 소란스러워졌다.

아무래도 시드런 해국에 도착했나 보다.

"이쪽으로 와."

방에 있던 프란과 사람들은 발더에게 이끌려 군함 갑판으로 이동했다.

그곳에서 보인 것은 거대한 항구였다.

거친 잿빛 돌로 쌓아올린, 불필요한 장식을 극한까지 없앤 꾸밈없고 강건한 구조로 이뤄져 있었다.

정박하고 있는 건 거대한 군함뿐이었다.

아무래도 군항인 모양이다.

거기에 드와이트가 다가왔다.

"이제부터 필리어스 사람들에게만 이야기를 듣겠다."

"알겠습니다."

여전히 섬뜩한 웃음을 띠고 있군.

"어디로 데려가는 거지?"

살트가 호위의 책임감 때문인지 긴장한 얼굴로 드와이트에게 물었다.

이대로 감옥으로 끌려가기라도 하면 최악이기 때문이다.

"신분증이 확인될 때까지는 일단 귀족으로 취급하라고 들었다."

왕자 남매는 귀족용 취조실로 데려간다고 설명했다.

귀빈 대우는 해주지 않겠지만 적어도 갑자기 투옥되지는 않을 것이다.

불안하기는 하지만 이로써 왕자 남매가 교섭에 성공해주면 프란이나 선원들도 풀려날 것이다.

갑판에는 선원과 필리어스 병사, 그리고 아이들만이 남겨졌다.

이 뒤에 어떻게 될까 생각하고 있는데 병사들이 이쪽으로 오라고 명령했다.

시드런에 좋은 인상을 가지지 않은 탓인지 병사들까지 오만하게 보였다. 아니, 실제로 명령투에 태도도 나빴다.

그런 병사에게 이끌려 모두 줄줄이 이동했다.

어딘가 빈 방으로라도 데려가는 건가? 그런 생각을 하고 있는데 병사는 항구 옆에 있는 건물로 들어갔다.

중후한 석조 건물이었다.

아마 병사 대기소일 것이다. 그렇게까지 크지는 않은 것 같은데 여기에 프란과 사람들을 수용하는 건가? 방도 그렇게 많아 보이지 않는데.

하지만 나의 생각이 어설펐다.

여기는 상식으로는 따질 수 없는 부패 국가였던 것이다. 좀 더 생각해야 했다.

병사는 프란과 사람들을 지하로 데려갔다. 확실히 수많은 방이 있었다. 쇠창살로 막힌 더러운 감옥이.

"여기 들어가."

"뭐, 뭐야 여기는!"

"감옥이잖아! 우리는 범죄자가 아니야!"

당연히 선원들이 항의했다. 하지만 병사들의 태도는 퉁명스럽기 짝이 없었다.

"시끄럽다! 네놈들 거역하는 거냐?"

"거역한 경우 베어도 좋다고 허가가 나왔다. 그 이상 소란을 피우면 목숨은 없다고 생각해라."

"죽고 싶나?"

"젠장."

아까 동료가 죽는 장면을 봤다. 그 선원도 상대방의 말이 진심이라는 것을 알고 있을 것이다. 사방에서 창을 들이대 그 이상 거역하지 못했다.

"흥, 처음부터 얌전히 있으라고, 멍청한 놈들아!"

"다음은 없다고 생각해!"

"퀵! 커헉!"

세차게 얻어맞고 쓰러진 선원을 다른 한 병사가 걷어찼다. 그것을 보고 다른 선원들의 적의가 급속히 사라졌다. 저쪽이 이쪽을 어떻게 다룰 생각인지 이해한 것이다.

"무기 꺼내."

당연하게도 무장이 해제됐다.

위험해, 나는 완전히 눈에 띄었을 것이다. 보기만 해도 굉장한 검인 걸 알 수 있을 테니 말이야!

이제 와서 모습을 숨길 수도 없다.

『프란, 도망치자. 지금이라면 전이로 도망칠 수 있어.』

'안 돼.'

『하지만 이대로라면 감옥에……!』

'하지만 헐트랑 사티아네를 버리고 나만 도망칠 수 없어.'

『하지만…….』

'아무튼 안 돼.'

프란의 각오를 뒤집기는 어려워 보였다.

그리고 여기서 공간 도약으로 도망쳐도 섬나라인 시드런에서 도망칠 방법이 없었다.

도중에 받은 설명을 바탕으로 생각해보면 시드런 해국의 본섬은 상당히 좁은 것 같았다. 그 한정된 범위 안에서 계속 도망치기도 어려울 것이다.

감옥을 꼼꼼히 관찰했지만 특별히 마술적인 장치는 없었다. 이거라면 탈출하려고 마음먹으면 언제라도 도망칠 수 있으려나…….

할 수 없다. 일단 프란과 떨어지겠지만 얌전히 병사에게 회수되자.

『프란, 지나친 행동은 하지 마.』

'괜찮아.'

『울시는 프란 옆에 있어.』

'윙!'

울시는 이미 그림자 속에 숨어서, 그대로 프란을 지키도록 지시했다.

『그리고 되도록 마술은 쓰지 마. 단순한 검사로 보이게 해.』

프란에게 주의 사항을 전달하고 있는데 병사가 프란의 앞을 막아섰다.

"이봐, 그 검을 넘겨."

건방지게. 하지만 뒤에서 발더가 보고 있었다. 이 남자는 어떤 때라도 프란이 시야에 들어오도록 위치를 잡고 있었다. 상당히 경계하고 있구나.

"응."

프란이 고분고분히 나를 건넸다.

"호오. 좋은 검이잖아…… 발더 님, 보십시오."

"그래."

발더 녀석도 감정을 읽을 수 없는 냉철한 눈동자로 나를 빤히 바라봤다. 왠지 살아 있다는 느낌이 들지 않는군.

하지만 아무리 실력이 뛰어나도 나를 간파할 수는 없었던 모양이다.

결국 다른 검과 함께 보관 창고에 처박히게 됐다.

다행이다. 마도구의 힘을 봉인하는 처분을 받았다면 그 자리에서 도망칠 수밖에 없었기 때문이다. 이로써 이래저래 몰래 움직일 수 있다.

병사들이 뒤에서 나를 빼돌릴 방법을 의논하고 있어서, 그때까지는 프란에게 돌아가고 싶었다.

제3장 탈옥과 만남

보관 창고에 방치된 지 5분.

스킬로 주위에 누구의 기척도 없다는 것을 확인한 나는 조용히 행동을 개시했다.

『프란, 들려?』

'응. 들려.'

다행히 감옥에서 그다지 떨어지지 않아서 프란의 장비자 등록은 해제되지 않았다. 그 덕분에 프란과의 스킬 공유는 유효한 채였고, 떨어진 장소에서 프란이 있는 곳을 감지할 수 있었다.

핀포인트로 염화를 전달하는 것도 가능했다.

집중하면 공간 도약으로 프란에게 돌아가는 것도 가능할 것이다.

『어때? 이변은 없어?』

'응. 이쪽은 괜찮아.'

『그렇구나……. 나는 좀 더 어두워지면 돌아갈게. 앞으로 한 시간도 안 돼서 해가 완전히 질 거야.』

'알았어.'

『그 전에 나는 이 건물을 좀 조사해볼게.』

'조심해.'

『그래. 그쪽도.』

'응.'

그리하여 나는 보관 창고의 문에 달린 투시창으로 슬쩍 빠져나갔다.

조용하고 신중하고 몰래 행동해야 한다. 멋대로 움직이는 모습을 목격당하면 곤란하기 때문이다.

『이 모퉁이 저편이 감옥이로군.』

모퉁이에서 프란과 사람들이 잡혀 있는 감옥을 몰래 들여다보니 선원들은 감옥 여섯 개에 나뉘어 갇혀 있었다. 그 쇠창살 앞을 병사 한 명이 순회하고 있는 모습이 보였다. 감정해보니 꽤나 약했다. 하급자일지도 모른다.

가장 경계해야 할 상대, 발더는 없었다.

그렇다면 프란이 위험에 빠질 일도 없을 것이다. 저 병사가 무슨 짓을 하려고 해도 프란에게 손댈 수조차 없을 테니까.

하지만 저런 녀석일수록 못된 꾀를 짜낸다. 다른 포로들을 인질로 삼아 프란에게 지시를 따르게 할지도 모른다.

"헤헤헤. 약간 어리지만 미소녀잖아. 야, 거기 수인 꼬마, 이쪽으로 와."

"싫어."

"뭐? 거역하는 거냐? 이 녀석들을 죽이고 싶지 않으면 이쪽으로 와!"

"웃."

"크크크. 왜 그래? 뭐하면 거기서 스트립쇼를 해도 되는데?"

"알았어……."

"킥킥, 벗는 솜씨가 제법인데~!"

"큭…… 차라리 죽여."

이런 일이 벌어질지도 모른다.

발칙하다! 아주 발칙하다!

그런 녀석은 이렇게 저렇게 비틀어 지옥의 아픔을 준 다음, 이 세상에 있는 모든 고통을 주겠어! 죽는 정도로는 끝나지 않아!

뭐, 저 정도 병사라면 눈치채지 못하는 사이에 프란에게 의식을 빼앗기고 종료될 뿐이지만 말이다.

그리고 교대하러 온 동료에게 발견되고 뒤는 흐지부지된다.

설마 감옥 안에 있는 사람에게 공격당했다고는 생각하지 않을 것이다.

『그럼 멍청한 망상은 여기까지 하고 우선 정문 이외에 입구가 있는지 조사해볼까.』

뒷문이라도 있으면 탈출할 때 이용할 수 있다.

그렇게 생각하며 나는 몰래 미션을 개시했다.

병사들에게 의욕이 없는 건지, 사람이 부족한 건지 감옥 앞 외에 순찰이 없어서 마음대로 움직일 수 있었다.

막다른 곳의 구조는 어느 정도 파악했다. 역시 뒷문도 있었다.

병사는 열 명도 되지 않았고 실력도 대단치 않았다.

발더가 돌아오지 않는다면 간단히 제압할 수 있을 것이다.

정찰을 마친 나는 일단 보관 창고로 돌아가기로 했다.

그대로 밤을 기다려 다시 프란에게 연락을 취했다.

『프란, 그쪽 상황은 어때?』

'다들 진정됐어.'

『그러냐.』

'메이드가 갯강구를 보고 놀랐을 뿐이야.'

오오. 그거 안 됐군요, 메이드 씨.

그건 그렇고 갯강구라. 다리도 많고 바스락바스락 움직이니 의

외로 기분 나쁘군. 보기만 해도 이렇게 소름이 돋을 만큼 기분이
나쁘다.

『프란은 괜찮았어? 갯강구, 무섭지 않았어?』

'무서워? 왜?'

그러고 보니 프란은 그쪽 계열은 괜찮은 소녀였다.

보는 것뿐만 아니라 먹을 수도 있으니 말이다. 갯강구 정도는
전혀 신경 쓰지 않는 모양이다.

『뭐, 괜찮다면 됐어. 그보다 희소식이야. 가볍게 이 건물을 돌
아봤는데 도망치려고 마음먹으면 간단히 도망칠 수 있겠어.』

'그거 좋은 정보네.'

『그래. 일단 지금 돌아갈게.』

그리고 나는 프란에게 귀환하기 위해 행동을 개시했다.

『작아져서 갈까.』

형태 변형 스킬을 써서 한계까지 자신을 소형화하고 다른 인간
에게 보이지 않도록 기척도 지웠다.

이미 주위는 어둠으로 뒤덮여서 지금의 나를 발견할 수 있는 녀
석은 그리 없을 테고, 설령 발견했다 하더라도 지금이라면 벌레
나 뭔가로 생각할 수밖에 없을 것이다. 그야말로 갯강구로 생각
할지도 모른다.

감옥 앞까지 쉽게 도달했다.

『그럼 남은 건 프란에게 돌아가는 것뿐인데……..』

미드가르드오름과의 싸움에서 프란이 검을 조종하는 모습을
사람들이 봤으니 내가 돌아와도 그 힘 덕분이라고 변명할 수 있
을지도 모른다. 다만 어디서 정보가 새어 나갈지도 모른다. 가능

하면 몰래 돌아가고 싶다.

나는 천장에 아슬아슬하게 날아 감옥 창살을 빠져 나갔다.

그리고 단숨에 급강하해 프란의 손 안으로 들어갔다.

좋았어, 누구에게도 보이지 않았을 거야.

'어서 와.'

『그래. 다만 이제 그렇게 오래 작아질 수 없어.』

'어떡해?'

『울시의 그림자 속에 들어가 있자. 부탁해.』

'윙!'

울시는 장비품이나 물고 있는 물건도 함께 그림자 속으로 가지고 들어갈 수 있다.

다른 사람에게 사각이 될 위치에서 그림자에서 얼굴만 내민 울시에게 물려 나는 함께 그림자 속으로 들어갔다.

『너, 너무 세게 물지 마.』

'휭.'

『야, 침이!』

참자. 참는 거다!

침투성이가 되는 것을 참으며 울시의 그림자로 함께 들어갔다.

『호오. 이거 재미있군.』

신기한 감각이었다.

이미지로 보면 새까만 바닷속? 그런 느낌이었다.

아마 울시의 마력으로 만든 의사 이공간일 것이다. 넓이는 울시 몸의 표면에서 30센티미터 정도였다. 그 안에 있으면 움직일 수도 있었다.

즉시 원래 모습으로 돌아간 나는 프란에게 염화를 날렸다.

『프란, 들려?』

"_____."

틀렸다, 프란에게 염화가 닿지 않는다.

그림자 속은 현실과 단절된 듯했다.

하지만 거기서 출입이 자유로운 울시다. 때로는 그림자 속에서 공격도 하니 현실 공간과 연결하는 것도 특기인 모양이다.

"윙!"

울시가 한 번 울자 작은 블랙홀 같은 것이 내 눈앞에 나타났다. 거기로 바깥 경치가 어렴풋이 보이고 목소리도 들렸다. 그리고 저편에서 이쪽은 보이지 않는 듯했다.

마력 감지 등을 가지고 있지 않은 한 절대로 발견할 수 없을 것이다.

이건 편리하다. 그리고 비겁하다

『프란?』

'스승?'

역시 이 상태라면 염화도 통하나.

『울시, 굿잡.』

"윙!"

『그림자 속에서도 염화가 통하는지 실험했어.』

'괜찮아. 통해.'

『응, 이대로 상태를 좀 지켜보자.』

'응.'

그런 이야기를 하고 있는데 지하로 누군가가 내려오는 기척이 들렸다.

그리고 감옥 앞에 멈췄다.

드와이트다. 뒤에는 부하 같은 병사도 있었다.

교섭에 진전이 있는 줄 알았는데 아무래도 아닌 듯했다.

"살트라는 기사의 부하는 나와라."

"무슨 일이십니까?"

"교섭이 성공한 거 아냐?"

렌길 선장이나 선원들은 풀려나기를 기대했을 것이다. 그것이 기대와 다른 전개여서 무심코 의문의 목소리를 냈나 보다.

"이봐, 끌고 가."

"네. 이쪽으로 와."

드와이트가 부하에게 명령해 살트의 부하를 연행했다. 하지만 자신만은 그 자리에 남아 이쪽으로 몸을 돌렸다.

그 얼굴은 불쾌하게 일그러져 있었다.

뭐랄까, 괴롭힘당하는 아이를 앞에 둔 괴롭히는 아이의 표정을 몇 배나 추악하게 만든 표정이라고 하면 적절할까. 아무튼 변변한 생각을 하고 있지 않다는 건 확실했다.

"교섭이 성공했는지 궁금하다고 했지?"

"그, 그래. 풀려나는 거 아닌가?"

"확실히 교섭은 성공했다. 필리어스의 왕족과 귀족은 풀려난다."

"우, 우리는?"

"놈들을 풀어주는 대신 네놈들은 여기서 노예가 된다."

"무, 무슨 소리지?"

"크크크. 왕자도 왕녀도 다른 녀석들은 어떻게 돼도 상관없으

153

니 자신들은 풀어달라고 시끄러워서 말이야."

드와이트가 그렇게 말하고 사악한 웃음을 지었다.

선원들은 대부분 팔렸다는 소리를 듣고 절망적인 표정을 짓고 있었다.

으음. 아무래도 위화감이 드는군. 어떻게 생각해도 그 왕자 남매가 그런 말을 했다고는 생각할 수 없었다.

"너희를 노예로 삼아 이쪽에서 부리는 대신 필리어스의 귀족들은 풀어주게 됐다. 네놈들은 녀석들에게 팔린 거다!"

"그, 그럴수가아!"

"잘됐구나. 네놈들은 내일부터 경사스럽게도 노예다! 크하하하하!"

한탄하는 선원들에게 천박한 웃음을 던지는 드와이트에게 허언의 이치를 써봤다. 그러자 왕자님이 프란과 사람들을 팔았다는 소리는 완전히 거짓말이었다.

다만 여기서 거짓말이라고 지적할 수는 없었다.

우리가 거짓말을 판별할 수 있다는 사실이 드러나니 말이다.

그리고 내일이면 노예로 삼는다는 부분은 진짜였다. 거기까지 사실인데 굳이 거짓말을 하는 이유를 모르겠군. 아니, 이 녀석은 진짜 쓰레기 같으니 단순히 프란과 사람들이 절망하는 얼굴을 보고 싶을 뿐일지도 모르지만.

『프란, 이유는 모르지만 드와이트는 거짓말을 하고 있어.』

'왕자는 우리를 팔지 않았어?'

『그래. 다만, 노예로 떨어지는 건 진짜야.』

얼른 도망칠 방법을 생각해야겠군.

감옥에서 탈출하는 것뿐이라면 간단하지만 그 뒤에는 어떻게 이 나라를 탈출하느냐가 관건이다.

선원도 있으니 배를 빼앗으면 움직일 수 있을지도 모른다. 다만 도망칠 수 있을지는 알 수 없다. 추격을 받아 포격전이라도 벌어지면 확실히 가라앉을 테니까.

"남은 시간을 한탄하며 보내라! 크하하하하!"

드와이트는 크게 웃으며 그대로 떠났다.

남은 건 절망에 빠진 선원들과 필리어스 병사들이었다.

"우, 우리는 버림받은 건가."

"으으으."

그런 그들에게 프란이 말을 걸었다.

"헐트랑 사티아가 모두를 버릴 리 없어."

"하, 하지만……."

"저 녀석은 분명 거짓말을 했어."

"어, 어떻게 그런 걸 아는데."

"그, 그야 헐트 전하와 사티아 전하는 상냥한 분들이지."

"하지만 자신들이 살기 위해서라면 당연히 얼마든지 버릴 수 있잖아!"

그들의 입은 그렇게 말했지만 그 눈에는 어딘가 매달리는 듯한 빛이 있었다.

사실은 프란의 말을 믿고 싶지만 한 번 희망을 품었다 다시 절망으로 떨어지는 것을 두려워하고 있는 것이다.

"모험가의 감."

『프란, 더 좋은 표현법이 있지 않아?』

거짓말을 하는 인간 특유의 낌새가 있었다든가 말이다. 아무리 그래도 감이라는 말만으로는 믿지 못할 것이다.

"……그런가."

"그렇군……."

어이 댁들, 믿는 거냐. 거기에는 놀랐지만, 프란이 상당히 강한 모험가인 것은 모두가 알고 있다. 어쨌든 그 미드가르드오름을 혼자서 격퇴했기 때문이다. 그 모험가의 감을 기분 탓이라고 웃어넘기는 사람은 그 안에 없었다.

고위 모험가는 그만큼 인간을 넘어선 존재라는 것이 이 세계의 상식이기 때문이다.

그리고 바다 사나이들은 감이라는 불확실한 것이 때로는 무엇보다 중요하다는 것을 경험으로 이해하고 있었다.

그런 가운데 렌길 선장이 모두를 안심시키듯 고개를 끄덕였다.

"저는 프란 씨를 믿습니다."

그러자 전원이 선장을 뒤따라 믿는다고 말하기 시작하는 것이 아닌가.

"그, 그렇지. 그 전하가 우리를 버릴 리가 없어."

"그래그래."

"그래, 그딴 자식의 말은 거짓말인 게 당연해."

좋았어, 어떻게든 진정한 모양이군. 렌길 선장도 안심한 듯이 고개를 끄덕이고 있었다.

어설프게 소동을 피워서 보초를 강화시킨다면 도망치기 어려워질 테니 말이다.

보초병도 있어서 결국 그 이상의 의논은 하지 못하고 프란과 사람들은 가만히 기다릴 수밖에 없었다.

다만 작전은 어느 정도 생각했다.

우선 내가 빠져나와 적당한 크기의 빈 배를 차원 수납에 넣는다.

그리고 탈출 후 모두가 그 배를 타고 도망친다.

뭐, 문제는 잔뜩 있다.

우선 알맞은 배가 있을까. 있다고 해도 나는 그 배를 몇 명이 움직이고 속도가 빠른지 느린지 알 수 없다. 느리면 바로 따라잡힐 것이다.

그리고 배가 한 척 사라진다. 바로 소동이 일어날 터다.

되도록 군함은 노리지 않을 셈이지만 작은 어선으로는 이야기가 되지 않는다. 웬만큼 배가 크면 들키는 것도 빠를 테고 소동도 커진다.

또한 왕자님 일행을 어떻게 하느냐도 문제다.

자력으로 교섭하고 있을 테니 역시 노예가 되지는 않겠지만…….

프란과 사람들이 도망치면 입장이 나빠질 수 있다. 그리고 그들을 두고 도망치는 것을 프란을 포함한 모두가 납득한다고 생각할 수도 없다.

그렇다면 왕자님 일행을 찾으러 가야 하지만, 지나치게 멀리 떨어지면 프란과의 장비자 등록이 사라진다. 그것만은 무슨 일이 있어도 절대로 할 생각이 없다. 그것만은 양보할 수 없다.

아까 회수당했을 때도 만약 멀리까지 옮겨진다면 스킬을 써서 몰래 도망칠 생각이었다.

그리고 어떤 방법으로 왕자 일행을 발견한다 해도 어떻게 데려올까? 스킬로 생성한 분신은 너무 수상하고 내가 인텔리전스 웨

폰이라는 사실을 드러낼 생각도 없다.

모두를 데리고 탈출하기 전에 프란만 빼내 데리러 간다 해도 왕자 남매가 그것을 승낙한다고 장담할 수도 없다. 자신들이 도망치면 자칫하면 국제 문제가 되니 말이다.

이렇게 모두가 도망치는 데는 이런저런 문제가 있었다.

도망치기 위한 작전을 모두에게 몰래 전달하는 건 염화를 쓰면 된다. 하지만 갑자기 염화로 말을 듣고 전혀 아무런 반응도 보이지 않는 것은 무리다. 이런저런 의논을 하는 사이에 간수가 수상쩍게 여길 우려도 있었다.

결국 무엇을 하든 밤을 기다려야 했다.

지금은 가만히 기다릴 수밖에 없는 것이다.

밤.

감옥 안 분위기가 나빠지기 시작했군.

식사도 받지 못한 채 좁은 감옥에 갇혔고 구출될 확증도 없다.

모두의 초조함은 늘어가기만 했다.

누구나 조바심을 내기 시작했다는 것을 알 수 있었다.

아직 고함을 지르거나 싸움을 시작한 사람들은 없지만 언제 폭발해도 이상하지 않았다.

이미 담소가 없어진 지 오래였다.

그렇게 마치 밤을 샌 것 같은 분위기 속에서 뭔가가 계단을 내려오는 발소리가 들렸다.

"어? 이제 교대인가?"

보초병은 교대자가 왔다고 생각했나 보다.

하지만 나는 위화감을 느꼈다.

내려오는 사람의 발소리가 묘하게 빨랐다. 마치 뛰고 있는 듯했다.

아니, 실제로 누군가가 계단을 달려 내려왔다.

나타난 건 검은 외투로 머리부터 발끝까지 몽땅 감싼 장신의 인물이었다. 얼굴이 보이지 않아서 수상함이 가득하군.

게다가 그대로 보초병을 때려눕히는 게 아닌가.

"컥……!"

머리를 강타당한 병사는 고함을 지를 틈도 없이 기절했다.

"어엉?"

"뭐지?"

감옥 안에 있는 사람들도 놀란 소리를 질렀다.

냉정한 건 프란 정도일 것이다.

하지만 그들의 기분도 이해가 간다.

눈앞에서 일어난 갑작스러운 난폭한 행동. 게다가 그 행동의 주인이 여성이었기 때문이다.

외투를 입은 탓에 잘 보이지 않았지만 몸의 굴곡은 어느 정도 파악이 됐다. 확실히 여성이었다.

키는 170센티미터 즈음. 180에는 미치지 못했다. 외투 사이로 보이는 피부는 이 나라의 국민처럼 적동색이었다. 머리카락 색은 보이지 않았다.

누구지? 아군? 아니, 아직 그렇게 단정할 수 없다. 목적이 무엇인지 모르기 때문이다.

적의 적인 것은 확실한 듯한데…….

그리고 병사의 의식을 일격에 날려버린 그 솜씨도 상당했다.

이름 : 밀리엄 시드런   나이 : 20세

종족 : 인간

직업 : 모투사(矛闘士)

Lv : 28/99

생명력 : 177   마력 : 111   완력 : 123   민첩 : 153

스킬 : 강자 감지 5, 호흡 3, 지휘 3, 축각술 3, 수영 7, 수상 보행 2, 선상 전투 4, 낚시 2, 독 내성 4, 평형감각 5, 모기(矛技) 5, 모술(矛術) 8, 기력 조작

칭호 : 왕녀

장비 : 외뿔 상어의 창, 해룡 가죽 갑옷, 청고래 가죽 샌들, 은밀의 외투, 물 내성 반지, 완력 증강 팔찌

즉시 감정해보니 쓸 만한 실력이었다. 랭크 D 모험가와 비슷한 실력은 되리라고 생각한다.

다만 그 밖에 넘길 수 없는 부분이 너무 많았다.

왕녀 칭호라고? 이름에도 시드런이 들어가 있으니 틀림없을 것이다.

다만 그렇다면 이런 짓을 할 이유를 알 수 없었다. 자국의 병사를 때려눕히는 이유는 뭐지?

방해가 된다 해도 평소처럼 명령하면 될 텐데…….

'스승, 아군이야?'

『모르겠어. 이 나라의 왕녀인 건 확실한 것 같은데…….』

이런저런 생각을 하는 사이에 여성이 감옥으로 다가왔다.

그리고 가장 나이가 많은 선원에게 말을 걸었다.

"너희는 필리어스 왕족의 관계자들이지?"

"아, 응. 그런데."

"그런가. 나는 너희를 구하러 왔다."

"뭐?"

"감옥을 열어줄 테니 따라와라."

그것은 갑작스러운 제안이었다. 다들 말뜻을 이해하지 못하고 멍하니 있었다.

"잠깐만, 무슨 소리지?"

"탈옥을 도와준다는 소리다."

"어, 어째서 그런 짓을……."

뭐, 정체를 알 수 없는 상대가 느닷없이 그런 말을 하니 당혹스러운 건 어쩔 수 없다.

아니, 우리도 당혹스러워하고 있었다. 이 여자의 진의는 뭐지? 왕족이 이런 짓을 하는 이유를 알 수 없었다.

"이걸 써라."

여자가 허리에 차고 있던 감옥 열쇠를 던졌다. 그리고 망설이는 선원들에게 충격적인 말을 꺼냈다.

"너희는 이대로 가면 노예가 돼 팔려간다."

"뭐?"

"뭐라고?"

모두 무슨 말을 들었는지 이해하지 못했다.

그리고 말뜻을 음미한 후 놀란 얼굴로 여자에게 되물었다.

"무, 무슨 소리입니까?"

"말 그대로다. 너희가 이대로 감옥에 갇혀 있어도 풀려나지 않고 노예로 전락해 팔려간다고 했다."

여자의 자신만만한 태도에 선원들이 불안한 표정으로 얼굴을 마주 봤다.

거짓말을 하는 것처럼 보이지 않은 모양이다.

렌길 선장이 대표로 여성에게 물었다.

"그, 그건 사실, 입니까?"

"그래. 확실하다."

"하, 하지만 저희가 탈옥하면 전하들께 폐가……."

"그렇다면 이대로 노예가 될 건가?"

"하, 하지만!"

"시간이 없다. 빨리 결정해라. 나와 함께 가면 필리어스의 왕족을 구할 수 있을지도 모른다."

"그, 그건 무슨 소리입니까?"

"자세한 이야기는 나중에 하겠다. 도망치지 않겠다면 나는 이대로 간다."

선원들이 곤혹스러워하며 다시 얼굴을 마주 봤다.

역시 도망친다는 단호한 결심이 서지 않는 모양이다.

여기서 탈옥하면 완벽하게 범죄자가 되니 말이다. 왕자 남매에게도 폐를 끼칠지도 모른다. 애초에 상대의 정체도 목적도 모른다. 고민하는 건 당연했다.

우리도 이 말만으로는 아무리 그래도 판단을 내릴 수 없었다.

어쩔 수 없으니 이 여자에게서 정보를 조금 캐볼까.

『프란, 이야기를 좀 듣고 싶어.』

'알았어.'

그럼 프란의 말에 어떻게 대답할까?

"어째서 우리를 구해줘?"

"그것이 나의 주인의 뜻이기 때문이다."

주인이라. 왕녀의 주인이라면 보통은 왕인데.

"그건 누구야?"

"말할 수 없다."

"우리를 놓아줄 수 있는 상대…… 왕?"

"뭐, 뭐라고? 어째서 그렇게 되느냐!"

뭐, 감정으로 안 정보를 바탕으로 하고 있지만 가능하면 감정을 가지고 있다는 사실은 들키고 싶지 않다.

그러니 적당히 얼버무릴 수밖에 없군.

"우리가 도망치면 이득을 봐."

"그러니까 어째서 그렇게 되느냐! 왕이 왜 이득을 본다는 것이냐!"

'스승?'

『저기, 잠깐만.』

헐트 남매의 필리어스 왕국과 이 나라는 무역 관세 등에 대해 분쟁을 벌이고 있다고 한다. 그렇다면 그 교섭의 재료로 삼을 생각이지 않을까? 왕자의 부하들이 탈옥했다는 불상사는 충분한 교섭 카드가 된다. 게다가 잡아서 인질로 삼으면 다시 헐트 남매에 대한 패도 될 것이다.

어라, 얼버무리기 위해 대충 떠올려본 생각을 프란에게 말해보니 상당히 신빙성이 있는데?

프란의 추리를 들은 감옥 안 사람들은 소란스런 분위기를 자아냈다. 뭐, 함정일지도 모르니 어쩔 수 없기는 하지만.

너무 소란을 부리면 밖에서 사람이 온다.

밀리엄은 프란의 지적에 얼굴을 굳히고 있었다. 혹시 정답인가? 정곡을 찔렀나?

하지만 아무래도 아니었던 모양이다.

"내, 내가 왕을── 그런 망나니 오라버니를 섬길 리가 있겠느냐! 나의 주인은 단 한 사람, 세리메어 언니뿐이다!"

이 말에 거짓은 없었다.

즉, 세리메어라는 왕족이 또 하나 있고, 그 녀석을 섬기고 있다는 말인가. 내용을 미뤄보아 현왕과 대립하고 있나 보다. 어라, 그렇게 말하고 보니 해적이 이야기했던 왕에게 암살당했다는 제1 왕녀가 세리메어라는 이름이었는데?

"목적이 뭔데 우리를 구해줘?"

"목적은 필리어스의 왕족을 구하는 것이다. 그러기 위해 조금이라도 협력자가 필요하다."

"헐트와 사티아를 구해? 어째서?"

포로가 된 프란과 사람들이 위험한 건 안다. 어차피 노예가 될테니 말이다.

하지만 왕자 남매는 시드런과의 교섭으로 어떻게든 되지 않을까? 아무리 멍청해도 타국의 왕족을 막 다루지는 않을 것 같은데.

"이대로 가면 필리어스의 왕족은 절대로 풀려나지 않는다. 속고 있기 때문이다."

아무래도 나의 상상 이상으로 멍청한 왕이었던 모양이다.

뭐, 왕 이야기는 나중에 들으면 된다.

일단 밀리엄은 여기까지 정말로 아무런 거짓말도 하지 않았다. 헐트 왕자 일행을 구하려고 한다는 말도, 왕자 일행이 속고 있다는 말도 사실이었다.

"속고 있어? 어째서?"

"그건——읏!"

갑자기 밀리엄이 뒤를 돌아봤다. 우리도 그 이유는 알고 있었다.

계단 위에서 희미하게 인기척이 났기 때문이다. 어물대면 침입을 들킬지도 모른다.

"시간이 없다! 빨리 결정해!"

"어쩌지. 프, 프란 씨는 어떻게 생각합니까!"

렌길 선장을 포함한 선원들이 매달리는 듯한 눈으로 프란을 바라봤다. 그들도 판단이 서지 않을 것이다.

그리고 가장 실력이 뛰어난 프란을 자연히 의지하게 된 모양이다.

'스승, 따라간다?'

『응, 그래도 돼. 밀리엄은 믿을 수 있고 어차피 탈옥할 생각이었어.』

"응. 나는 따라갈래."

모두가 마른 침을 삼키고 지켜보는 가운데 프란은 조용히 고개를 끄덕였다.

"그런가. 다른 녀석들은 어떻게 할 거지?"

"……저도 함께 가겠습니다."

"나도야!"

"노, 노예가 될 바에는."

결국 전원이 프란과 함께 가기로 했다. 아이들도 함께였다. 뭐,

그들의 경우는 싫다고 해도 프란이 데려가겠지만 말이다.

『우리는 한동안 그림자 속에 있자.』

'윙.'

열쇠를 사용해 감옥에서 나온 프란과 사람들을 밀리엄이 이끌고 걷기 시작했다.

"이쪽이다."

밀리엄은 계단을 오르지 않고 그대로 안쪽으로 지하를 나아갔다.

"도, 도망치는 게 아닌가?"

"됐으니까 따라와."

걱정하는 선원들을 무시하고 밀리엄은 안쪽으로 점점 들어갔다. 그리고 사람 없는 어느 감옥 앞에서 발을 멈췄다.

"여기로군. 잠시 기다려라."

그렇게 말하고 감옥 자물쇠를 열어 안으로 들어갔다. 밀리엄은 그대로 벽을 만지기 시작했다.

이건 혹시 정석적인 그건가?

살짝 기대하며 보고 있자니 갑자기 벽이 덜컹 소리를 내며 밀려났다.

"왕족만 아는 비밀 통로다."

나왔다! 지하 감옥에서 나오는 패턴이라면 감옥 안에 있는 비밀 통로지!

와아, 좋은 걸 봤군. 순간 상황을 잊고 흥분했다고.

"괜찮아?"

"무슨 소리지?"

"이 길을 아는 사람이 안내하면 바로 들켜."

현왕에게 거역하는 왕족이 몇 명 있는지는 모르지만 확실히 밀리엄 자매도 의심받고 있을 것이다.

"상관없다."

하지만 그것도 고려가 끝났는지 밀리엄은 딱히 허둥대지 않고 좁은 통로로 들어갔다.

좌우 벽도 좁고 천장도 낮았다. 프란은 평소처럼 걸을 수 있었지만 다른 사람들은 허리를 굽히지 않으면 걸을 수 없을 정도였다. 게다가 캄캄해서 앞사람의 등을 놓치지 않도록 걸어갈 수밖에 없었다.

"이쪽이다."

상당한 내리막이로군. 지하에서 더욱 깊이 내려가는 통로의 끝이 어떻게 돼 있는지 약간 걱정됐지만, 밀리엄은 도중에 나온 갈림길도 망설이지 않고 나아갔다.

그대로 30분 정도 캄캄한 지하도를 더듬대며 걸어가자 겨우 종착점에 도달했다.

얼핏 보기에 막다른 길이었지만 자세히 보니 손잡이 같은 것이 달려 있었다.

밀리엄이 그 손잡이를 비틀자 그 앞은 아까까지 있던 지하 감옥처럼 꾸며져 있었다.

"어딘가의 지하실?"

"바닥 상태가 좋지 않으니 조심해라."

"응."

다시 걷기 시작한 밀리엄을 따라갔다. 역시 어떤 건물의 지하실이었던 모양이다.

계단을 올라가 밖으로 나오고 알았는데, 숲속에 덩그러니 있는 무너져가는 수도원이었다.

뭐, 비밀 통로의 출구로는 자주 있는 패턴이려나.

"기다리고 있었습니다."

밖에서 기다리고 있었던 것은 체격이 작은 여성 전사였다.

"카라인가. 결과는 어떻게 됐나."

"넷. 다른 출입구도 개방이 끝났습니다. 많은 사람이 통과한 것처럼 보이게 하는 공작도 완료했습니다."

그렇군. 추적당할 것을 우려해 흔적을 숨기지 않고 다른 비밀 통로의 출입구에도 흔적을 남겨 추적을 피하는 건가. 좋은 방법이다.

"좋아, 그럼 이쪽이다."

그래도 추적당할 가능성은 아직 남아 있기 때문인지 밀리엄이 긴장을 풀지 않고 모두를 다시 이끌고 걷기 시작했다.

느슨해진 선원들의 분위기도 밀리엄의 심각한 얼굴을 보고 다시 조여진 모양이다. 과연 왕족. 역시 사람에 대한 영향력 같은 것이 있는 듯했다. 이런 점은 헐트나 사티아와 비슷할지도 모르겠다.

밀리엄을 따라 숲을 빠져나온 곳은 무난한 주택가였다.

거기서 밀리엄이 준비한 마차 세 대에 타라고 지시를 받았다. 상당히 좁지만 그건 어쩔 수 없다. 모두 어깨를 맞대며 어떻게든 올라탔다.

이대로 30분 정도가 더 걸린다고 한다. 그런데 주위에 사람의 모습이 보이지 않는다고는 하나 밤중에 마차 세 대가 줄지어 달리는 건 수상하지 않을까? 순찰하는 병사에게 발견되면 반드시 수상하게 여길 것 같은데.

하지만 밀리엄은 그 대책도 완벽했다.

순찰병에게 뇌물을 건네 루트를 변경시켰다고 한다.

부패한 국가 만세! 아니, 국가가 부패하지 않았다면 애초에 잡힐 일도 없었나. 역시 부패한 정치는 안 된다. 절대로 용서 못 해!

마차는 누구에게도 검문당하지 않고 그대로 조용히 나아가 목조 주택만 늘어선 약간 지저분한 주택가에 도착했다.

아니, 완곡하게 돌려 말하기는 했지만 확실히 슬럼가지? 나무로 지어진 허름한 오두막이 빈틈없이 다닥다닥 붙어 있었다.

냄새도 프란이 얼굴을 찡그릴 만큼 지독한 모양이다.

몸을 숨기기에는 나쁘지 않을지도 모르지만 밀리엄은 손위 왕녀를 섬기고 있지? 이런 곳에 왕족이 있는 건가?

그런 의문을 생각하는 동안에 프란과 사람들은 슬럼에서 더욱 안쪽, 뒤의 뒤쪽으로 안내됐다.

도중에 슬럼의 주민으로 보이는 사람들이 목격했는데 괜찮나? 내가 임의로 떠올린 이미지지만 이런 곳에 사는 사람들은 권력자에게 정보를 팔 것 같은데.

하지만 밀리엄은 조금 목격돼도 문제없다며 웃었다.

지금까지도 왕 측의 단속이 있었지만 자신들의 은신처가 발각된 적은 한 번도 없었다고 한다.

뭐, 그렇게까지 자신이 있다면 믿어야지.

그렇게 해서 도착한 곳은 슬럼의 뒷길에 세워진 작은 집이었다.

엄청나게 작았다. 왕족이 있나 의심하기 전에 전원이 들어갈 수 있을지도 의문이었다.

어라? 믿어도 될까?

"들어와."

"응."

역시 안도 좁았다. 아마 다섯 평 정도일 것이다. 전원이 일어선 채 승차율 200퍼센트 만원 전철에 버금가게 밀착하면 아슬아슬하게 들어갈지도 모르지만……

숨겨주는 건 고맙지만 역시 이런 작은 집에 전원을 밀어 넣는 건 심하지 않나?

그렇게 생각했지만 안쪽에 비밀 문이 있고 방이 더 있었다.

다행이다. 이로써 꽉꽉 밀착할 필요는 없어졌다.

비밀 방은 나름대로 넓어서 프란과 사람들이 모두 누워도 아직 여유가 있을 것 같았다.

"여기까지 오면 일단 괜찮을 거다."

겨우 안심했는지 밀리엄의 표정이 처음으로 풀렸다. 그리고 온 몸을 감싸고 있던 외투를 벗었다.

외투 안에서 나타난 건 다부진 얼굴과 약간 잿빛이 감도는 붉은 머리카락이 아주 짧은 미녀였다.

몸에 입고 있는 것은 와인레드를 기조로 한 가죽 갑옷이었다. 얼핏 경장으로 보이지만 발더의 갑옷과 마찬가지로 해룡의 가죽을 써서 어지간한 금속 갑옷보다 훨씬 튼튼했다. 상당히 비싼 장비일 것이다.

다만 왕족으로는 전혀 보이지 않는군.

적어도 공주님으로는 보이지 않았다. 남자 못지않은 여장부 계열의 중견 모험가라고 하는 편이 훨씬 와 닿았다.

"이제부터 바로 나의 주인을 만나겠다."

"네? 지금부터요?"

"그렇다."

"왕족이시죠?"

"아아, 그렇다. 하지만 아무리 그래도 전원은 데려갈 수 없다. 다섯 명 정도를 추려라."

밀리엄이 그렇게 말하자 모두가 시선을 주고받았다.

누구든 자기는 가고 싶지 않다고 생각하는 건 확실했다.

오는 도중에 밀리엄에게는 약간 익숙해졌지만 처음 보는 왕족을 알현하는 일은 절대로 사양하고 싶을 것이다.

"아아, 그쪽 소녀는 함께 가지."

"응? 나?"

밀리엄이 지명한 건 프란이었다.

"솜씨도 뛰어난 것 같고 어른들도 묘하게 의지하는 것 같군. 그리고 총명함도 가지고 있다."

호오오. 프란의 대단함을 이해하다니, 안목이 상당하잖아.

"알았어."

"저도 가겠습니다."

렌길 선장도 당연하다.

"나머지 사람은 어떻게 할 건가?"

"그게 말입니다……."

"어떻게 하다니, 어쩌지……."

프란과 렌길 선장 이외의 사람들이 서로 견제해서 좀처럼 멤버가 정해지지 않았다.

그러자 밀리엄이 살짝 짜증이 났는지 모두를 재촉했다. 감옥에서도 생각했는데 성미가 상당히 급하군.

"얼른 결정해라!"

"아, 네!"

"지금 정하겠습니다!"

선원은 선장이 부선장을 지명하자 바로 결정됐지만, 필리어스측 사람은 지위 높은 사람이 남아 있지 않아서 좀처럼 정해지지 않았다.

남은 사람들이 서로 떠민 결과, 최종적으로는 나이가 지긋한 병사와 메이드가 한 명씩 제물로 결정됐다. 거 참, 나중에 응어리가 남지 않으면 좋겠는데. 그 정도로 심한 강요였다.

"그럼 이쪽이다."

그 얼굴들을 확인하자 밀리엄이 방구석 벽을 부스럭부스럭 만지기 시작했다.

여기도 비밀 방인데 안쪽에 숨겨진 문이 더 존재하는 모양이다.

열린 비밀 문으로 좁은 통로를 계속 나아갔다. 이 통로도 갈림길이 몇 개인가 있었고, 지하에 이런 비밀 통로가 둘러쳐져 있는 듯했다.

"대단해. 비밀 방이 잔뜩 있어."

"그렇지? 이곳은 선대왕이 만든 긴급용 은신처다. 상세한 자료는 잃어버려서 우연히 사본을 발견한 나와 언니만 전모를 알고있지."

그렇군. 즉, 현왕도 모르는 은신처로군.

밀리엄은 망설이는 기색도 없이 척척 나아갔다. 그리고 그 안쪽에는 역시 작은 방이 존재했다. 역시 왕족이 만든 은신처답게 엄중하군.

"언니, 지금 돌아왔습니다."

"밀리엄, 무사했구나. 다행이야."

방 안에 있던 건 20대 중반의 아름다운 여성이었다.

머리카락은 보라색이 섞인 은빛 긴 생머리였고 긴 앞머리를 이마에서 깔끔하게 나눴다. 머리 색깔과 똑같은 이마 장식이 고상함을 자아내고 있었다.

눈동자도 보라색이었다. 고양이를 연상시키는 밀리엄의 치켜 올라간 아몬드형 눈과 달리 이쪽은 약간 처져서 온유함과 온화함이 느껴졌다.

키는 160대 중반 정도일까. 여성치고는 큰 편일지도 모른다. 뭐, 밀리엄보다는 상당히 작지만.

밀리엄과는 하나도 닮지 않았지만 피부색만큼은 시드런 사람답게 적동색이었다. 다만 곱게 자랐는지 바다에서 더욱 탄 것처럼 보이는 밀리엄이나 다른 사람들과 달리 색은 상당히 옅었다. 뭐랄까, 햇볕에 탄 일본인 정도의 색조였다.

복장은 상당히 얇고 화려했다. 하양과 파랑을 기조로 한 데다 세부에 장식이 달린 드레스 아머였다. 얼핏 세일러복 같기도 했다. 다만 이쪽도 밀리엄의 갑옷과 마찬가지로 해룡의 가죽을 사용해서 그 가벼움과 반대로 방어력은 충분했다.

스킬에 검술 스킬도 있으니 장식은 아닐 것이다. 갑옷도 화려하기만 하지 않고 움직이기 쉽도록 제대로 생각해 만들어진 것임을 알 수 있었다. 그래서 민소매에 미니스커트라는, 왕족이 입기에는 지나치게 얇은 옷차림을 하고 있는 듯했다. 기후가 온난한데다 바다에 접하고 있어서 중장비보다 이런 경장비 쪽을 선호할 것이다.

평범한 여전사로밖에 보이지 않는 밀리엄과 달리 이쪽은 한눈에 고귀한 신분이라는 것을 알 수 있었다. 그 정도로 기품이 느껴졌다.

이름은 세리메어 벨메리오 시드런.

그녀가 밀리엄의 언니이자 주인이 틀림없을 것이다.

"걱정했어."

"에이, 야음을 틈타 잠입하는 것뿐이니 위험할 일은 없어요."

"넌 옛날부터 개구쟁이였으니까……. 전에도 왕궁의 파수견에게 싸움을 걸어서……."

"그, 그건 옛날 얘기예요!"

"하지만 그 후 말을 타려고 해서──."

"어어어어어, 언니!"

병사 대기소에 잠입해 보초를 때려눕히고 서른 명 이상 되는 사람을 탈옥시키는 게 개구쟁이라는 한마디로 끝나는 건가? 느긋한 건지 위험성을 이해하지 못하는 건지. 아니면 동생을 신뢰하고 있는 건지. 그 모두인지. 뭐, 나쁜 사람은 아닌 것 같았다.

"어험. 잡담은 나중에 하고 일단 이 사람들을 소개해도 될까요?"

밀리엄이 헛기침을 해 언니의 이야기를 중단시켰다. 언니가 어린 시절 말썽 피운 이야기를 폭로해 부끄러웠는지 볼이 약간 빨갰다.

"어머나, 나도 참. 불러놓고 미안해요."

"응. 괜찮아."

프란은 상대가 누구든 평상시와 똑같군. 그게 프란의 매력이지만……. 조금은 신경을 썼으면 좋겠다고도 생각합니다.

렌길 선장과 사람들은 왕족을 대하는 프란의 태도를 보고 새파랗게 질려 떨고 있었다.

나는 세리메어의 안색을 살폈지만 거기에 분노의 빛은 보이지 않았다. 오히려 귀여운 것을 보는 눈으로 프란을 바라보고 있었다. 대범한 계열의 사람이라서 살았군.

"후후, 고마워."

하지만 옆에 있는 밀리엄은 화가 났다.

"너! 이분을 누구라고 생각하는 거냐!"

아까의 부장군님과 똑같은 대사로 화를 냈다. 그러나 세리메어가 감쌌다.

"이런 아이가 한 말에 그렇게 과민하게 반응하면 어떡하니."

"하지만 말입니다!"

"이 아이는 외국 아이지? 그러면 나는 처음 만난 언니잖아."

"사전에 왕족이라고 전달했습니다!"

"왕족이라고 했다니, 못된 곳에 숨은 한심한 왕족이야. 그리고 혈통을 내세워 다른 이를 무시하는 건 오라버니와 같은 태도란다."

"큭……."

으음. 왕족으로는 실격이겠지만 나는 마음에 들어! 왠지 헐트 왕자와 사티아 왕녀와 비슷한 느낌이 드는군. 사이가 좋아지지 않으려나.

밀리엄도 이런 세리메어 왕녀라서 따르는 것일 테고, 본인이 신경 쓰지 않는다고 했으니 더 이상 반론은 할 수 없는 듯했다. 포기한 기색으로 가볍게 한숨을 쉬었다.

"하아……. 어쩔 수 없군요."

"후후. 고마워, 밀리엄."

다행이다. 불필요한 소동은 일어나지 않을 듯했다.

"다만 아이라고 하셨지만, 이 아이는 저보다 강할 겁니다."

"어머나? 밀리엄보다?"

"네. 적어도 레벨은 위일 겁니다. 그리고 동작을 봐도 상당한 실력이 있어 보입니다. 정면으로 싸우면 이길 수 있을지……."

그러고 보니 밀리엄은 강자 감지 스킬을 가지고 있었다. 프란의 힘을 냉정하게 분석한 모양이다. 이길 수 없다고 말하지 않고 이길 수 있을지 모르겠다고 말한 부분에서 전사로서 자부심이 느껴지는군.

"굉장하구나."

세리메어는 밀리엄을 상당히 신뢰하는지 그 말을 전혀 의심하지 않았다. 보통 이런 아이가 전사인 밀리엄보다 강하다고 하면 간단히 믿을 리 없다고 생각하는데. 감탄한 모습으로 프란을 응시하고 있었다.

"응."

"좋은 전력이 되겠네."

전력이라. 왕자 일행을 구출한다고 했는데 온건한 수단을 쓸 생각은 아닌 듯했다.

솔직히 정치 투쟁에 휘말리는 건 피하고 싶지만……. 저쪽이 구해준 것은 분명하니 감사 인사를 하고 이대로 떠나는 건 아무리 그래도 너무 뻔뻔스럽다.

무엇보다 프란이 허락하지 않을 것이다.

"헐트랑 사티아가 속았다고 했어."

자신이 적극적으로 그런 질문을 할 정도이니 말이다.

"그거 말이지……."

"진짜야?"

"응. 틀림없어."

프란의 질문에 세리메어는 진지한 표정으로 고개를 끄덕였다.

"너희는 이 나라의 상황을 어디까지 알고 있니?"

"왕이 바보로 바뀌어서 심한 상황이 됐어."

"후후. 정확한 대답이야. 하지만 좀 더 자세히 설명해줄게."

"응."

"아, 그러고 보니 자기소개도 아직 안 했구나. 불러놓고 미안해. 내 이름은 세리메어 벨메리오 시드런. 이 나라의 제1 왕녀야. 네 이름은?"

"프란. 흑묘족 모험가."

"프란, 잘 부탁해."

"응."

프란의 뒤를 이어 그때까지 계속 창백한 얼굴로 조용히 있던 선장과 사람들도 입을 열었다. 이름밖에 말하지 않았지만 어쩔 수 없을 것이다. 엄청나게 긴장했을 테니 그 상태로 이름을 댄 것만으로도 애썼어, 아저씨들.

처음에는 프란에게만 말을 시키는 데 애처로움을 느꼈지만 이제 마음이 바뀐 모양이다. 이야기는 프란에게 전부 맡기고 입을 다무는 작전을 취하기로 했나 보다. 뭐, 상관은 없는데 그래도 되는 거냐, 어른들.

"그럼 다시 이름을 밝히지. 나는 밀리엄 시드런. 일단 제2 왕녀다."

전혀 안 닮았군. 아니, 왕녀인데 왜 이렇게 강하지?

프란도 그렇게 생각했는지 입을 열었다.

"왕녀인데 전사야?"

"왕녀라고 해도 후궁의 출생이라서. 애초에 귀족다운 쪽은 옛날부터 자신 없었다. 전사단의 훈련에 어울리는 편이 훨씬 즐거워."

"내가 차를 마시자고 권해도 검을 휘두르는 게 즐겁나 봐."

"으, 그건 어쩔 수 없지 않습니까. 애초에 저는 왕녀라 해도 계승권은 없고요."

"하지만 조금 얌전해도 되지 않니?"

"그건 언니께 맡기겠습니다. 언니의 검이 되어 언니를 보좌하는 것이야말로 저의 길이라고 생각합니다. 따라서 단련은 빼먹지 않습니다."

적자와 서자 관계이지만 사이는 양호한 모양이다. 그건 그렇고 왕의 뒤를 이은 장남이 있잖아? 밀리엄은 그쪽과는 사이가 나쁜가 본데, 왜 그렇지?

프란이 그 점을 묻자 세리메어보다 먼저 밀리엄이 떨떠름한 얼굴로 내뱉었다.

"멍청한 사람이라서 그렇다."

하고 싶은 말은 뭔지 알겠지만 너무 간결했다.

그런 밀리엄의 말을 세리메어가 보충했다.

"오라버니는 자신의 혈통을 자랑스럽게 여기거든. 옛날부터 밀리엄에게는 매섭게 대했지."

"그 점도 확실히 있지만 저는 특별히 원한 때문에 언니를 따르고 있는 게 아닙니다. 녀석처럼 난폭하고 멍청하고 음험한 데다, 선민의식으로 똘똘 뭉친 멍청이에게 왕좌는 어울리지 않는다고 생각하기에 언니를 따르는 겁니다."

표현이 엄청났지만 나라의 현 상황을 생각하면 당연할지도 모른다.

지금 내용이라면 옛날부터 그런 성격이었겠지? 어린 동생까지 왕의 그릇이 아니라고 단념한 인간이 잘도 왕좌에 올랐구나.

프란이 물어보니 밀리엄은 떨떠름한 표정을 지었다. 세리메어도 눈썹을 살짝 찌푸렸다. 당연히 두 사람도 바라던 바가 아니었을 것이다.

"그러네, 그러면 그 부분부터 이야기를 할까."

역시 왕좌는 그렇게까지 단순한 것이 아닌가보다.

"우선 오라버니가 왕이 된 첫 번째 이유로 적자라는 점이 있어. 당연하겠지만."

"흥. 태어난 순서라는 하찮은 것에 구애되는 녀석들이 너무 많습니다."

이보셔, 서자라고는 하나 왕녀가 그렇게 말해도 돼?

"그리고 자기중심적이고 바로 폭력을 휘두르는 데다 백성을 괴롭히는 글러먹은 오라버니지만 우수한 부분이 없는 것도 아니야."

세리메어도 세게 나오는군.

"수아레스 오라버니는 나라에서도 톱클래스 전사야."

"……분하지만 녀석은 저도 못 당합니다."

호오오. 상당히 강하군.

"그런 오라버니라서 대관 전에는 국민 중에도 지지자가 있었어."

"뭐, 지금은 제로죠."

"강하다고 왕이 될 수 있어?"

"우리나라에서는."

프란의 질문에 세리메어가 대답했다.

"시드런의 성립 과정은 조금 별나거든……."

세리메어가 시드런의 건국 이야기를 하기 시작했다.

"시드런을 건국한 건 말이지, 해적이야."

"해적? 해적이 나라를 만들었어?"

"응, 이 시드런 본섬을 거점으로 날뛰던 대해적단이 근간이 됐어. 왕가는 그때 대선장의 자손이야. 굉장하지?"

세리메어가 의기양양한 얼굴로 자신들이 해적의 자손이라고 이야기했다. 보통 선조가 범죄자였다는 건 숨기고 싶어 하지 않나? 하지만 세리메어도 밀리엄도 어딘가 자랑스러워 보였다. 부끄러워하기는커녕 금지로조차 생각하는 것 같았다.

자세히 이야기를 들어보니 대해적단은 그렇게 잔학한 행위를 하지 않고 해양 자원의 발굴이나 상선의 강제적 호위 등으로 생계를 꾸렸다고 한다. 그리고 짬짬이 평판이 나쁜 군사 국가의 군선을 습격하거나 무도한 짓을 하는 적대 해적을 없애 물자를 접수했던 모양이다.

자유와 모험과 동료를 사랑하는 바다의 거친 사내들. 그런 이미지가 딱 맞는 해적들이로군. 약탈도 했으니 선인이라고는 할 수 없겠지만.

적어도 지구의 만화에서 그려지면 주인공의 아군으로 등장할 법한 느낌이었다.

뭐, 자손이 하는 이야기이니 어디까지 정확한지는 알 수 없지만. 이런 역사 이야기는 기록하는 쪽의 마음에 달려 있다. 까딱하면 침략 행위가 정당화되어 정의의 행위였다고 적히는 일도 있다.

아무리 그래도 그런 말을 굳이 하지는 않겠지만. 이 나라 사람들이 선조인 해적단을 존경하는 것은 알 수 있었다.

"국민도 그 해적단 선원의 자손들이야."

"그래서 우리나라에서는 지금도 무력을 숭상한다."

국민 사이에 해적 같은 기풍이 남아 있다고 한다. 그리고 확실히 해적 선장처럼 무지막지하게 난폭하지만 강한 왕태자는 어느 정도 인기가 있었다는 소리다.

지독한 악정을 펼친 탓에 그 인기도 땅에 떨어졌지만.

"그런 나라라서 원래 군부의 힘이 강하다."

"그리고 군인 중에는 아직도 오라버니의 지지자가 많아. 오라버니가 왕이 되고 군사비도 배로 늘렸고."

"그만큼 세금은 두 배, 복지 등의 예산은 모두 삭감됐지만."

"지금도 남아 있는 군인 대부분이 수아레스 오라버니의 아래서 단물을 빨아먹고 있으니 어쩔 수 없어."

"하여간에, 한탄스럽다! 나라를 지켜야 할 군인이 백성을 괴롭히면 어쩌자는 거냐!"

국민에게 무거운 세금을 부과해 나라를 혼란에 빠뜨린 멍청이 주제에 전투력이 높아서 군인의 지지를 모으고 있다?

그건 무슨 말도 안 되는 소리지? 어떻게 생각해도 최악의 조합이다. 군사 독재 정권의 탄생 아냐?

"오라버니에게 반대 의견을 내는 귀족은 태반이 숙청당해, 남은 자는 오라버니에게 고분고분한 이들뿐이야."

이미 독재가 시작됐습니다.

"그리고 장군직에 있던 율리우스 숙부님도 오라버니의 지지로 돌아섰어."

"그 남자의 야심은 명확해. 망나니 오라버니를 확실하게 꼭두각시로 삼을 셈이겠지."

"뭐, 오라버니는 욕망을 채워주면 조종하기 쉬우니까. 실제로 현 정권이 아슬아슬하게라도 유지되고 있는 건 반은 율리우스 숙부님 덕분이야. 장군보다는 관료에 적합한 사람이니까. 오라버니는 눈치채지 못했겠지만."

그렇군. 선왕의 동생에 장군이기도 한 숙부가 뒤를 보살펴주고 있다는 거로군. 그건 엄청난 지지가 될 것이다.

그건 그렇고 왕의 이름이 수아레스에 숙부의 이름이 율리우스라고 했지? 그건 암노예상의 아지트에서 찾은 뇌물 수뢰자 일람표에 실렸던 이름 아냐? 시드런 관계자이니 틀림없다고 생각하는데…… 거물 정도가 아니라 왕족이었을 줄이야.

실제로 프란과 사람들은 노예가 될 뻔했으니 우리의 상상 이상으로 현 정권의 어둠은 깊을지도 모른다.

"그런 오라버니가 최근 레이도스 왕국의 사자와 빈번하게 만나고 있나 봐."

"레이도스 왕국?"

세리메어의 설명에 포함된 무시할 수 없는 말에 프란이 움찔 몸을 떨었다.

레이도스 왕국인가. 어지간히 인연이 있군. 그것도 간접적으로.

알레사에서는 던전을 노리는 가상 적국으로 이름이 거론됐다. 실제로 알레사가 있는 크란젤 왕국에 침략 전쟁을 걸어온 과거도 있다고 한다. 길드의 접수원인 넬이나 랭크 A 모험가인 아만다도 주의해야 할 상대라고 말했다.

그 후 하늘 던전에서 입수한 리치의 일기 안에서도 그 이름이 나왔다. 부유도에 군사 시설을 만들어서 사람을 사람으로 여기지 않는 인체 실험을 실시한 무도한 국가로. 그리고 그가 멸망시키기 위해 노리던 원수로.

레이도스 왕국에 대한 우리의 인상은 상당히 나쁘다. 자국의 이익을 위해 타국을 침략하고 뒤에서 몰래 음모를 꾸미는 악의 국가. 그런 이미지다.

여기에서도 그 이름을 듣게 될 줄이야.

"변변한 이야기가 아니겠네."

"어머나, 레이도스 왕국을 아는구나?"

"응. 남에게 민폐만 끼치는 지독한 나라."

프란도 그렇게 생각하고 있었나. 뭐, 우리에게는 그렇다. 국가의 운영을 깨끗하게 할 수만은 없겠지만 아무리 그래도 악랄한 짓을 지나치게 했다.

"하하하하. 제법이구나. 확실히 이웃 나라에 침략 전쟁을 걸기만 하는 성가신 나라지."

"우리나라에는 특히."

아무래도 시드런 해국에도 레이도스 왕국이 민폐를 끼치고 있는 모양이다.

"해군 전력으로는 우리나라가 압도적으로 이겨서 침략당한 적은 없지만⋯⋯."

호오? 대국인 레이도스 왕국을 상대로 해군 전력에서 압도적으로 이긴다고 단언할 수 있는 자신감이 굉장하군. 아무리 전 해적들이 사는 국가라고는 하나 그렇게까지 강한가?

"관세라든가 기항료 따위를 들먹여서 시드런의 국력을 줄이려고 하고 있어."

세리메어가 손을 뺨에 대고 한숨을 쉬었다.

"레이도스의 하이에나들은 우리나라와 그 해군 전력을 산하로 거두려고 호시탐탐 노리고 있으니까요."

"북방 항로를 이용할 때 레이도스 왕국의 항구를 쓰지 않을 수는 없으니 관계를 끊을 수도 없고."

세리메어와 밀리엄이 함께 성대한 한숨을 쉬었다.

개인적으로 레이도스를 싫어해도 정치가 얽히면 단순한 호불호만으로 관계를 결정할 수 없으니 말이니 골치가 아플 것이다.

"오라버니는 레이도스 왕국에 우리나라의 해군 전력을 제공하고 레이도스의 공작위나 시드런의 총독 지위를 얻을 셈이야. 그리고 장래에는 그 공적을 배경으로 레이도스 본국의 국정에 파고들려는 거겠지⋯⋯."

"바보 같은 망상이에요. 레이도스 같은 대국을 상대로 그 망나니 오라버니의 치졸한 생각이 통할 리가 없어요."

"그렇지. 나도 그렇게 생각해."

"해군이 혹사당하고 그 사이 레이도스의 속국으로. 어쩌면 완전히 지배하에 놓이는 것이 결말이겠죠. 망나니 오라버니는 명목상 아래로 들어가지만 실제로는 대등한 군사 동맹이라고 호언장담하지만."

"그 대국이 소국인 시드런을 상대로 그렇게까지 양보할 리가 없지. 수룡함을 빼앗기면 순식간에 레이도스의 지배 아래 놓이는 건 확실해. 그렇게 되면 시드런 해국은 끝이야."

"그 나라는 지배 지역에 무거운 세금을 부과하고 노예처럼 부리는 것으로 유명하니까요."

역시 변변찮은 나라였다. 그건 그렇고 뭘 빼앗는다고 했지? 수룡함? 이름을 듣기만 해도 나의 중2심이 자극을 받는군. 나는 프란에게 그 단어에 대해 질문하도록 했다.

"저기, 수룡함? 그건 뭐야?"

"그런가, 타국인에게는 알려지지 않았나."

"수룡함은 시드런 해국의 비밀 병기야."

"오오, 비밀 병기. 멋있어."

확실히! 비밀 병기 수룡함. 이런, 엄청 멋있어!

"후훗. 그렇지? 실제로 엄청나게 강하고 멋있다."

"호오오."

"수룡함은 그 이름대로 수룡이 이끄는 거대 전함이다. 일반 배의 세 배 속도로 항행하고 수룡의 공격력을 활용해 어떤 배도 일격에 가라앉히지."

몬스터를 길들여 배를 끌게 하는 방법은 옛날부터 실험됐다고 한다. 하지만 위협도 B인 수룡을 길들이는 데 성공한 건 앞으로도 뒤로도 시드런의 초대 국왕뿐이라나.

"세계에 수룡함은 고작 네 척뿐인데, 우리나라는 그 네 척의 힘을 써서 대국의 대함대와 싸워 독립을 유지해왔다."

"위협도 B?"

"그래, 굉장하지?"

굉장한 정도가 아니다. 위협도 B라면 혼자서 나라를 멸망시킬 수 있는 레벨의 마수다. 그게 네 마리? 그야 최강의 해양 국가라고 자칭하는 것이 허용되겠군.

"네 척은 각각 망나니 오라버니, 숙부, 사촌 오빠, 세리메어 언니에게 양도되었다. 수룡은 초대의 혈통, 게다가 주인으로 등록된 자밖에 움직일 수 없다. 그래서 언니의 수룡함은 왕궁의 수룡함 전용 항구에 정박된 채 있는 거지."

"아아, 나의 월네이트……. 외롭지는 않으려나."

수룡의 이름은 월네이트인 모양이다. 하지만 세리메어의 수룡함은 빼앗긴 듯했다.

움직이려면 세리메어가 월네이트에게 가야 해서 전력으로 칠 수 없나. 세리메어가 살아 있는 한 상대도 월메이트를 부릴 수 없으므로 적에게 쓰일 우려도 없다고 한다.

"망나니 오라버니는 왕위에 오르고 레이도스와 동맹을 맺으려고 계속해서 교섭을 해왔다. 그리고 그 대가로 레이도스는 수룡함을 요구했다."

"하지만 아무리 오라버니라도 수룡함만은 넘길 마음이 없었어. 당연하지만."

"그런 와중에 필리어스의 왕족이 날아들어 왔다."

오, 겨우 그 이야기에 도달했나. 뭐, 도중에 이야기를 끊은 건 우리였지만.

하지만 수룡함이란 단어를 듣고 가만히 있을 수 없었단 말이다.

"어째서 사티아랑 헐트가 속으면 안 돼?"

"음, 그건 필리어스 왕국이 레이도스 왕국과 적대하고 있기 때문이다."

"필리어스는 우리나라에 필적하는 소국이지만 소유하고 있는 신검 덕분에 오랫동안 레이도스 왕국의 침략을 막아온 역사가 있어. 또한 레이도스 왕국과 불구대천의 적인 크란젤 왕국과는 군사 동맹을 맺고 있어."

"이른바 레이도스 왕국에 있어서 필리어스의 왕족은 자신들의 남진을 막는 눈엣가시야. 그것 잡아 넘겨준다면?"

레이도스 왕국에서 이미지가 대단히 좋아질 것이다.

환심을 사기에는 절호의 재료다.

"그럼 헐트랑 사티아는 레이도스 왕국에 넘겨지는 거야?"

"이대로라면 그렇게 되겠지. 망나니 오라버니에게는 마침 좋은 공물이 저쪽에서 날아들어 온 거야. 너희는 드와이트에게 잡혔다고 했지?"

"응. 기생오라비."

"그 기생오라비는 뇌물만으로 제독까지 오른 인간이지만 오라버니의 복심 중 한 명인 건 틀림없어. 또한 눈치만은 빨라서 너희를 보고 바로 이용할 수 있다고 생각했을 거다. 발견된 상대가 최악이었어."

그래서 그렇게 포박하는 데 집착했구나. 왕족 대우를 하면 헐

187

트 남매를 빈객으로 대접해야 하고 행동의 자유도 줘야 한다.

하지만 포로 취급을 하면 행동을 제한해도 이상하지 않고 교섭이 성립할 때까지는 얌전히 있으리라고 생각할 터다. 적어도 헐트 남매를 속이기에는 그쪽이 편할 터였다.

"우리는 반드시 그걸 저지하고 싶어. 필리어스의 왕족을 레이도스에 팔면 그 나라와는 적대를 피할 수 없어. 그것도 신검을 가진 무서운 나라와 말이지. 그렇게 되면 레이도스 왕국과 손을 잡을 수밖에 없어져."

"그렇구나."

필리어스 왕국과 크란젤 왕국이 동맹을 맺고 있지?

그렇다면 필리어스와 적대하면 크란젤 왕국과도 적대하게 된다. 거기에 대항하기 위해서는?

그 두 나라와 적대하는 레이도스 왕국과 연계할 수밖에 없다. 양쪽의 관계는 한층 가까워질 것이다.

"그리고 문제는 군사적인 것만이 아니다."

"시드런은 보는 대로 군도 국가라서 경작지가 적어. 식량을 반드시 수입할 필요가 있어. 지금은 크란젤이나 레이도스, 필리어스 등에서 수입하고 있지만……."

크란젤 왕국과 적대하면 레이도스 왕국에서 하는 수입에 의존하는 비율이 대폭 상승할 것이다.

군사적으로도, 경제적으로도, 식량 사정적으로도 레이도스 왕국의 영향력은 절대적인 것이 된다. 그렇게 되면 속국, 식민지 루트 일직선을 달릴 것이다.

"필리어스의 왕족은 이미 오라버니의 손 안에 있어. 그리고 레이도스의 사자도 이전부터 왕궁에 머물고 있고."

"상급자 행세를 하며 오라버니에게 여러 가지 조건을 달고 있다더군요."

즉, 그 녀석과는 이미 필리어스의 왕족을 넘기는 밀약을 교환했다고 생각하는 편이 좋을 것이다.

"그 레이도스의 사자가 필리어스의 왕족을 데리고 레이도스 본국으로 향하기 전에 어떻게든 해야 한다."

"그러니 당신들에게도 협력을 부탁하고 싶어요."

이야기는 길었지만 대강은 이해했다.

즉, 레이도스 본국으로 끌려가기 전에 헐트 왕자 남매를 세리메어 자매의 오빠인 수아레스 왕에게서 탈환하라는 뜻이다.

"하지만 헐트 남매를 구해도 또 잡히면 의미가 없어."

"그건 이쪽에 맡겨라. 우리에게도 약간이지만 협력자가 있다. 책임지고 국외로 탈출시켜주지."

여기까지 세리메어 자매는 거짓말을 전혀 하지 않았다. 그녀들이 한 말은 모두 진실이었다. 그렇다면 도울 수밖에 없다. 우리만 움직여서는 헐트와 사티아를 구출할 수 있을 것 같지 않기 때문이다.

"알았어."

프란의 얼굴도 의욕으로 가득 차 있군.

"저, 저희가 할 수 있는 일이 있다면 뭐든 말씀해주십시오."

"헐트 전하와 사티아 전하를 구하기 위해서라면 이 목숨도 아깝지 않습니다."

필리어스를 섬기는 두 사람은 당연히 그렇게 나와야지.

그러자 지금까지 완전히 공기였던 렌길 선장이 마음을 굳힌 얼굴로 입을 열었다.

"저희도 당연히 협력하겠습니다."

"호오. 괜찮나? 필리어스 사람도 아닐 텐데?"

"네. 하지만 저희는 헐트 님과 사티아 님을 바르보라로 모시는 의뢰를 받았습니다. 설령 어떤 상황이 돼도 의뢰를 팽개칠 수는 없습니다. 그것이 저희 루실 상회의 이념이니까요."

"그런가. 그럼 그대들도 잘 부탁하지."

"네. 그리고 탈출할 때 함께 탈출시켜주시면 감사하겠습니다."

"우후후. 역시 상인이네요. 빈틈이 없어."

"저는 상인이자 선장입니다. 선원들의 안전을 지킬 의무가 있습니다."

"알고 있다. 물론 손을 빌려주면 이쪽도 거기에 보답하지."

어떠한 확증이 있는 약속은 아니지만 렌길 선장 일행은 밀리엄의 말에 안심한 듯 고개를 끄덕였다.

일단 착한 사람 같으니 거짓말은 아니라고 생각한 건가. 아니면 짧은 시간 동안 밀리엄 자매를 어지간히 믿게 된 건가.

어쨌든 이로써 전원이 세리메어 자매에게 협력하기로 결정했다.

"아이들은 여기서 숨겨줄래?"

"물론이다. 어린이들까지 위험한 짓을 시킬 수는 없다."

"나와 함께 있을 테니 안심하렴."

프란은 어린아이가 아니냐고 생각했지만, 밀리엄은 자신보다 강한 한 사람의 전사 취급을 해주는 듯했다. 세리메어는── 잘 모르겠지만, 이야기를 나눠보고 단순한 어린아이가 아니라고 생각했을지도 모른다.

"현재 부하가 왕국 안의 협력자와 연락을 취하고 있다. 움직이는 건 내일 이후가 될 것이다. 방을 준비했으니 오늘은 확실히 쉬어라. 개인실은 아니지만."

『맞다, 그 서류는 세리메어 자매한테 주는 편이 좋을지도 모르겠어.』

'서류?'

『암노예 상인 아지트에서 발견한 서류 말이야. 세리메어 자매라면 유효하게 쓸 수 있을지도 몰라.』

'아하.'

우리가 가지고 있어봐야 그다지 의미가 없다.

그리하여 수아레스나 율리우스라는 이름이 늘어선 뇌물 증거 서류는 모두 세리메어에게 건네기로 했다.

두 사람 모두 받은 서류를 보고 놀라고 있군.

"설마 녀석들이 이렇게까지 썩었을 줄은……."

"너무해. 게다가 이쪽 서류를 봐."

"아니. 슬럼의 주민을 노예로 만들기 위한 계획이 아닙니까!"

"용서 못 해."

"역시 레이도스 왕국이 노예를 대량으로 원한다는 이야기는 사실인가 봅니다."

"시드런 해군 전력뿐만이 아니라 국민도 노리고 있다는 뜻이네."

계속 싱글싱글 웃던 세리메어가 날카로운 시선으로 서류를 훑어봤다.

프란이 무심코 자세를 바로잡을 만한 박력이었다. 그만큼 화가

191

났다는 뜻이겠지.

"이 서류, 우리에게 정말 주는 거지?"

"응."

"고마워. 반드시 헛되게 하지 않을게."

세리메어는 뭔가를 결심한 표정으로 깊이 고개를 끄덕였다.

그 후 밀리엄의 부하에게 안내된 곳은 또 다른 비밀 통로였다.

잠시 안내를 따라가자 어떤 계단을 내려가고 또 올라갔다. 아무래도 지금까지 있던 오두막과는 다른 오두막으로 데려가는 모양이다.

"다른 자들은 이미 이쪽에 와 있다. 네 방은 거기다."

"응."

이쪽 오두막에는 방이 여러 개 있는 건가.

"무슨 일이 있으면 입구에 있는 사람에게 말을 걸어라. 절대 혼자서 밖으로 나오면 안 된다."

그건 당연하다. 우리가 이 근방을 돌아다니면 순식간에 이곳을 들킬 것이다.

'울시는 어떡해?'

『으음. 미안하지만 한동안은 숨는 편이 좋을 거야.』

'컹!'

『뭐, 그렇게 한심한 목소리 내지 마. 그거야, 비밀 병기는 비밀로 해야 비밀 병기잖아?』

'오오! 비밀 병기. 수룡함과 똑같아.'

『그래, 울시는 우리에게 최강의 비밀 병기니까.』

'멋있어.'

'웡웡!'

후우. 어떻게든 넘어갔나.

아니, 넘어갔다고 하면 어폐가 있군. 실제로 울시는 비밀 병기다. 그렇기에 그 존재는 가능한 한 숨겨두고 싶다.

선원이나 필리어스 사람들에게는 알려졌지만 어디에 있는 지까지는 모를 것이다. 하물며 프란의 그림자에 숨어 있다고는 생각하지 않을 것이다. 만약 묻는다면 소환수라서 부르지 않으면 나오지 않는다고 하면 된다.

세리메어와 밀리엄은 믿을 수 있지만 그녀들 주위 사람 모두를 무조건 믿을 수는 없기 때문이다. 수아레스 왕 쪽에서 보낸 스파이나 배신자가 있을지도 모르고 세리메어 자매를 위해 프란과 사람들을 사지로 몰려고 하는 부하가 있을 가능성도 있다.

그러므로 최대한 이쪽에서 정보를 밝히고 싶지는 않았다.

"그리고 너희가 빼앗긴 무구류는 모두 회수했다. 거기에 놓아둘 테니 자신의 장비를 회수하도록."

안내역인 전사가 가리킨 곳에는 검이나 창이 가지런히 바닥에 놓여 있었다.

좋아, 나도 드디어 프란에게 돌아갈 수 있겠군.

뭐, 나처럼 미려하고 기품이 넘치는 검이 이런 양산품에 섞여 있는데 아무도 눈치채지 못했느냐는 이야기가 나오겠지만, 그건 섞여 있었다고 우기자.

다른 녀석들도 자신의 무기만 찾고 있는 것 같으니 약간은 의문을 가질지도 모르지만 확증은 없을 터다.

차원 수납을 쓸 수 있는 점도 울시의 정보와 함께 되도록 비밀로 해두고 싶기 때문이다.

울시의 그림자에서 슬쩍 기어 나온 나는 그대로 프란의 등에 달라붙었다.

평상시의 정위치로군. 안심된다.

『후우.』

"후우."

『응? 왜 그래? 프란.』

'응. 스승이 없어서 진정이 안 됐어. 겨우 돌아와서 다행이야.'

『하하! 나도야. 이제 프란의 등이 아니면 진정이 안 돼.』

'닮은꼴?'

『아니, 그런가?』

닮은꼴이라고 해야 하나? 달리 뭐라고 하면 좋을지 알 수 없지만.

『뭐, 그럴지도 몰라.』

"응!"

그럼 이후에는 어떻게 할까. 할 일도 없다.

밖에는 나갈 수 없고.

아니, 나와 울시라면 몰래 정찰을 나갈 수 있겠지만 지금은 프란과 떨어지고 싶지 않았다. 과보호라고 비웃으려면 비웃어! 이런 잘 모르는 곳에 프란을 남겨둘 수 있겠냐! 적어도 오늘 밤만은 프란에게서 떨어지고 싶지 않았다.

『오늘은 얌전히 자자.』

"응."

프란은 가볍게 고개를 끄덕이고 안내역이 보여준 방으로 향했다.

"아, 프란!"

"괜찮았어?"

"어디로 데려갔다고 해서."

그곳은 아이들 방이었다. 방 안에는 헐트 왕자 남매와 함께 구출한 아이 세 명과 필리어스의 메이드가 있었다. 그녀는 아이들 돌보미일 것이다. 아이를 좋아하는지 배에서도 적극적으로 아이를 돌봐줬다고 기억하고 있었다.

모두가 침대에서 일어나 프란을 맞이해줬다.

자신들도 낯선 곳으로 끌려와 불안할 텐데 오히려 프란을 신경 써줬다.

"괜찮아."

"그렇구나, 다행이야."

"프란은 강하니까 괜찮다고 했잖아."

"응. 맞다, 울시는?"

그러고 보니 아이들은 울시를 마음에 들어 했지.

"지금은 다른 곳에 있어."

"그렇구나."

쓸쓸하게 고개를 숙이는 여자아이. 이런, 울렸나?

그렇게 생각해 초조해하고 있는데 꾸르륵 하는 의문의 소리가 방에 울렸다.

아이들도 깜짝 놀란 얼굴로 주위를 두리번거렸다. 뭐, 그 덕분에 여자아이의 눈물도 들어간 것 같군.

그런데 뭐지. 지금 들린 곰의 신음소리 같은 그 천박한 소리는?

그렇게 생각했는데 프란이 배를 문지르고 있었다.

"배고파."

이런, 지금 들린 사랑스러운 소리는 프란의 배가 울린 소리였던 모양이다.

잘 생각해보니 마치 강아지의 울음소리처럼 귀여운 소리였을지도 모른다. 누구냐, 곰의 신음소리라고 말한 건!

꼬르르르륵.

그러자 그것이 계기가 됐는지 다른 아이들에게서도 귀여운 소리가 들렸다.

생각해보니 어제 점심부터 아무것도 먹지 못했다.

"식사는?"

"아까 건빵이랑 물 받았어."

"그게 다야?"

"이 슬럼에서 식사를 준비하기는 어려우니 내일 아침까지는 참아 달래."

그렇구나.

따듯한 식사를 준비하려고 하면 취사를 해야 하니 역시 심야에 식사는 준비할 수 없는 듯했다.

'스승.'

『그래, 어린아이가 배를 곯으면 안 되지.』

배를 누르며 슬픈 표정을 짓고 있는 아이들의 모습은 만났을 무렵의 프란과 어딘가 겹쳐졌다.

봤으니 무슨 일이 있어도 내버려 둘 수 없었다.

프란 자신도 고아인 그들이 시장기를 느끼는 건 보고 넘길 수 없을 것이다. 자신이 비슷한 경우였기 때문에.

우리는 차원 수납에서 요리를 꺼내 아이들에게 먹이기로 했다.

냄새가 지나치게 강한 건 밖에 있는 사람에게 들킬 수도 있으니 이번에는 샌드위치로 하자.

주스도 서비스다.

"어어? 이건 뭐야?"

"쉿. 비밀이야."

"괘, 괜찮아?"

"응."

"와아. 고마워."

"언니도."

"저도 괜찮나요?"

"응. 다른 사람한테는 비밀이야."

눈앞에서 아이들만 음식을 주는 건 아무리 그래도 가여워서 메이드에게도 건넸다. 뭐, 입막음 비용도 포함돼 있다.

다른 방의 어른들은 내일 아침까지 참게 하자.

아이들은 배가 상당히 고팠는지 샌드위치를 덥석 물었다.

메이드 누님도 기품 있게, 그래도 상당한 속도로 샌드위치를 배로 수납해갔다.

뭐, 프란이 가장 빨랐지만 말이다.

"맛있어!"

"야! 소리가 커! 프란이 몰래 꺼내줬잖아."

"미, 미안."

"이 주스도 맛있어."

"확실히. 이 샌드위치, 지금까지 먹은 것 중에서 가장 맛있을지

도 몰라요."

왕족을 시중드는 사람답게 메이드는 혀가 상당히 고급인가본데, 샌드위치의 맛에 놀라고 있었다.

그야 나의 자신작이니까.

마수 고기 카츠 샌드에 마수 고기를 쓴 햄 샌드위치. 그리고 마조 알을 쓴 계란 샌드위치다. 물론 마요네즈는 수제다.

주스는 복숭아와 맛이 비슷한 과일과 파인애플과 맛이 비슷한 과일의 즙을 섞은 상큼한 계열의 믹스 주스다. 이러면 맛있지 않을 리가 없다.

샌드위치를 배부르게 먹은 아이들은 안심하기도 해서 꾸벅꾸벅 졸기 시작했다.

프란도 눈이 가물거리는군.

평소라면 잘 시간이니 어쩔 수 없지만.

"어머나. 여러분 침대에서 자세요. 프란 씨도."

"네에."

"응."

이 좁은 은신처에 침대가 충분이 있을 리도 없어서 이 방에는 세 개밖에 놓여 있지 않았다.

하나는 메이드 누님. 하나는 소년 두 명. 나머지 하나를 프란과 소녀가 쓰는 형태였다.

그리고 보니 프란이 다른 사람과 함께 자는 건 처음인데 괜찮을까?

『잘 수 있겠어?』

'문제없어. 노예였을 때는 다 같이 붙어서 잤어.'

『그랬구나.』

'응. 그러지 않으면 추워서 죽으니까.'

오오. 내 상상을 넘는 해답이었다.

『그, 그러냐. 그럼 문제없겠네.』

'응. 잘 자, 스승.'

『잘 자. 보초는 나한테 맡기고 오늘은 푹 자.』

'고마……워…….'

이미 잠으로 떨어진 모양이다. 여전히 순식간이로군.

자는 아이는 성장한다. 어디서든 재빨리 잘 수 있는 건 장점이라고 생각한다.

『울시는 그림자 속에서 잘 수 있냐?』

'웡!'

아무래도 잘 수 있나 보다. 역시 다크니스 울프. 자면서 마술을 유지할 수 있다니.

'쿨쿨.'

『울시도 빨라!』

할 수 없다. 나는 이대로 불침번을 서자.

오늘은 주위에 사람이 있어서 움직일 수도 없으니 혼자서 끝말 잇기라도 하며 시간을 때우자.

제4장 배신과 진실

프란과 사람들이 탈옥하고 하룻밤이 밝았다.

지금쯤 그 대기소에는 큰 소동이 벌어졌겠군.

무려 서른 명 가까이 포로가 도망쳤으니까. 수색도 하고 있을 것이다.

그 녀석들의 눈을 속일 수 있느냐는 밀리엄 일행이 설치한 공작에 달렸다.

보기에 밀리엄의 부하들이 초조해하는 기색도 없으니 아마 이곳이 들통 나는 사태는 없을 듯했다.

"기다리게 했군. 아침이다."

"응."

어젯밤 이 방으로 안내해준 안내역이 직접 수레를 끌고 왔다.

좁은 이 은신처에 식당 같은 것이 있을 리도 없으니 방에서 먹으라는 뜻이겠지.

아침은 빵 하나와 생선 수프. 그리고 찐 조개가 수북이 담겨 있었다. 크기가 상당한 굴이었다.

다만 야채가 하나도 없구나.

세리메어 자매도 섬나라인 시드런에서 신선한 야채는 귀중품이라고 했으니 어쩔 수 없군.

오히려 아이들은 기뻐하고 있었다.

굴은 호불호가 갈린다고 생각하는데, 아이들은 맛있다며 유쾌한 표정으로 굴에게 달려들었다. 역시 전 부랑아들이다. 식욕이 엄청나게 왕성했다.

흥미 본위로 지금까지는 무엇을 먹고 살았는지 물어보니 모험가 길드에서 폐기되는 식용에 부적합한 상한 고기나 물가에서 잡히는 생물을 먹었다고 한다. 조개나 불가사리, 그것조차 잡히지 않는 경우에는 갯강구를 먹은 적도 있다고 했다. 전혀 맛있어 보이지 않지만 살기 위해서는 어쩔 수 없나 보다.

"갯강구……."

프, 프란 씨? 무슨 생각을 하고 있지? 나는 절대 허락 못 해! 맛있는 걸 먹여주고 있잖아!

방에서 하는 식사는 프란에게 오히려 좋았다.

솔직히 말해 프란은 이것만으로는 당연히 부족해서 차원 수납에서 대량의 요리를 꺼내 이미 먹기 시작했다.

방 안이라면 이미 알려진 아이들과 메이드에게만 보인다. 어제의 샌드위치와 주스가 무척 마음에 든 모양이니 입막음용으로 건네면 들킬 염려도 없을 것이다.

"이거."

"또 받아도 돼?"

"응."

"와아!"

"난 이거!"

"저도 괜찮나요?"

"주스도 있어."

어젯밤과 똑같은 샌드위치와 주스였지만 모두 기뻐했다.

"다른 사람한테는 비밀이야."

"오케이!"

"맡겨줘."

"절대로 말 안 해."

"물론이에요!"

"응. 말 안 하면 또 꺼내줄게."

"오오!"

"알았어! 아무한테도 말 안 할게."

"응!"

"저도 맹세할게요!"

메이드 누님의 기분이 아이들만큼 들떴는데…….

반드시 말하지 않을 것 같으니 상관없지만.

다만 밥을 주지 않았을 때는 무서우니 절대로 잊어버리지 말아야 할 것이다. 음식의 원한은 무섭기 때문이다.

그렇게 모두 식사를 마친 후 본격적으로 할 일이 없었다.

어차피 은신처에 숨어 있을 뿐이니 말이다.

밖에는 나갈 수 없다. 아니, 나가면 프란을 두고 가야 하니 낮에 나만 행동하는 것도 위험한 느낌이 든다. 어디서 누가 볼지 알수 없다.

분신을 만들어 정찰하는 것도 잠시 생각했지만 그러다 눈에 띄면 슬럼 사람들이 수상히 여길 가능성도 있을 것이다. 섣부른 짓은 할 수 있을 것 같지 않았다.

프란은 아이들과 함께 게임을 즐기고 있었다.

이쪽 세계에도 오셀로가 있었을 줄이야.

이세계 전생물에서 정석인, 지구산 게임을 퍼뜨려 돈을 버는 작전은 시작하기도 전에 사라지고 말았다.

체스나 장기도 비슷한 게임이 존재하기 때문에 이제 와서 규칙이 다른 게임이 받아들여질 것 같지도 않았다. 바둑은 내가 규칙을 모른다. 쌍륙은 완전히 똑같은 게 있다.

『으음, 얕볼 수 없는 이세계야.』

뭐, 마술이 있는 덕분에 과학 기술의 발전이 더디다=유희의 발전이 저해된다, 는 아니구나.

조미료도 다양하게 존재하고 요리도 수준이 상당히 높다. 오히려 마수 소재나 요리 스킬 덕분에 간단한 요리는 지구보다 맛있는 경우가 있을 정도였다. 튀김은 적은 것 같지만 단순히 식용유가 귀하기 때문일 것이다.

얼핏 중세풍 문화 수준으로 보이지만 성숙도는 훨씬 높았다.

"으으."

"헤헤, 내 승리다!"

프란이 오셀로에서 진 모양이다. 아니, 프란은 엄청나게 약했다.

어떻게 하면 저렇게 엉망으로 질 수 있을까. 프란의 검은 돌이 하나도 없이 판이 새하였다.

"한 번 더."

"안 돼! 다음은 내 차례!"

"웃."

그래도 프란은 즐겁게 오셀로로 놀았다. 친구와 노는 것 자체가 즐거워 견딜 수 없는 모양이다.

여기서 어른이 끼어드는 건 촌스럽다. 오셀로 귀신이라고 불린 나의 실력을 선보이는 건 다른 기회로 미루자.

뭐, 메이드는 아이들에 섞여 놀고 있었지만. 그리고 오셀로로 가차 없이 이기고 있었지만. 저건 뭐, 아이들에게 맞게 놀아주는 거겠지.

할 수 없이 나는 스킬 훈련을 하기로 했다.

잠재 능력 해방으로 일시적으로 힘을 늘린 알림에 의해 나의 스킬은 대폭 최적화되어 상위 스킬로 통합돼 진화했다.

솔직히 전부 파악하지 못했다.

알림은 이미 원래의, 필요한 사항을 알리기만 하는 존재로 돌아가서 자세한 이야기를 들을 수도 없다.

스스로 다양하게 실험하고 시험하는 수밖에 없었다.

사자의 던전을 공략한 후 장의 연구소에서 스킬 확인을 실시했지만 아직 부족하기 때문이다.

『눈에 띄지 않게 연습할 수 있는 스킬이라면…….』

기척 감지나 위기 감지 등의 찰지 계열 스킬이 통합된 전방위 감지.

마력 감지나 함정 감지 등의 감지 계열 스킬이 통합된 전존재 감지.

이 정도가 훈련하기 쉬우려나.

어느 쪽이든 비슷한 계통이지만 찰지는 상시 발동하는 패시브 스킬, 감지는 스스로 의식하지 않으면 발동하지 않는 액티브 스킬이다. 하지만 찰지도 의식해 사용하면 자동으로 발동할 때보다 정밀도를 대폭 올릴 수 있으므로 연습해두면 손해는 아니다.

이 두 가지 외에도 연습을 해두고 싶은 것이 수영이나 수류 조작 등 물에 관련된 스킬이 통합된 조수. 기류 조작이나 공중 도약

등의 바람 계통이 통합된 조풍. 독 흡수나 독 생성 등 독 관련 스킬이 통합된 조독이다.

현재 이 세 가지에 대해서는 전혀 다루지 못하는 셈이다.

통합되기 전의 사용법은 알고 있다. 예를 들어 조풍을 써서 공중 도약을 재현하거나 조수를 써서 수탄 발사를 재현한다.

다만 전용 스킬이 아닌 탓에 여태까지보다 마력이나 집중력이 필요해져서 솔직히 나빠졌다고 해도 과언이 아니었다.

하지만 그것만이 아닐 것이다.

이 스킬들은 그 이름대로 물과 바람을 더 자유롭게 다룰 수 있을 터였다.

사용의 폭이 보다 넓어졌을 것이다.

하지만 나의 상상력이나 이미지가 부족해서 새로운 사용법을 모색하는 일에 발목을 잡히고 말았다.

거기서 나는 조수의 새로운 능력을 모색해보기로 했다.

실은 이전부터 어떤 일을 할 수 없을까 생각하고 있었기 때문이다. 그것은 물을 진동시키는 사용법이었다.

어째서 그런 일을 하고 싶냐고 묻는다면, 공격에 응용할 수 있지 않을까 생각했기 때문이다.

골렘이나 언데드가 아닌 한 마수에게도 체액이 존재한다. 인간은 말할 필요도 없을 것이다.

그것을 원거리에서 진동시킬 수 있다면?

뇌진탕을 일으킬 수 있지 않을까?

조수 스킬을 봤을 때 맨 먼저 떠오른 것이 그것이었다.

뭐, 전생에서 읽은 만화의 내용을 읊는 거지만. 다만 몸속에서 발생하는 강력한 진동은 좀처럼 막을 방도가 없는 공격 방법이라고 생각한다.

나의 유치한 이미지지만, 만약 몸속에서 강력한 마사지기가 부르르르 떨린다면? 전투를 할 상황이 아닐 것이다.

뇌진탕을 일으키지 못해도 괴롭히는 데는 쓸 수 있을 터다.

그리하여 나는 방구석에 놓인 물병에 조수를 써봤다.

『진동──진동──.』

이미지를 그리며 스킬을 발동했다.

덜컹!

순간 물병이 진동했다. 하지만 실패다.

나는 더욱 미세하게 도자기 물병이 키잉 하고 크게 울리는 진동을 이미지했기 때문이다.

『더 가늘고 강하게──.』

다시 조수를 떠올렸다.

이번에도 물병이 덜컹덜컹! 하고 진동했지만 이것도 실패였다.

아까보다 움직였지만 이번이 더 큰 실패였다.

진동이 아니라 단순히 안에 든 물이 크게 움직였을 뿐이기 때문이다.

『어렵네…….』

역시 하루아침에 잘될 리는 없었다.

게다가 아이들이 물병을 주목하고 말았다.

"저기, 지금 무슨 소리 나지 않았어?"

"역시? 나도 그런 거 같아."

"물병 근처 같은데……."

"쥐라도 있는 거 아닐까요?"

나이스 메이드 씨. 하지만 이 이상의 조수 훈련은 어려워 보였다.

할 수 없이 조풍 훈련으로 바꾸기로 했다.

『새로운 걸 시험하기보다 지금까지 했던 것을 보다 완벽하게 구사할 수 있도록 연습하는 편이 나을지도 몰라.』

응용이 아니라 아직 기초를 다질 단계라는 사실을 깨달았다.

하는 일은 더욱 수수했다.

눈앞의 공기를 대상으로 조풍에 집중했다.

그리고 공기를 압축해갔다.

아이들에게는 보이지 않겠지만 전존재 감지로 희미하게 기류를 볼 수 있는 나는 압축된 공기 덩어리를 똑똑히 확인할 수 있었다.

이미지대로 압축된 것을 확인하자 이번에는 천천히 공기 덩어리를 풀어갔다.

단순히 압축만 해제하면 파열음이 울려서 아이들이 수상히 여기기 때문이다.

천천히 압축하고 천천히 풀었다.

그것을 압축률을 조금씩 높이며 반복했다.

훈련을 계속하는 사이에 사용법을 파악한 것 같은 느낌이 들었다.

보다 고밀도로 압축해도 마력의 소비가 줄어든 것이다.

스킬 레벨이 오르지는 않았으니 단순히 스킬의 숙련도가 올랐을 것이다.

『좋았어, 다음은 전존재 감지를 훈련하자.』

전존재 감지는 다루기가 꽤나 어려운 스킬이다. 성능은 일반적인 감지 스킬을 크게 뛰어넘는다. 무려 모든 존재를 감지할 수 있기 때문이다. 터무니없는 성능이다.

하지만 내가 구사할 수 있을지 의문이었다.

애초에 모든 존재를 감지했다 하더라도 그 결과들을 모두 느끼면 그 많은 정보량에 오히려 아무것도 이해할 수 없게 된다. 평범한 인간은 그렇게나 많은 정보를 모두 처리할 능력이 없기 때문이다. 나 역시 그렇다.

아이들을 구하러 갔을 때 소리를 골라내려고 고생한 것도 그 탓이었다.

그렇기에 평소에 필요로 하지 않는 정보는 명확하게 제시되지 않도록 구성돼 있다고 생각한다. 스킬에 구비된 특성인지 내가 무의식중에 실시하는 건지는 알 수 없지만.

하지만 그래서는 진정한 의미로 이 스킬을 구사한다고 할 수 없다. 모든 존재를 감지한 결과, 그 시점에서 가장 필요한 정보를 무의식중에 독해하는 정도가 되지 않는다면 말이다.

그러니 훈련이다!

아까 조풍 훈련 중에 문득 떠오른 것이 기류를 감지할 수 없느냐는 생각이었다.

기류 시각이나 진동 감지의 응용으로, 주위 공기의 흐름을 감지해 상황을 정확히 파악하는 것이다. 그것이 가능하다면 어둠 속에서도 도움이 되고 뒤에서 날아오는 기습에도 대응할 수 있게 될 것이다.

일단 시각을 봉인하고 의식을 집중시켜봤다.

우선 아이들의 움직임을 파악했다.

바로 곁에 있는 상대의 움직임을 감지하지 못하면 이야기가 성립하지 않는다.

오셀로 말을 뒤집는 소리만이 달칵달칵 울렸다.

방 전체의 공기를 파악해 그 흐름을 감지하려고 의식했다. 그러자 희미하게 주위 상황을 이해할 수 있었다.

사람이 있다는 것은 알 수 있었다.

하지만 그것이 누구인지, 크기가 얼만한지, 무엇을 하고 있는지. 그런 상세한 정보까지는 파악하지 못했다. 움직이는 건 어렴풋이 알겠지만…….

이렇다면 솔직히 기척 감지를 쓰는 편이 몇 배나 낫다. 굳이 기류를 읽을 필요는 없다.

『으음, 역시 아직 수행이 필요하구나.』

나는 이후에도 오로지 스킬 수행을 계속했다.

스킬 연습을 중단한 건 사태에 변화가 있었기 때문이다.

프란과 아이들은 점심을 먹은 후에도 질리지 않고 오직 오셀로만 계속했는데, 그곳에 전사 한 명이 찾아왔다. 프란을 부르러 온 모양이다.

"어, 흑묘족의 프란. 있니?"

"응."

"공주님들께서 부르셔."

"알았어."

일어선 프란은 불안해 보이는 아이들에게 가볍게 미소를 지었다.

"갔다 올게."

"저, 저기. 꼭 돌아와."

"프란, 조심해."

"저기, 힘내."

"고마워."

아이들이 오셀로를 했던 건 분명 불안을 잊기 위해서다. 프란은 그것을 알고 어울려준 거겠지. 뭐, 자신이 즐겼을 가능성도 있지만 그것만은 아닐 것이다. 아마도.

애초에 프란이 나 외의 사람에게 이렇게 다정한 얼굴을 하는 건 처음 봤다.

프란에게 아이들은 친구이자 지켜야 할 상대라는 인식이 있을지도 모른다. 프란에게는 다른 이와 접촉이 좀 더 필요하다고 생각했으니 이건 좋은 경향이다. 더욱 다양한 사람들과 관계해 타인에게 흥미를 가지게 하고 싶다.

"가."

"그래."

프란이 기다려준 안내역에게 가볍게 머리를 숙이자 그녀는 가볍게 쓴웃음을 짓고 걸음을 옮겼다.

안내역도 아이들의 불안을 알고 있을 것이다. 괜히 울리거나 소란을 피우게 하는 데에 비하면 기다리는 정도는 아무것도 아니겠지.

"이쪽이야."

안내된 곳은 어제 세리메어를 소개받은 방이었다.

"와줬구나."

"잘 왔다."

방에는 세리메어와 밀리엄. 그리고 어제 탈옥할 때도 봤던 카라라는 이름을 가진 세리메어의 부하 여전사가 있었다.

그 밖에는 아무도 없었다.

"나뿐이야?"

"그래, 필리어스 관계자들 중에서 네가 가장 강하니까 처음에 작전을 이야기하자고 생각했다."

그렇군. 뭐, 프란 외에 전력이 될 만한 건 병사들 정도지만 무지막지하게 강하지는 않으니까. 선원들도 노동으로 단련됐지만 전투 직종은 아니고.

"왕궁 안의 협력자와 연락을 취해 작전을 세웠다."

밀리엄이 설명을 시작했다.

이런 때는 밀리엄이 주도하는 모양이다.

세리메어는 그것을 가만히 듣기만 했다. 위임했다기보다 할 수 있는 일과 할 수 없는 일을 완전히 이해하고 적재적소를 파악하고 있는 거겠지.

"새로운 협력자도 생겨서 성공률은 상당히 높아졌다."

"새로운 협력자?"

"그래, 필리어스 왕자 남매의 호위 남성이다."

"살트?"

"그렇다."

그건 확실히 든든한 협력자다.

살트라면 상당한 전력인 데다 왕자 남매도 확실히 지킬 것이다.

"왕자 일행은 현재 이궁에서 지내고 있다고 한다."

"잡혀 있는 게 아니야?"

"으음. 사실상 연금이지만 구속돼 감옥에 들어간 것은 아닌 모양이다."

일단 왕족이니까?

하지만 그렇지 않은가 보다.

"아마 필리어스 왕가의 소문을 신경 쓰고 있는 거겠지."

"소문?"

"모르나? 필리어스 왕가의 사람은 신검의 수호를 받고 있어서 그 신변을 해하려 들면 벌을 받는다고 한다."

벌이라니……. 진짜 믿는 건가?

그렇게 생각했지만 프란도 세리메어도 밀리엄도 카라도, 이 방에 있는 전원의 얼굴이 진지했다.

진짜로 벌을 믿는 듯했다.

생각해보니 마술이나 스킬이 있고 신의 존재를 믿는 세계다. 나도 만나지는 못했지만 신이 있어도 이상하지 않다고 생각한다.

그렇다면 신검이 실제로 신비하고 불가사의한 힘을 간직해 적대자에게 벌을 준다는 이야기에 신빙성이 생긴다.

실제로 필리어스 왕국의 신검에 얽힌 일화는 일부가 알려져 있다고 한다.

"어떤 이야기야?"

"필리어스의 신검이 어떤 검인지는 아나?"

"몰라."

"그런가. 필리어스에 전해져오는 신검의 이름은 마왕검 디아볼로스. 이야기에 따르면 악마를 사역하는 능력이 있다고 한다."

"악마? 그 악마?"

"어떤 악마를 말하는지 모르겠는데……."

"던전에 있어."

"아아, 그 악마다."

진짜인가. 악마를 사역하는 능력? 그거 상당히 위험하지 않아? 왜냐하면 우리가 알레사의 고블린 던전에서 싸운 악마는 위협도 B였다.

이전에 들은 이야기를 믿는다면 위협도 B는 소국을 멸망시킬힘이 있다고 한다.

뭐, 그때 만난 악마는 상당한 제한이 걸려 있어서 실제로는 위협도 C나 D 정도 힘밖에 없었지만.

다만 정말로 그런 악마를 따르게 한다면 상당히 강력한 힘이라고 할 수 있을 것이다.

'어째서 여전히 소국이야?'

그렇다. 프란이 말한 것처럼 필리어스 왕국이 소국인 게 이상할 정도였다.

『무제한으로 사역할 수 있는 게 아니겠지.』

'그렇구나.'

숫자든 시간이든 뭔가 제한이 있을 터다. 악마를 몇 백 마리나소환해 오랜 시간 사역할 수 있다면 대륙 제패 정도는 할 수 있을테니 말이다.

다만 방어전을 하기에는 충분할 것이다.

"악마라고 하는 것이 애초에 수수께끼로 가득 찬 존재야."

"연구하는 사람도 있다지만 거의 아무것도 알아내지 못했다고한다."

던전 고유종이라고 할 정도다. 던전에 잠입하지 않는 한 만날일은 없을 것이다.

그야 연구도 진행되지 않을 테다.

"우리도 그렇게까지 자세히는 모르지만 필리어스의 왕족을 해하면 악마의 습격을 받거나 저주를 받는다는 이야기가 있어."

"오라버니는 그것을 두려워하고 있을 거야."

그래서 공공연히 구속하는 짓은 하지 않은 건가. 악마라는 존재가 수수께끼로 가득 차 있어서 소문이 사실인지 아닌지도 판명되지 않았고.

"왕궁이 아니라 이궁에서 접대하는 것도 악마가 두려워서가 아닐까? 가까이 두고 싶지 않아서."

"하지만 속여서 레이도스 왕국에 넘기면 마찬가지야."

"우리도 솔직히 그렇게 생각하지만……. 그건 아슬아슬하게 괜찮다고 생각했는지."

"아니면 레이도스에서 주는 대가에 넘어갔다, 이겠죠."

애초에 해를 끼친다는 말이 너무 애매하다.

이번 일도 속은 시점에서 아웃인 것 같기도 하지만 직접적으로 해를 끼친 것은 아니므로 세이프인 것 같기도 하다. 좀 더 덧붙이자면 필리어스의 왕족을 직접 공격한 인간이라는 의미인지 뒤에서 명령을 내린 인간을 포함하는 건지.

어떻게든 해석할 수 있는 데다 정말 벌을 줄 수 있는지도 알 수 없다.

"뭐, 그 소문을 두려워해 필리어스의 왕자 일행은 이궁 안에서 어느 정도 자유가 주어졌다고 한다."

"레이도스에게 넘기기 직전까지는 계속 속이려는 생각일 거야."

"그 덕분에 살트 공과도 접촉할 수 있었지."

구출할 때 살트가 내부에서 안내해주는 계획인 모양이다.

감시는 붙어 있겠지만 왕자 일행을 유도하거나 침입 경로의 자물쇠를 푸는 정도는 할 수 있다고 한다.

"결행은 오늘 밤. 살트 공의 안내로 이궁에 잠입해 왕자 일행을 구출한다. 너도 참가해줬으면 한다. 은밀 행동을 기본으로 하지만 만에 하나 전투가 벌어졌을 때 너 만한 전사가 있으면 든든하기 때문이다."

"맡겨줘."

"그래, 잘 부탁한다."

그리고 순식간에 심야.

초목도 잠든 새벽 두 시다.

프란은 밀리엄을 비롯한 사람들과 함께 왕궁 곁에 펼쳐진 귀족가에 있었다. 정확히는 귀족가의 동쪽 끝에 있는 저택의 안뜰이다.

이곳은 수아레스 왕에게 숙청당한 하급 귀족의 저택이었는데, 지금은 빈집인 채로 방치되고 있다고 한다. 귀족가에는 이런 빈집이 상당히 있다나.

그중에서도 특히 경비병의 경계가 소홀한 저택을 몰래 이용하고 있는 모양이었다.

"그럼 이 다섯 명이 잠입조. 나머지 사람들은 퇴로를 확보한다."

저택 안뜰에서 최종 작전을 확인했다.

밀리엄과 함께 왕자 일행을 구출하러 가는 것이 프란, 카라와 바이크라는 밀리엄의 부하 전사가 두 명. 살트와 대면을 위해 필리어스 병사가 한 사람이었다.

요스라고 이름을 밝힌 병사만 전투력이 낮지만 그건 어쩔 수 없었다. 헐트 왕자와 사티아 왕녀는 프란을 믿어줄지도 모르지만, 다른 녀석들은 프란의 말만 들어서는 믿어주지 않을 가능성이 높을 것이다. 필리어스 사람들을 어떻게든 믿게 만들기 위해서는 관계자를 데리고 갈 필요가 있었다.

사실은 왕자 남매를 돌보는 시녀 쪽이 좋겠지만.

왕족의 시녀들은 하급 귀족 출신이다. 평민인 병사보다 필리어스 왕국 사람들에게 설득력이 있을 것이다.

다만 아무리 그래도 잠입 임무에 거치적거리는 사람을 데려갈 수는 없었다.

그 밖의 사람은 세리메어의 부하 전사들이다. 원래 세리메어의 근위병이었던 자들이 많은데 지금도 세리메어를 섬기고 있다고 한다.

개중에는 세리메어를 배신한 척하고 왕궁에 잠입한 자나 신분을 속이고 고기잡이를 하는 자도 있다나. 세리메어에게는 의외로 지원군이 많군.

"별동대의 양동을 신호로 이궁에 잠입. 그대로 살트 공이 연 뒷문을 이용해 필리어스 왕국 관계자를 구출한다."

"넷."

"알겠습니다."

"응."

"여, 열심히 하겠습니다."

병사인 요스만큼은 믿음직스럽지 못한 느낌이지만 그건 다 같이 도와줄 수밖에 없다. 나도 남몰래 도와줄 것이다.

"그 뒤로는 이 저택의 지하 통로를 사용해 구출 대상을 세리메어 언니가 계신 은신처로 데려간다."

작전의 세부 내용은 이미 은신처에서 설명받았다. 지금은 어디까지나 최종 확인을 하는 중이었다.

뭐, 실컷 확인했으니 프란에게 필요는 없겠지만…….

밀리엄의 목적은 긴장한 요스를 진정시키는 거겠지.

실제로 이 대화 덕분인지 경직된 그의 몸도 풀리기 시작했다.

밀리엄은 얼핏 거칠어 보이지만 배려를 제대로 할 줄 아는구나.

세리메어의 보좌역인 데다 많은 전사를 통솔하는 입장이기도 하다. 그러므로 사람을 자세히 관찰하는 버릇이 들었을 것이다.

"지도를 보는 것도 이것이 마지막이다. 다시 한 번 잘 확인해두도록."

밀리엄이 펼친 건 왕궁과 그 주변의 간이 지도였다. 그리고 시드런 본섬의 지도였다.

본래는 기밀이지만 밀리엄의 판단에 따라 프란과 사람들에게도 펼쳐서 보여줬다.

시드런 본섬은 표주박을 누인 듯한 형태를 띠고 있었다. 면적이 약간 넓은 동부는 평지가 많고 왕궁이나 군사 시설, 그리고 귀족가가 집중돼 있었다.

잘록한 부분은 남북 모두 일반 항구가 들어서 있고 그 주변에는 평민이 사는 주택가가 펼쳐져 있었다.

그리고 단단한 암반으로 뒤덮인 면적 좁은 서부는 거주에 그다지 적합하지 않아서 저소득자나 빈민이 살고 있었다. 얼마 안 되는 거주 가능 구역에 몸을 의탁하고 있는 것이다.

특히 슬럼가는 높은 파도의 피해를 입기 쉬운 구역인 모양이다. 거주가 방기된 곳이므로 멋대로 살아도 처벌을 받지 않을 것이다.

덧붙여서 프란과 사람들이 탈옥 때 사용한 지하 통로는 남동부 군항에서 일반 주택가로 이어지는 루트였다.

왕궁은 가장 지반이 좋은 동부 해안선에 건설되어 있었다. 그뿐만 아니라 부지 안에는 왕족 전용 정박장이 완비되어 있으니 역시 해양 국가라 할 만했다. 이궁은 그 왕궁에서 약간 북쪽으로 간 곳에 호젓이 세워져 있었다.

왕궁은 정치와 군사를 관장하는 요새. 이궁은 손님을 대접하는 리조트 시설. 그런 분담이라고 한다.

프란과 사람들이 처음 향한 곳은 이궁의 뒤쪽에 있는 경비가 소홀한 곳이었다. 그곳은 벽이 이중으로 둘러쳐져 있어서 경비병이 적다고 한다.

그곳을 넘어 이궁의 부지 내부로 잠입하는 작전이다.

그런 이야기를 하고 있는데 멀리에서 탕탕 하는 둔탁한 소리가 들려왔다.

이건 병사가 지원을 부르는 신호다.

아무래도 양동 부대가 작전을 개시했나 보다.

"왔군."

양동 방법은 단순하게 밀리엄의 부하들이 군항을 습격해 일부러 커다란 소동을 일으키는 것이다. 그리고 지원이 도착하기 전에 물러난다.

양동이 목적이므로 무리해서 계속 싸울 필요는 없었다. 중요한
건 이쪽의 목적이 군항이라고 생각하게 만들어 적의 주의를 군항
으로 쏠리게 하는 것이다.

하지만 물러날 타이밍을 놓치면 양동 부대는 일망타진되고 말
것이다. 상당히 위험한 작전이었다.

몰래 잠입할 뿐이라면 양동은 필요 없지 않을까 했지만……

"필리어스의 왕자 남매를 레이도스로 넘기는 건 반드시 저지해
야 한다. 그렇다면 만전을 기하는 것은 당연하다."

밀리엄이 그렇게 말하니 프란도 그 이상은 아무 말도 할 수 없
었다.

할 수 있는 일은 양동 부대의 무사를 기원하는 것뿐이었다.

"그럼 정해진 장소로 이동한다."

그리고 우리도 행동을 개시했다.

확실히 이궁 뒤편에는 인기척이 적군. 다만 이중벽이 상상 이
상으로 높았다.

이것을 오르기는 상당히 어렵다. 애초에 요스가 오를 수 있을
것 같지도 않았다.

그러자 밀리엄이 등에 매고 있던 배낭에서 뭔가를 꺼냈다.

"그건 뭐야?"

"이건 갈고리가 달린 로프다. 이것으로 벽을 올라간다."

상당히 아날로그적인 방법이로군. 뭐, 이 벽에는 마술을 감지
하는 결계가 있다고 하니 이런 방법이 가장 좋을 것이다.

다만 로프를 걸기 전에 보초를 어떻게 해야 한다.

다행히 벽 위에는 병사가 한 사람밖에 없었다. 저 사람을 쓰러

뜨리면 잠입이 가능할 것이다.

"내가 할게."

"그래, 부탁한다."

밀리엄이 쉽게 공격 역할을 양보했다.

으음, 이런 점을 보면 왕족으로서 밀리엄의 높은 자질이 느껴진다. 능력이 있는 자를 나이와 귀천에 관계없이 신뢰하는 건 좀처럼 할 수 없는 일이기 때문이다.

'스승, 간다?'

『그래, 맡겨줘.』

가벼운 스킬은 문제없을 것이다. 그리하여 프란이 던진 나는 염동을 써서 단숨에 가속했다. 깜깜한 밤을 가르고 병사에게 돌진했다. 그리고 그 기세 그대로 병사의 머리를 힘껏 강타했다.

위에서 명령을 받아 보초를 섰을 뿐인 병사에게 죄는 없다. 그래서 목숨까지는 빼앗지 않았다. 일단 이번에는 기절을 시켰을 뿐이다.

뭐, 프란의 안전이 최우선이니 그런 여유가 없어지면 얼마든지 킬링 소드로 변하겠지만.

그 후 밀리엄이 던진 로프를 가볍게 보조해 벽이 튀어나온 곳에 걸리게 했다. 어디까지나 염동으로 몰래.

"좋아, 우선 나부터 간다."

"조심해."

"괜찮다. 주위의 경계를 부탁한다."

"넷."

밀리엄이 로프를 타고 벽을 오르기 시작했다. 그 움직임은 과연 매끄러워서 위태롭지 않았다. 도울 필요도 없어 보였다.

프란은 말할 필요도 없었다. 밀리엄이 놀랄 정도의 속도로 벽을 올라갔다.

최대 걱정은 병사인 요스였지만 이건 프란이 해결했다. 로프를 몸에 감고 힘으로 끌어올린 것이다.

여기에는 밀리엄도 놀란 표정을 지었다. 검술이 뛰어나지만 몸집이 작고 재빠르니 약한 힘을 속도로 보완하는 타입의 전사라고 생각했을 것이다. 그런 사람이 큰 어른을 혼자서 끌어올린 것이다.

"대, 대단하군."

그렇게 중얼거렸다. 예상 이상으로 밀리엄이 내리는 평가가 높아진 모양이다.

"히, 히익……."

고소공포증 기미가 있는 요스는 끌어올려질 때 창백한 얼굴을 하고 있었다. 그래도 비명을 지르지 않았으니 애썼군. 마지막에 살짝 새어 나온 건 애교로 넘어가자.

그사이에 밀리엄은 내가 기절시킨 보초를 묶었다.

여기까지는 아무런 문제도 없이 왔다.

순찰하는 병사가 나타나기 전에 얼른 벽을 넘어가야 한다.

올라가기 위해 이용한 로프를 써서 벽 맞은편으로 내려갔다.

그리고 다시 벽을 올랐다. 요스는 진심으로 싫은 얼굴을 하고 있었지만 포기하게 하자.

각오를 다질 시간을 주고 싶지만 지금이 기회다. 양동이 잘 된 덕분인지 제2 방벽에 보초가 없었다.

지금을 놓치면 또다시 병사를 배제해야 한다.

서두를 수밖에 없었다.

"좋아, 가자."

"응."

"······익!"

요스의 말로 표현할 수 없는 비명을 들으며 그 몸을 끌어올리는 프란. 그 사이에도 순찰하는 병사가 나타나지 않아서 전원이 무사히 제2 방벽을 넘었다.

지금 우리가 있는 곳은 이궁의 부지 구석. 헐트 왕자 일행이 잡혀 있는 본궁에서는 조금 떨어진 곳이었다. 손님을 접대하기 위한 시설답게 부지도 상당히 넓었다.

"이쪽이다."

밀리엄이 모두를 이끌고 걷기 시작했다.

이궁은 정원이 넓고 나무들도 울창해서 은밀 행동에는 의외로 적합했다.

일본인이 알아듣기 쉽게 설명하자면 황거 같은 구조라고 하면 이해하기 쉬울까. 자연 속에 여러 건물이 점점이 흩어져 있었다.

그 안을 밀리엄을 선두로 기척을 지우고 나아가자 바로 헐트 왕자 일행이 머물고 있다는 이궁 본궁이 보이기 시작했다.

순찰병과 마주치는 일도 없어서 놀랄 만큼 순조로웠다.

"병사가 없군······."

밀리엄의 말대로 이궁 주변에는 병사의 거의 보이지 않았다.

병사 몇 명이 돌아다닐 뿐이었다. 열 명도 없을 것이다.

"양동에 병력을 나눈 걸지도 모르겠군요."

"그래, 경비가 상당히 허술한 것 같군."

"얼른 돌입하죠."

"그러지."

밀리엄과 바이크가 이야기를 나눴다. 스킬로 살펴봐도 이궁 안의 기척도 확실히 적었다. 정말 경비가 허술한 것 같군.

"그럼 가자. 뒷문으로 침입한다."

"응."

초목을 밟으며 조용히 이동을 개시했다.

여기서는 보다 신중하게 행동해야 한다. 벽 하나 떨어진 저쪽 편에 이궁 안을 도는 병사가 있기 때문이다.

프란과 사람들은 신중하고 조용히, 그리고 기척을 지우며 뒷문으로 향했다.

"자, 저기로군……."

뒷문이라는 호칭대로 이궁의 뒤쪽에 작은 문이 있었다. 사용인들의 출입구인 듯했다.

밀리엄이 조용히 다가가 문고리를 잡았다. 그러자 사전의 계획대로 잠겨 있지 않았다. 살트가 임무를 제대로 달성한 모양이다.

안전을 확인한 밀리엄이 손짓으로 지시하자 프란과 나머지 사람들도 뒷문으로 다가갔다.

그리고 뒷문으로 이궁 안에 들어가니 낯익은 남자가 서 있었다.

"밀리엄 님이십니까?"

완전 무장한 살트였다.

"그쪽은 살트 공이로군요?"

"넷. 기다리고 있었습니다. 요스도 수고했다."

"아닙니다!"

"안내하겠습니다. 이쪽으로 오시죠."

"부탁합니다."

이 뒤의 흐름으로는 왕자 일행과 합류해 함께 이궁을 탈출. 그 후 지하도를 이용해 슬럼으로 도망쳐 들어가 추적을 따돌리는 계획으로 구성돼 있었다.

밀리엄과 전사들도 필리어스 사람과 순조롭게 합류해 조금은 마음이 풀린 모양이다.

얼굴을 풀고 안도의 숨을 내쉬고 있었다.

"뒤는 왕궁에서 잘 탈출하면 되는데……."

"여기까지 왔어. 잘될 거야."

"그렇겠죠."

카라와 바이크도 그런 대화를 나누고 있었는데…….

『프란!』

"응!"

프란은 그 자리에 멈춰서 검을 뽑아 자세를 취했다. 그대로 기척을 죽이지 않고 투기를 높이기 시작했다. 경비병에 조금이라도 감각이 예리한 자가 있다면 감지되는 것도 시간문제일 것이다.

"프, 프란, 무슨 짓을 하나!"

"여기에 와서 계획을 수포로 만들 셈이야?!"

그 행동을 본 밀리엄과 전사들이 작은 소리로 놀라는 고등 기술을 보여줬지만 프란의 태도는 변하지 않았다. 심각한 표정으로 계속해서 검을 들고 있었다.

"프란이여, 왜 그러지?"

살트와 요스도 놀란 얼굴로 발을 멈췄다. 하지만 프란에게는 그들에게 대답을 할 여유가 없었다.

'스승, 누가 있어!'

『그래, 기척을 지우는 이 솜씨. 상당한 실력자야.』

우리는 통로 도중에 있는 문 저쪽에서 인기척을 감지했다.

이만큼 경계하는 데는 이유가 있었다.

단순히 숨을 죽이고 있는 것만이 아니라 확실히 스킬을 써서 기척을 지웠기 때문이다. 우리가 없었다면 밀리엄은 기습을 받았을 것이다.

명백히 이쪽을 기다리고 있었다.

프란은 밀리엄과 다른 사람들에게만 들릴 만한 작은 소리로 경고를 날렸다.

"복병이 있을지도 몰라."

"무슨 소리지? 프란."

"적은 어디에도……."

"이봐, 거짓말하면 안 돼."

카라와 바이크는 의심의 눈빛을 프란에게 보냈지만, 밀리엄만은 진지한 표정으로 고개를 끄덕였다.

"아니, 프란은 우리보다 강하다. 게다가 감각이 뛰어난 수인족이야. 프란만 감지해도 이상하지는 않아."

"하지만 기다리고 있다는 건……. 말도 안 됩니다."

"그렇습니다."

카라와 바이크가 하고 싶은 말도 안다.

이 타이밍에 매복하고 있다는 건 이쪽 작전이 전부 들통 났다는 뜻이기 때문이다.

밀리엄의 동료 중에 배신자가 있을 가능성이 높아진다.

나는 밀리엄과 전사들을 관찰해봤다. 진심으로 놀란 것처럼 보이는군.

아니, 이 안에 배신자가 있다고 단정할 수 없지만 카라와 바이크는 이 임무에 스스로 지원했다. 밀리엄과 사람들을 함정에 빠뜨리려 했다면 실제로 동행해 함정으로 유도하는 게 가장 쉽다. 가능성은 제로가 아닐 것이다.

아무튼 이대로 나아가는 건 위험했다.

프란은 위압을 실어 잠복자들을 불러냈다.

"……나와."

"호오. 역시 눈치챘나."

프란의 목소리에 반응해 통로 중간의 문이 열렸다.

그 안에서 나타난 건 낯익은 검은 옷 남성과 그를 뒤따르는 전사 몇 명이었다.

특히 검은 옷 사내는 보기만 해도 식은땀을 흘릴 듯한 위압감을 내뿜고 있었다.

가능하면 이 자리에서는 절대로 만나고 싶지 않았다. 여전히 흔한 모험가로밖에 보이지 않는 신통찮은 차림새를 하고 있었다. 하지만 그 몸놀림은 틀림없이 달인의 그것이었다.

"저, 저건 흑아의 발더! 어, 어째서 여기에!"

밀리엄도 이 남자로 아는 모양이다.

뭐, 이만큼 강하면 유명해지는 건 당연한가.

"알아?"

"물론이다. 우리나라에서도 특히 강한 전사만이 소속을 허락받

227

는 최강의 부대, 용아 전사단의 단장이니까."

우리가 생각했던 것보다 거물이었나 보군.

"시드런에서도 손꼽히는 전사들이다."

그렇다, 전사들이다.

성가시게도 발더가 이끄는 남자들도 상당한 힘을 갖추고 있었다.

프란이나 발더에게는 대적할 수 없지만 일반 병사는 상대가 되지 않을 것이다.

그것이 여섯 명이었다.

경비병의 수가 상당히 적다고 생각했는데 소수정예였던 모양이다.

"어어? 말도 안 돼……."

"뒤쪽 녀석들도 용아 전사단이야!"

카라와 바이크도 창백한 얼굴로 발더 무리를 바라보고 있었다. 그 얼굴에는 절망의 표정이 떠올라 있었다.

두 사람 모두 실력은 그럭저럭이었기 때문이다. 발더 무리를 상대로는 책임이 무거울 것이다.

살트는 발더 무리의 모습을 보고 큰 소리로 외쳤다.

"젠장! 시종인 세리드 공이야! 그 남자가 배신한 게 틀림없어!"

"무슨 소리입니까, 살트 공!"

"저 전사와 세리드 공이 이야기하는 것을 봤습니다!"

살트는 발더를 가리키며 이를 갈았다.

그 얼굴은 정말 분해 보였다.

"그때는 또 이 사람 저 사람 가리지 않고 불만을 터뜨리는 줄 알고 내버려 뒀는데……."

"그 시종 놈이! 열 받는 녀석이라고 생각했는데 역시 배신했구나."

필리어스 병사인 요스도 살트의 말을 듣고 분하다는 양 중얼거렸다.

배신했다고 순식간에 믿는 부분이 세리드의 평가가 낮다고 이야기하고 있군.

"호오오. 알아차렸나. 그렇다. 우리에게 정보를 제공한 건 세리드라는 사내다."

발더도 그렇게 말하고 히죽 웃었다.

그 말을 들은 밀리엄과 전사들은 즉시 퇴각을 결심한 모양이다.

작전이 누설된 상황에서 헐트 왕자 일행을 데리고 탈출할 수 있을 리가 없기 때문이다. 어쩔 수 없을 것이다.

『프란, 도망치자!』

'하지만!'

프란은 망설이는 모습을 보였다.

이궁 안에 왕자 남매의 기척이 있는 것을 파악한 것이다. 포기하지 못하는 건 이해한다.

하지만 이 이상 여기에 머무를 수는 없었다.

이궁 밖에서 이쪽으로 오는 병사들의 기척이 있었기 때문이다.

"못 도망친다."

당연하지만 발더 무리가 공격해 왔다.

발더가 프란에게, 그 부하 두 명이 밀리엄. 카라, 바이크, 요스, 살트에게 한 명씩이다.

프란이 가장 강하다는 것을 간파한 건가!

"큭……."

"역시 실력이 좋구나."

"그쪽도."

"큭큭."

채앵 채앵!

칼이 부딪치는 소리가 격렬하게 울려 퍼졌다.

검술 레벨은 프란 쪽이 높을 텐데 발더와의 승부는 호각이었다.

전투 경험의 차이나 습격한 쪽과 습격당한 쪽의 정신적 우위의 차이 등이 검술 레벨의 차이를 메우고 있는 거겠지.

"크아아악!"

"요스!"

요스가 전사에게 베여 쓰러졌다.

실력 차이를 생각하면 잘 버틴 걸지도 모른다.

'스승!'

『이미 죽었어! 안 돼! 발더한테 집중해!』

여기까지 이럭저럭 함께 애쓴 동료가 죽어서 프란의 검놀림이 순간 어지러워졌다. 그 틈을 노려 발더가 밀어붙였다.

"요스, 미안하다."

반대로 직속 상사인 살트는 부자연스러울 만큼 냉정한 그대로였다.

『프란, 지금은 발더야!』

"응……!"

프란도 바로 재정비했지만 전황은 상당히 위험했다.

요스를 쓰러뜨려서 상대 중 한 사람이 자유롭게 움직일 수 있게 됐다.

밀리엄은 역시 실력이 대단해서 적 두 사람을 상대로 선전하고 있었지만, 카라와 바이크는 아슬아슬했다. 거기에 적이 가세하면 단숨에 쓰러지고 말 것이다.

살트는 상대를 밀어붙이고 있지만 즉시 죽일 만큼 실력 차이가 있지는 않은 듯했다.

카라와 바이크는 그것을 순식간에 깨달았나 보다. 과연 전사라고 자처하는 사람들답게 상황 판단은 정확한 모양이다.

그리고 각오를 다진 얼굴로 외쳤다.

"밀리엄 님은 도망치십시오!"

"여기는 저희가 막겠습니다!"

"나만 도망칠 수 있겠느냐! 그리고 필리어스 사람들을 구출해야…….."

"아니요, 이렇게 되면 전원 탈출은 불가능합니다. 그렇다면 당신만이라도 도망쳐야 합니다."

위험해. 시간을 끌면 끌수록 이쪽이 불리해져간다.

여기서는 우리가 어떻게든 해야 하겠지만 상당히 어렵다.

실력 발휘를 하고 싶지 않은 것이 아니라 너무 좁아서 큰 기술을 쓸 수 없기 때문이다.

바로 옆에서 밀리엄과 다른 사람들이 싸우고 있어서 휩쓸릴지도 몰랐다.

그리고 이 이궁에는 힐트 왕자 일행이 있다.

그쪽이 휩쓸리는 공격도 삼가야 했다.

힐트 왕자 남매를 다치게 하면 무엇을 위해 구출하러 왔는지 알 수 없는 데다 그 소문도 있다.

아군이라고는 하나, 프란이나 내가 왕자 남매까지 휩쓸리는 공격을 했다면?

어쩌면 재앙 등이 우리에게 일어날지도 모르는 것이다.

"젠장! 퇴각이다! 카라, 바이크! 프란, 살트 공의 퇴각을 엄호해라!"

"못 도망친다!"

"큭!"

퇴각하려고 하자 밀리엄이 세 명에게 둘러싸이고 말았다.

본격적으로 유예가 없어지기 시작했군.

하지만 나와 프란도 그저 발더와 맞부딪치고 있던 것은 아니다.

조금씩 이동하며 퇴각 타이밍을 계산하고 있었던 것이다.

『지금이다!』

"울시!"

"크아아아!"

"뭐냐, 크악!"

프란은 자신이 선 위치를 조정하며 아군이 자신보다 앞으로 나가지 않도록. 그리고 모든 적이 자신보다 앞에 있도록. 발더의 검을 막으며 위치를 변경했다.

그 한순간의 타이밍을 놓치지 않고 울시가 그림자 속에서 발더에게 달려들었다.

어지간한 발더도 그림자에서 느닷없이 발목을 물리는 경험은 한 적이 없었나 보다.

속도를 중시해 소형화했다고는 하나 마수가 물었다. 철제 정강이받이가 부서지는 소리와 함께 발더의 발목이 부서지는 소리도 들렸다.

하지만 상대는 달인인 검사.

이것만으로 이겼다고 생각할 만큼 우리는 상대를 얕보지 않았다.

나는 승기를 더욱 굳히기 위해 염동을 발동시켰다.

대상은 전방의 공간 전체.

발더를 포함한 모든 적이 나의 염동에 눌려 발을 헛디뎠다. 그 틈을 놓치지 않고 프란이 발더의 검을 날려버렸다.

"하아압!"

이어서 회수되는 칼로 목을 노렸지만——.

"어설프다!"

쳇. 여전한 몸놀림이로군. 한쪽 다리가 부서져도 프란의 공격을 종이 한 장 차이로 피했다.

발더의 목에 박힐 예정이었던 나의 도신은 그 목덜미에 실 같은 상처를 내는 데 그쳤다.

하지만 그래도 상관없다.

"큭…… 이건…….."

마독아를 발동했기 때문이다.

발더의 몸이 독에 중독돼 생명력이 줄어가는 것을 확인할 수 있었다.

녀석은 독 내성과 통각 둔화를 가지고 있으니 목숨을 빼앗을 정도의 효과는 기대할 수 없을 것이다. 하지만 권태감은 확실히 발더의 움직임을 둔하게 할 터였다.

『——윈드 블로어!』

"——윈드 애로!"

"가르르르!

거기에 우리의 마술이 덮쳤다.

윈드 블로어는 공격력이 없지만 전방에 강풍을 불어 사물을 날려버리는 술법이다. 이런 좁은 곳에서는 피하기가 어려운 술법이었다. 그리고 자세가 무너진 발더 무리에게 프란의 윈드 애로와 울시의 어둠 마술이 덮치는 계획이었다.

쓰러뜨리지 못해도 시간은 벌 수 있을 것이다.

"지금이야!"

"그, 그래! 도망친다!"

"큭, 요스, 미안하다! 편히 잠들어라."

살트가 침통한 표정으로 요스의 시체에서 돌아서 슬픔을 떨쳐버리듯 바로 달려 나갔다.

뒤로 날아가며 발더가 허무한 웃음을 띠었다.

"다음에는 서로 죽도록 싸워보자."

"이로써 1승 1패. 다음에는 꼭 이길 거야."

"큭큭."

그리고 프란도 모두를 따라 달리기 시작했다.

이궁 뒷문으로 밖으로 나오니 이미 많은 병사가 이쪽을 향해 오고 있는 모습이 보였다.

이거 꾸물대면 순식간에 포위되겠군.

이제 이궁에서 나왔으니 약간 화려한 기술을 써도 되겠지?

『──플레임 서번트!』

"──플레임 서번트!"

"오오, 이건!"

"굉장해. 화염의 정령인가?"

밀리엄과 다른 사람들이 놀라는 것도 무리는 아니다.

우리가 사용한 것은 명령하면 자율적으로 행동하는 화염의 종자를 생성하는 술법이었기 때문이다.

3미터 가까운 거구에 화염으로 전신을 휘감은 엄청나게 용맹스러운 모습을 하고 있었다.

『이궁에 피해가 나오지 않도록 병사들을 상대로 날뛰어.』

나의 명령을 따라 화염의 종자들이 걷기 시작했다.

이렇게 보면 상당히 강한 술법 같지만 실제로는 그렇게까지 강력하지 않았다.

우선 화염의 종자들의 기본 스펙이 대단치 않았다.

마력을 상당히 쏟아부었는데도 불구하고 평범한 오크와 비슷한 수준의 능력밖에 없었다. 정말 허우대만 멀쩡했다.

화염을 날릴 수도 있지만 그 기술을 쓰려면 자신의 몸을 떼어야 하므로 전투를 지속하는 능력도 낮았다.

다만 공격 능력이 기대 이하인 대신 방어력은 그럭저럭 높았다. 몸이 화염으로 구성된 존재답게 물리 공격에 대한 내성을 가지고 있기 때문이다.

이것은 후위형 마술사가 방패역으로 사용하기 위한 술법이다.

그러므로 방어 면에서 뛰어났다.

또한 겉모습이 화려해 눈에 띄므로 도주할 때 미끼로는 꽤 나쁘지 않았다.

우리의 생각대로 시드런 병사들이 창백한 얼굴로 화염의 종자를 둘러싸고 있는 모습이 보였다.

겉모습만으로는 능력이 얼마나 되는지 알 수 없을 테니 힘껏 경계해주면 고맙겠다.

뭐, 발더 무리도 헐트 왕자가 죽으면 곤란할 테니 이궁에 나타난 화염의 마신을 내버려 두지는 않을 것이다.

"도망치자."

"그, 그렇지. 이쪽이다."

"아가씨, 대단하군."

"마술 실력도 달인 레벨일 줄이야, 역시 랭크 D 모험가로군."

도주하며 모두가 프란의 힘을 칭찬했지만 프란의 얼굴에 기쁨은 보이지 않았다.

"하지만 왕자네는 못 구했어⋯⋯."

역시 친구를 구하지 못한 것을 후회하고 있는 모양이다.

"진정해. 아직 실패했다고 확정된 건 아니야."

"그래. 우리도 아직 포기하지 않았어. 요는 레이도스 왕국에 끌려가기 전에 구하면 돼. 그렇지 않습니까, 살트 공."

"네, 제 목숨을 다 바쳐서라도 반드시 전하들을 구하겠습니다."

밀리엄과 살트가 위로의 말을 꺼냈다.

그 말을 듣고 프란도 다시 결심했나 보다.

"응. 꼭 구할 거야."

『그래. 그리고 내게 작전도 있어. 기대해줘.』

'응! 기대할게.'

『그래.』

하지만 우선 이궁에서 무사히 탈출해야 한다.

프란과 사람들은 때때로 나타나는 경비병들을 격퇴하며 이궁의 정문으로 서둘러 향했다.

처음에는 당초의 예정대로 잠입한 뒷문으로 벽을 넘어 도망칠 생각이었지만, 작전이 들통 난 점을 생각하면 그곳의 수비는 이미 강화됐을 것이다.

그렇다면 의표를 찔러 정문으로 향하기로 했다.

평소라면 경비가 가장 두텁겠지만 설마 이쪽이 그곳을 돌파하리라고는 꿈에도 생각하지 않았을 것이다. 그렇다면 방심하고 있을 가능성도 높았다.

살트는 반대했지만 결국은 이 이궁을 세세히 아는 밀리엄을 따르기로 한 모양이다. 불안한 얼굴로 뒤따라오고 있었다.

"보였다! 저기를 빠져나가면 시가지다!"

"응…… 누가 있어."

"저건…… 설마 글라디오인가!"

"누구야?"

"최악의 쓰레기다!"

간결하지만 무슨 소린지 전혀 모르겠군.

프란이 고개를 갸웃거리자 카라가 보충해줬다.

"세리메어 님과 밀리엄 님의 사촌 오빠야. 수아레스 왕을 지원하고 있는 율리우스 장군의 아들이지. 현재는 해군 장군 보좌를 맡고 있어."

카라의 설명을 들으며 살기와도 비슷한 기척을 내뿜기 시작한 밀리엄의 안색을 살폈다.

밀리엄의 얼굴은 붉은색을 넘어 검붉게 물들어 있었다.

격정을 누르려고 하는 듯했지만 잘됐다고는 말하기 어려웠다.

"적이야?"

"그렇다! 녀석은 적이다!"

밀리엄은 그렇게 내뱉으며 검 자루에 손을 댔다.

상당한 인연이 있는 모양이군.

글라디오라는 남자를 관찰해봤다.

전사로는 대단치 않군. 다만 그 부하는 정연히 대열을 짰고 숙련도도 상당히 높았다.

저쪽도 이쪽을 눈치챘나 보다.

큰 소리로 부하에게 명령을 내렸다.

"있다! 반역자 밀리엄이다! 도리에 거역하고 왕에게 거역하는 어리석은 자를 잡아라!"

"쳇! 망나니 오라버니에게 가담한 썩은 외도가! 제멋대로 말하는구나!"

둘 다 지나치게 말한 것 같지만 머리에 피가 몰린 건 밀리엄 쪽일 것이다.

검을 뽑아 글라디오 무리에게 달려들고 말았다.

인연이 있는 적을 눈앞에 두니 참을 수 없어진 모양이다.

카라와 바이크가 저지할 새도 없이 적병과 칼싸움을 벌였다.

반면에 글라디오라는 남자는 냉정했다. 아니, 표독스러운 표정은 밀리엄과 똑같았지만 지휘관으로는 한 수 위였다.

"녀석을 잡은 자에게는 은상(恩賞)을 내리겠다! 모두들 녀석을 사냥해라! 그 목을 들어 올려라!"

큰 소리는 은상으로 부하의 의욕을 올리며 주위의 병사를 불러 모으는 의도도 있는 것이 틀림없었다.

그런데도 불구하고 도발을 받은 밀리엄은 글라디오를 무시하지 못했다.

그렇게 싸우는 동안에 어느새 포위되는 뻔한 결말이다.

『밀리엄을 냉정하게 만들지 않으면 위험해.』

"응."

예상대로 이궁 바깥에서 새로운 부대가 나타났다.

"글라디오 공, 도우러 왔습니다."

"흥. 가르디 공인가. 노리는 건 밀리엄의 목만으로 충분하오. 다른 자는 내버려 두시오."

"알고 있습니다."

왕가의 혈통에 속하는 글라디오가 공을 붙여 부른 것을 보아 이 가르디라는 남자는 지위가 나름대로 있는 녀석일 것이다.

대체 누구지?

감정해보니 역시 전투력은 대단치 않았다. 단련은 했지만 흔한 병사보다 약간 강한 정도일까?

다만 칭호나 스킬은 상당했다.

상당히—— 썩었다.

놀랍게도 직업이 사기꾼. 소지 스킬은 공갈에 허언, 암살, 위조, 사기, 감정 방해라는, 성실한 인생을 걸었다면 절대로 있을 수 없는 구성으로 이뤄져 있었다.

게다가 칭호는 사디스트, 쾌락 살인자, 암노예 상인이었다.

완전히 유죄. 이 녀석이 쓰레기가 아니라면 누구를 쓰레기라고 부르겠냐고 할 만큼 쓰레기였다.

그 부하 같은 사내들도 쓰레기계의 정예가 모여 있었다.

살인자, 학살자, 암노예 상인 등이 다수 있었다.

특히 많은 게 유괴범과 암노예 상인일 것이다. 게다가 반 이상 이 어둠의 노예 장사를 생업으로 삼고 있다는 청묘족이었다.

일족의 대다수가 청묘족에게 속아 노예가 된 흑묘족인 프란에 게는 불구대천의 적이다.

이거 혹시 암노예 상인 조직과 관계가 있지 않을까.

아니, 지금은 그런 생각을 할 때가 아니었다.

병사들이 밀리엄에게 쇄도하려고 하고 있었다. 여기서 밀리엄 을 잃을 수는 없다.

"밀리엄!"

"하아압! 글라디오오오오!"

청묘족에 대한 분노를 억누르고 프란이 소리쳤다.

하지만 틀렸다.

완전히 흥분해 글라디오 무리밖에 보이지 않았다.

현재 상황으로도 열 명 이상에게 둘러싸여 위기인데, 글라디오 가 검을 뽑아 밀리엄에게 걸어가는 모습이 보였다.

억지로라도 밀리엄을 진정시켜 이 자리에서 끌고 나가야 해.

『어쩌지……!』

전투하는 사이로 비집고 들어가도 밀리엄이 진정한다는 보장 이 없고…….

'나한테 맡겨.'

『오, 뭔가 떠올랐어?』

"응."

프란이 자신만만한 표정으로 고개를 끄덕였으니 이건 맡겨도 괜찮을지도 모른다.

『알았어, 부탁한다.』

"응. ──."

『어라? 프란 씨?』

프란이 영창하기 시작한 건 나도 잘 아는 술법이었다.

고블린 전투 등에서 덤벼드는 상대를 한꺼번에 쓰러뜨리기에는 좋은 술법이다.

그런데 그 술법을 여기서 쓴다고?

적어도 나는 여기서 쓰려고는 생각하지 않았다.

"──파이어 월!"

"우와아앗!"

"크아악!"

별안간 나타난 화염 벽이 밀리엄과 적병들을 갈라놨다.

적병들의 일부가 불에 탄 건 좋다. 하지만 밀리엄의 외투에도 불이 붙었어!

확실히 전투할 상황이 아니게 되었고 적과도 갈라놓았지만.

너무 지나친 거 아냐?

"──아쿠아 크리에이트. ──미들 힐."

하지만 프란은 냉정하게 불을 끄고 화상을 힐로 회복시켰다.

"무, 무슨 짓을 하는 거냐, 프란!"

"그, 그래!"

홀딱 젖은 밀리엄뿐만 아니라 카라도 화난 표정으로 프란에게 따졌다. 하지만 프란은 평소 말투로 밀리엄에게 되물었다.

"머리는 식었어?"

"웃."

자신이 폭주한 것을 자각했는지 프란에게 그 말을 듣고 밀리엄이 멋쩍은 얼굴로 입을 다물었다.

프란이 굳이 위험한 술법을 써서 밀리엄의 머리를 냉정하게 만들었다는 사실을 이해한 것이다.

그렇다, 프란이 파이어 월을 쓴 건 밀리엄의 머리를 식히기 위해서였다.

결코 자신이 증오하는 노예 상인들에게 덤벼드는 것을 참고 있는데 밀리엄만 멋대로 싸우는 것이 짜증나서 얼른 끝내게 하려한 게 아니다. 아마도.

"지금은 도망치는 게 먼저야."

"……미안하다. 그렇지.

"노, 놓칠까 보냐! 쫓아라!"

이런, 화염 벽을 우회해 가르디의 부하들이 달려드는군.

파이어 월을 눈앞에 두고 움직임이 멈췄지만 다시 움직이기 시작한 모양이다.

뭐, 전투력은 대단치 않으니 냉정함을 찾은 밀리엄과 프란을 잡을 수는 없겠지만.

그 후 나와 프란이 벽 마술을 구사해 적의 추격을 막으며 도주를 계속해 한 사람도 빠짐없이 이궁 정문을 돌파하는 데 성공했다.

실은 울시도 그림자에서 지원을 해줬다. 문자 그대로 프란의 그림자 속에서 마술을 쏜 것이다. 전혀 예기치 못한 곳에서 마술이 날아오는 바람에 적병들은 복병이 있다고 생각해 혼란에 빠지거나 도망쳤다. 좋은 지원이다.

"이 뒤는 어떻게 해?"

"시가지를 계속 도망치는 건 위험하다. 귀족가에 있는 비밀 통로를 사용한다."

"괜찮아?"

뒤를 밟히면 은신처가 드러나지 않을까?

하지만 그 걱정은 쓸데없었다.

"괜찮다. 이 비밀 통로는 항구까지만 뚫려 있다."

놀랍게도 당초에 사용할 예정이었던 것과는 다른 비밀 통로가 있는 모양이다.

그곳도 원래는 세리메어의 지지로 돌아선 귀족의 소유물이었다고 한다.

지금은 숙청돼 가주는 없지만 비밀 통로는 남아 있었다. 게다가 수아레스 왕에게는 알려지지 않았을 가능성이 높은가 보다.

"저 저택이다!"

운 좋게 저택 주위에는 병사가 없었다.

우리는 그대로 벽을 넘어 부지로 들어가 뒷문을 파괴해 저택 안으로 침입했다.

수년 간 방치돼 안은 어지럽혀져 있었다.

누군가가 멋대로 들어왔는지 흙발자국도 눈에 띄었다. 뭐, 우리가 남 말할 처지는 아니지만.

밀리엄은 망설임 없이 저택 안을 나아가 난로 앞에서 발을 멈췄다.

"이 바닥 아래일 거다. 잠깐 기다려라."

밀리엄이 검을 지렛대처럼 사용해 난로 앞 바닥의 돌을 빼냈다.

그러자 그 말대로 비밀 통로로 이어지는 계단이 나타났다.

그렇다 치더라도 잘도 헤매지 않고 찾았군.

"비밀 통로를 전부 기억해?"

"당연하다. 유사시를 위해 얻은 정보는 모두 머리에 주입하고 있다."

어? 그거 굉장한데? 나는 무리일 거야.

그러고 보니 프란과 사람들을 탈옥시킬 때도 도중에 나온 갈림 길에서 전혀 망설이지 않았으니 내가 생각한 것 이상으로 머리가 좋은 모양이다. 전투 능력이 높은 대신 머리가 나쁘다고만 생각 했다. 미안하군.

"내가 선두, 후미는 카라다. 가자."

아까는 격분해 달려들었지만 이미 냉정함을 되찾은 듯했다. 카 라와 바이크에게 조용히 명령을 내렸다.

지하도를 나아가며 신경 쓰인 것을 질문했다.

"그 가르디라는 남자는 누구야?"

"녀석 말인가. 녀석은 레이도스 왕국의 사자다."

"그게?"

설마 했던 레이도스의 사자였다.

그런 인간이 정식으로 사자가 될 수 있다니, 레이도스 왕국 괜 찮은 건가? 아니, 괜찮지 않으니까 주위에서 전쟁이나 모략을 꾀 하는 불량 국가로 인정하고 있는 건가.

게다가 사기꾼 칭호가 있었고 감정 위장 스킬도 가지고 있었다.

언뜻 봐서는 녀석의 본성을 간파할 수 없을지도 모른다.

"망나니 오라버니를 선동해 우리나라를 혼란시키는 원흉이다. 들자하니 오라버니와 레이도스와의 교섭이 성립될 때는 정식으로 시드런 주재 대사가 된다고 한다. 분한 일이다."

이봐, 그거 상당히 위험한 거 아냐?

그놈이 시드런에서 커다란 권력을 거머쥐면 크란젤 왕국에서 위법하게 잡힌 암노예를 시드런을 경유해 레이도스 왕국으로 그냥 넘기게 된다.

'스승.'

『그래, 말 안 해도 알고 있어.』

'응. 그 녀석은 내 적이야.'

밀리엄에게 불구대천의 적이 오빠 패거리듯이, 프란이 절대 용서할 수 없는 적은 암노예 상인이다. 게다가 가르디는 그 조직에 깊이 관련돼 있는 인물로 보였다. 프란으로서는 놓칠 수 없는 상대일 것이다.

『그 녀석을 노리는 건 좋아. 하지만 가장 중요한 일은 잊지 않았겠지?』

'알아. 헐트네의 구출이 최우선이야.'

『알고 있으면 됐어.』

'응. 친구는 반드시 구할 거야.'

『그래.』

그것만 기억하고 있다면 아무 말도 할 필요가 없다. 오히려 그런 마음을 가지고 있어주는 건 기쁜 일이다.

"반드시 레이도스의 마수가 우리나라로 뻗는 것을 저지해야 한다."

"응. 헐트네는 반드시 구할 거야."

"저도 전력으로 조력하겠습니다."

"아아, 살트 공도 잘 부탁합니다."

"맡겨주십시오."

"그렇다, 아직 기회가 완전히 사라진 건 아니다."

밀리엄의 마음도 꺾이지 않은 모양이고, 다음번에는 절대로 실패하지 않는다. 그러기 위한 작전도 다양하게 생각할 테니까. 다음에는 우리가 녀석들을 함정에 빠뜨려줄 차례.

『그러면 그러기 위해서도 트릭을 좀 준비해볼까――.』

작전이 성공하기 위해서는 사전 준비가 중요하다. 우선 지금부터 할 수 있는 것을 하자. 아니, 이것이 가장 중요할지도 모른다.

『프란, 알았지――.』

"율리우스 숙부. 준비대로 장치했나?"

"네. 녀석들은 눈치채지 못했을 겁니다."

"큭큭. 그런가 그런가! 그러지 않으면 녀석들을 일부러 놓친 보람이 없지! 배신에 대해 들려줬을 때 밀리엄의 얼굴을 보지 못한 게 아쉽군!"

"그렇습니다."

"그리고 세리드 뭔가는 어떻게 하지? 이제 필요가 없어졌잖아? 목을 베어 물고기 밥으로라도 줄까?"

"네. 오늘 중으로 처형할 예정입니다."

"큭큭큭. 가련한 사내다. 자신이 제물인 줄도 모르고. 하지만 이로써 녀석들도 끝이로군."

"세리메어가 있는 곳도 바로 판명될 겁니다."

"그런데 네놈의 아들이 예정과 좀 다른 행동을 했다고 하던데?"

"아닙니다, 그건 장치를 보다 완벽하게 설치하기 위한 것입니다. 상황을 지켜보시죠."

"그런가? 녀석은 확실히 밀리엄을 죽이고 싶을 만큼 증오하지 않았나? 그렇다면 이번이 기회였다고 생각하는데."

"설마 그럴 리가 있겠습니까. 저희가 전하의 뜻에 어긋나는 행동을 할 리가 없습니다."

"……폐하라고 부르도록. 네놈은 확실히 아버지의 동생이지만, 어디까지나 내 아래라는 것을 잊지 마라."

"……송구합니다. 폐하."

"흥. 다음은 없다고 생각해라."

"넷."

"그래서 녀석들은 현재 어디에 있지?"

"귀족 저택에 있던 지하 통로를 이용해 서쪽으로 향하고 있다고 합니다. 이대로 가면……."

"역시 슬럼인가?"

"그곳밖에 없는 것 같습니다."

"이전에 철저히 조사했었지? 그때는 찾지 못했을 텐데."

"송구합니다. 슬럼에 사는 자들에 대한 조교가 부족했던 모양입니다."

"병사를 보내라. 가택 수색을 하고 연기를 피워 세리메어를 뛰쳐나오게 해. 세리메어의 목숨만 빼앗으면 월네이트의 재계약도 가능해진다. 그러면 모든 수룡함이 내 밑으로 들어온다."

"슬럼에는 이미 드와이트에게 명령해 병사를 보냈습니다."

"그런가. 꽤나 빠르군."

"하하하, 주인이 말씀하시기 전에 움직일 수 있는 자야말로 진정한 충신입니다."

"흥. 그렇게 나오는 건가. 그건 그렇고 슬럼일 줄이야. 큭큭큭, 내 동생이지만 영락했구나. 나라면 빈민들 속에 섞여 땅을 기어 다니며 살 바에야 죽음을 택한다. 왕가의 긍지는 어디로 간 거냐."

"그렇습니다."

"현재 슬럼의 주민은 얼마나 있나?"

"글쎄요. 정확히는…… 3천 명 이상은 있다고 생각합니다만."

"세금도 내지 않는 버러지가 3천 명인가. 역시 슬럼 녀석들은 전원 노예로 삼아 파는 게 좋겠군. 노예사냥은 이미 시작했겠지?"

"네. 일단 가르디 공의 요청에 따라 백 명 정도를 잡았습니다. 필리어스의 왕자 남매와 함께 레이도스로 보내면 될 겁니다."

"후하하하하! 쓸모없는 놈들이라도 마지막에 내게 도움이 될 수 있어서 기뻐하고 있을 거다!"

"정말 그렇습니다."

"그건 그렇고 필리어스의 왕족과 함께 잡힌 외국인들, 녀석들을 놓친 것은 뼈아프군. 레이도스는 다양한 인종을 모으고 있다고 하니까."

"어차피 세리메어가 숨기고 있을 테니 함께 잡으면 될 겁니다."

두 시간 후.

오는 길은 상당한 숫자의 병사가 거리를 순찰하는 엄중 태세로 바뀌어 있었다.

하지만 이쪽이 다섯 명의 소인원인 데다 전원이 웬만큼 기척을 죽일 수 있어서 어떻게든 들키지 않고 슬럼가로 돌아왔다.

"그럼 살트 공은 이쪽으로 오시죠."

"네, 죄송합니다. 그런데 세리메어 왕녀님은 어디 계십니까? 뵙고 싶습니다만."

"미안합니다. 언니는 이곳에 계시지 않습니다. 정기적으로 거처를 옮기고 있습니다."

"그렇군요. 그럼 언제 만나 뵐 수 있습니까?"

"내일은 꼭. 그때까지는 조금 비좁아서 죄송합니다만……."

"아니, 그건 상관없습니다. 전하들의 구출을 도와주시는 것에 대해 감사를 드리고 싶었을 뿐입니다."

"성실하시군요."

밀리엄과 바이크가 살트를 손님용 특별실로 안내하는 동안 우리는 카라와 함께 한 발 빨리 아이들에게 돌아와 있었다. 방에 들어간 순간 모두가 미소로 맞아줬다.

"프란, 무사했구나!"

"왠지 거리에 소동이 일어나서 말이야."

"걱정했어."

"고마워. 나는 괜찮아."

"그렇구나. 그래서 헐트랑 사티아는 어디 있어? 구하러 갔잖아?"

"……미안."

그 말에 프란은 사과할 수밖에 없었다. 반드시 구해오겠다는 말을 남기고 갔지만 구하지 못했기 때문이다. 부끄러운 감정이 들 것이다.

프란의 그 말만 듣고 실패했다는 것을 이해한 모양이다.

아이들은 어두운 표정으로 고개를 숙였다.

하지만 바로 웃는 얼굴로 돌아와 프란을 위로해줬다.

정말 착한 아이들이다. 이런 친구는 소중히 해야 한다.

그리하여 프란이 무사히 돌아와 재회한 기념으로 샌드위치와 주스를 아이들에게 대접했다.

배가 상당히 고팠는지 아이들이 샌드위치에 덥석덥석 달라붙었지만 메이드만은 얼굴이 어두웠다.

"……저기, 헐트 님과 사티아 님은 무사하신가요?"

"아직 괜찮, 을 거야."

"그런가요…….."

그야 자신들의 주인을 구출하러 갔는데 실패했다고 하면 불안해질 것이다. 게다가 함께 간 요스는 돌아오지 않았고.

"괜찮아. 밀리엄과 다른 사람들은 포기하지 않았어. 나도."

"정말인가요?"

"응."

그래도 여전히 불안한 표정의 메이드에게 샌드위치를 내미는 프란.

당황한 기색을 보이는 그녀의 손에 접시를 억지로 건넸다.

"저기……."

"헐트네가 돌아왔을 때 배가 고프면 돌봐줄 수 없어."

"……웃. 그, 그러네요. 그러, 네요."

"응."

"감사합니다."

메이드가 어색하지만 웃음을 짓고 프란에게 머리를 숙였다.

"모두에게도 나눠주고 올게."

『프란?』

'스승, 다른 사람한테도 나눠줘도 되잖아?'

『……그렇지. 배가 고프면 싸울 수 없다고도 했고. 앞으로 힘내줘야 하니까.』

"응."

그리하여 프란이 다른 방에 있는 사람들을 불러 차원 수납에서 꺼낸 식사를 나눠줬다. 스튜나 샌드위치, 주먹밥뿐만 아니라 가장 좋아하는 카레도 잔뜩 대접했다. 평소라면 자신이 먹을 양이 줄어들어서 다른 사람에게 먹이는 것을 싫어할 텐데, 오늘은 스스로 카레 냄비를 꺼내 모두에게 권했다.

『프란, 카레까지 꺼내도 괜찮겠어? 이 인원이 먹으면 상당한 양이 될 텐데.』

'괜찮아.'

프란은 카레에 시선을 고정한 채 고개를 꾸벅 끄덕였다.

미련이 없지는 않은 모양이다.

그래도 역시 멈추라는 말은 꺼내지 않았다.

『뭐, 프란이 좋다면 상관없어.』

'맛있는 걸 먹으면 엄청 힘낼 수 있어.'

『그래서 카레야?』

'응.'

프란에게 최고의 진수성찬=카레이니까.

'스승의 요리는 엄청 맛있어. 스승의 요리를 먹으면 뭐든 할 수 있어.'

『아니, 뭐든 할 수 있다고 하면 허들이 엄청나게 올라가는데.』

'내가 노력할 수 있는 건 스승의 밥 덕분이야. 분명 다른 사람들도 힘낼 수 있을 거야.'

그런 기쁜 말을 하며 프란은 배식을 계속했다.

오늘은 양동 부대 서포트에 인원을 충원해서 만족스러운 저녁을 준비하지 못했나 보다. 프란을 비롯한 구출조는 도중에 짭짤한 햄과 치즈를 끼운 딱딱한 빵과 말린 생선을 먹었다. 하지만 이쪽에서는 더 심하게도 딱딱한 빵에 밍밍한 수프만 나왔다고 한다. 그럼 배도 고프겠군.

모두 웃는 얼굴로 맛있다고 말하며 요리를 먹고 있었다.

살트의 안내를 끝내고 이쪽으로 찾아온 밀리엄 일행도 마찬가지였다.

처음부터 꺼내라고 화를 내지 않을까 했지만 오히려 감사 인사를 받았다.

"이런 귀중한 것을 우리를 위해 제공해줘서 정말 고맙다."

"네. 이로써 싸울 수 있어요."

"정말입니다."

식량 때문에 고생하는 그들이기에 중요한 스킬을 밝히면서까지 식사를 제공한 프란에게 진심으로 감사하는 모양이다.

"고마워, 프란."

밀리엄과 함께 온 **세리메어**도 프란이 준비한 카레라이스를 먹으며 미소를 지었다.

세리메어는 자신만 먹을 수는 없다며 다른 사람과 같은 식사만 했다고 하니 배가 고팠을 것이다.

기품 있고 신중하게, 그리고 상당한 속도로 카레를 먹어치워갔다.

"그건 그렇고 정말 맛있어."

"응. 카레는 최강이야."

"이 신기한 음식은 카레라고 하는구나. 왕궁에서도 먹은 적이 없어."

왕족이 맛있다고 했다. 내 요리는 상당히 대단한 거 아냐? 뭐, 요리 스킬 덕분이지만.

"응. 스승이 만든 지고의 요리야."

"어머나, 네 스승님이 개발했니?"

"그래."

"굉장하네."

"스승은 세계 제일의 스승이야. 어떤 일이든 할 수 있어."

이거 프란이 존경해주는 건 기쁘지만 얼마나 슈퍼 소드라고 생각하는 거야. 허들이 너무 올라가서 어떤 부탁을 받을지 두려운데.

그야 프란의 부탁이라면 어떤 일이라도 전력으로 이뤄주겠지만 말이야. 불쥐(중국 신화에 나오는 괴물. 불속에서 살며, 불쥐의 가죽은 불쥐의 특성을 이어받아 불에 타지 않는다고 한다)의 가죽이나 용의 여의주를 말하면 아무리 그래도 무리다.

아니, 잠깐만? 혹시 이 세계라면 입수할 수 있나?

불쥐나 용이 있을지도 모르고, 보석으로 이뤄진 나뭇가지나 조개를 낳는 새도 찾으면 아무렇지 않게 있을 법한 느낌이 든다.

어쩌면 카구야 공주는 이세계인? 이쪽 세계 사람이 어떤 이유로 지구로 온 거 아냐? 그렇다면 그건 실화인가?

'스승, 왜 그래?'

『이런. 아니, 아무것도 아냐. 잠깐 생각 좀 했을 뿐이야.』

'왕자 남매를 구할 작전?'

『뭐, 뭐어, 그렇지~.』

'오오. 작전, 자세히 듣고 싶어.'

『뭐, 상관없어.』

세리메어와 밀리엄에게 설명하는 건 프란이니 프란에게는 자세히 알려줄 필요가 있었다.

그래서 나는 프란에게 작전을 설명했다.

『우선 살트한테──.』

'그렇구나. 스승은 천재야.'

『에이, 뭘──.』

몇 분 걸려 프란에게 작전을 이해시켰다.

『어때?』

'응. 그거라면 분명 잘될 거야.'

『그렇지? 세리메어랑 밀리엄한테도 설명해야 돼. 프란, 부탁해.』

'맡겨줘.'

그 후 프란이 세리메어 자매에게 내 작전을 전달해 경악과 함께 승인을 받았다.

여기로 돌아오는 도중에 이미 밀리엄에게 잠깐 설명한 점과 트릭의 제1 단계 설치가 끝난 점이 크게 작용한 것 같았다.

세리메어도 밀리엄도 결연한 표정으로 자신의 역할을 완수하겠다고 벼르고 있었다.

한 시간 후.

프란은 세리메어 자매가 확보하고 있는 은신처 중 하나에서 남성 몇 명과 만나고 있었다.

그들은 밀리엄의 부하이자 지금도 세리메어에게 충성을 맹세하고 있는 전 근위병 리더이기도 했다. 각자 근위병 중에서도 상위 계급이었던 모양이다.

모두 키가 크고 근육질. 게다가 얼굴이 투박하고 무서운, 상당히 강한 외모를 하고 있었다. 뭐, 이 정도가 아니면 근위병이 될수 없는지는 모르겠지만 상당히 듬직한 것은 확실했다.

"알겠습니다. 그 작전, 반드시 수행해보이죠."

"목숨과 바꿔서라도 완수하겠습니다. 우리만으로 정면에서 이궁을 공격하다니 팔이 근질근질합니다."

"저도 피가 끓는군요! 수아레스 측의 멍청이들과 한 번 정면으로 붙어보고 싶었습니다."

어떤 대화를 나눠도 조폭 영화의 한 장면으로밖에 보이지 않는군.

그렇게 얼굴이 무서운 그들이었지만 세리메어에 대한 충성심은 놀랄 만큼 높았다.

아까 양동을 위해 항구를 습격했을 때 적지 않은 희생을 치른데다 밀리엄과 구출조는 작전에 실패했다. 그들 중에는 부상을 당해 붕대를 두르고 있는 자도 있었다.

일반적이라면 불평 한마디쯤 나와도 이상하지 않았다.

하지만 그들은 한결같이 탁하지 않은 곧은 눈동자로 밀리엄을 바라보고 있었다. 얼핏 노려보고 있는 것으로밖에 보이지 않았지만 그건 강한 신뢰의 눈빛이었다.

"모두 미안하다. 사실은 모든 것을 설명하고 싶지만……."

"밀리엄 님, 배려만으로 충분합니다. 정보라는 건 아는 사람이 적은 편이 새어 나가기 어려워집니다."

"저희는 정보를 누설할 생각이 없습니다만 만전을 기하는 것보다 좋은 건 없으니까요."

"양동이든 미끼든 저희를 마음대로 써주십시오."

"헤헤헤, 뭣하면 당장이라도 갈 수 있습니다. 언제든지 봉기할 수 있도록 준비는 완벽하게 갖췄으니까요."

"아가씨, 밀리엄 님을 부탁한다."

"전선은 우리한테 맡겨라."

그렇게 말하고 가슴을 폈다.

그들은 일반적이라면 소녀라고 해도 좋을 나이와 외모의 프란에게도 의심의 표정을 전혀 보이지 않았다.

물론 그들도 나름대로 강해서 프란의 힘을 웬만큼 감지했다는 점도 있을 것이다. 하지만 그 이상으로, 밀리엄이 믿는다면 자신들도 신용한다는 감정이 강한 것은 확실했다.

"미안하다. 그리고 고맙다."

감격에 젖은 눈으로 밀리엄이 방에 있는 모두를 둘러봤다. 부하의 말에 감동한 모양이군.

"이번 작전은 반드시 성공시키겠다. 또다시 힘을 빌려주길 바란다."

밀리엄이 그렇게 말하고 부하들에게 머리를 숙인 직후였다.

쾅쾅쾅쾅!

"이봐, 열어!"

은신처의 문을 난폭하게 두드리는 소리가 울려 퍼졌다.

사람이 접근하는 것은 알고 있었지만 설마 이 오두막이 목적이었다고는 생각하지 않았다.

쾅쾅쾅쾅!

"범죄자가 이 주변에 잠복하고 있을 가능성이 있다!"

"켕기는 게 없다면 이 문을 열어라!"

아무래도 수아레스의 마수가 슬럼에까지 미친 모양이다.

배신자가 알린 거겠지.

정확한 장소를 몰라도 슬럼이라는 정보만 있으면 나머지는 이 잡듯 뒤지면 되기 때문이다.

"밀리엄 님과 아가씨는 그쪽 비밀 방으로 가시죠."

"괜찮나?"

"괜찮습니다. 저희가 이 슬럼에서 몇 년이나 살았다고 생각하십니까. 이제 익숙합니다."

"자자, 이쪽으로 오시죠."

"미안하다."

부하 한 사람에게 떠밀려 프란과 밀리엄은 지하의 비밀 방에 몸을 숨겼다.

단단한 암반을 손으로 파서 만든, 그야말로 간이 방이었다. 아니, 방이라고 하기에도 우스울 만큼 좁았다. 마루 밑 수납공간이라고 하는 편이 적당할지도 모른다.

천장도 나무판자를 덧대기만 해서 정말 들키지 않을까 걱정됐다. 틈이 상당히 넓어서 위쪽 상황이 훤히 보였고 말이다.

이거, 아래를 자세히 보면 들키지 않을까. 일단 현재는 밤이니 괜찮다고는 생각하지만.

그렇게 약간 엉성한 그들이었지만, 병사들의 이런 난폭한 조사에 익숙하다는 것도 사실인 듯했다.

밀리엄과 프란이 숨은 것을 확인하고 남성이 조용히 문을 열었다.

그러자 다시 한 번 문을 두드리려고 했던 남자가 갑자기 열린 문에 부딪힐 뻔하며 퉁명스러운 소리를 내질렀다. 분명히 타이밍을 계산해 일부러 부딪히게 했지?

"가, 갑자기 열지 마!"

"죄송함다."

"이봐, 범죄자가 이 근처에 숨어 있다는 정보가 들어왔다. 안을 확인하겠다."

"범죄자는 없슴다."

"그걸 결정하는 건 우리다! 비켜."

이인조 병사가 남성을 밀어젖히고 집 안으로 발을 들였다.

그 모습은 범죄자를 찾는 경비병이라기보다 값나가는 물건을 물색하는 양아치로밖에 보이지 않았다. 실제로 테이블 위에 놓여 있던 촛대를 손에 들고 "뭐야, 싸구려인가. 공쳤군" 하고 중얼거리는 목소리가 귀에 들어왔다.

그 혼잣말이 똑똑히 들렸지만 밀리엄의 부하들은 전혀 화내는 기색을 보이지 않고 공손히 굴며 방 안을 전부 보이고 있었다.

하지만 방을 한 번 보인 후 밀리엄의 부하들의 태도가 돌변했다. 그때까지 굽신대던 모습이 거짓말처럼 모두 병사들을 둘러싸고 위협하기 시작한 것이다. 팔짱을 끼고 우람한 팔 근육을 여봐란 듯이 보였다.

권력을 업고 위세를 부릴 뿐이라 병사들의 실력은 사실 대단치 않았다. 오히려 잔챙이라고 불러도 좋을 정도였다.

그에 비해 이쪽은 몸을 단련한 체격 좋은 남자가 다섯 명이다. 그 다섯 명이 날카로운 눈으로 노려보자 병사들은 완전히 겁을 먹은 모양이다. 혹시 공격받는다면 어떻게 될지 상상했을 것이다.

처음에는 얼굴이 창백해지면서도 어떻게든 허세를 부렸지만 바로 오두막에서 물러나고 말았다.

"하하하. 봤느냐, 녀석들의 얼굴!"

"봤고말고!"

"요즘에는 병사의 질이 너무 떨어졌어. 저 정도로 겁을 먹다니."

아니, 어쩔 수 없지 않을까?

왜냐하면 이 아저씨들은 외모가 완전히 무법자 계열이기 때문이다. 그것도 무투파 조직의 두목 클래스?

그리고 병사들은 고졸 양아치 형씨들 수준이었다. 승부가 될리 없었다.

오히려 "도망쳐!" 하고 소리칠 뻔했다.

"흐음, 다른 곳은 괜찮을까?"

밀리엄이 그렇게 중얼거렸다.

세리메어가 숨어 있는 장소는 비밀 통로를 통하지 않으면 들어갈 수 없는 곳이므로 아마 괜찮을 것이다. 다만 탈옥 동료들이 숨어 있는 그 오두막은 슬럼의 후미진 곳에 만들어졌는데도 불구하고 출입이 평범하게 가능한 구조로 이뤄져 있었다.

병사들이 주목할 가능성은 있었다.

불길한 예감이 들었는지 프란이 밀리엄을 재촉해 빠른 걸음으로 은신처로 서둘러 돌아가려고 했다. 그 바람에 병사들에게 발견될 뻔했을 정도다.

그리고 프란의 감은 적중하고 말았다.

그야말로 지금 은신처 앞에 병사들이 있었던 것이다.

즉시 그림자에 숨어 상황을 살펴보니 병사들이 문을 쾅쾅 두드리며 탁한 목소리로 열라고 소리치고 있는 고함 소리가 들렸다.

무시해주면 좋겠는데…….

하지만 나의 기도도 헛되게 누군가가 문을 열고 말았다.

내일은 왕자 일행 구출 작전이 결행된다. 누군가가 최대한 온건하게 끝나도록 병사를 오두막으로 불러들이려는 거겠지.

이대로 적당히 조사하고 만족해 돌아가 주면 좋겠지만…….

이쪽에 수상한 마음을 품고 있다면 위험하다. 아니, 확실히 이상하다고 생각할 것이다.

이 좁은 오두막에 서른 명 이상의 외국인이 있으니까.

어제 무리 지어 탈출한 외국인들이 있다는 정보를 가지고 있다면 그것과 연관 짓기는 쉬울 터였다.

'어떡해? 벨까?'

『아니, 여기서는 너무 멀어. 반드시 다른 병사들한테 들킬 거야.』

어떻게 할까 고민하고 있는데 병사가 다시 나왔다.

꽤 빠르군. 혹시 아무 일도 없이 끝난 걸까?

하지만 그 생각은 어설펐다.

"싫어! 놔줘!"

"시끄러! 이쪽으로 와!"

놀랍게도 병사가 소녀를 끌고 나온 것이다.

울부짖는 소녀의 팔을 난폭하게 잡고 걷게 하고 있었다.

"하지 마! 하지 말란 말이야!"

"닥치라고 했지! 이 빌어먹을 꼬맹이가!"

"꺅!"

병사가 소녀를 후려친 순간 프란의 온몸에서 살기가 새어 나왔다. 흑묘족이 무시당했을 때도 이 정도로 화가 나지는 않았을 것이다.

그 거무죽죽한 살기가 전해졌는지, 은신처 앞에 있던 병사들이 일제히 몸을 부르르 떨고 주변을 두리번대기 시작했다.

하지만 바로 기분 탓이라고 생각해 그 흥미는 은신처로 되돌아 간 모양이다.

"이봐! 너무 난폭하게 다루지 마, 가격 떨어져."

"헤헤헤, 딱히 상관없잖아. 안에는 사람이 아직 많아. 한두 놈 망가져도 상관없어."

"그야 그런가. 어차피 탈옥범들은 잡으면 사형이지. 그렇다면 우리한테 도움이 되도록 할까?"

남자들의 대화를 듣고 너무 무서운 나머지 울기 시작한 소녀를 병사가 다시 후려쳤다.

이번에는 반대편 뺨을 얻어맞고 가엽게도 그 자리에서 몸을 웅크리고 말았다.

"히히히. 그래그래. 난 한 번이라도 좋으니 어린애를 샌드백처럼 패보고 싶었어."

"크하하하! 나쁜 놈이구나, 너!"

"마침 잘됐잖아? 야, 샌드백! 넌 지금부터 내 샌드백이다! 알았지!"

"그럼 나는 안에 있던 여자를 받을까?"

"그렇게 하셔, 마음대로 해!"

최악의 대화로군. 프란에게는 들려주고 싶지 않았다.

이미 늦었지만.

전부 듣고 분노로 몸을 떨고 있었다. 나도 말을 걸기가 어려울 만큼 지금의 프란이 발산하는 분노는 무시무시했다. 너무 격정적이어서 나의 자루에 대는 손이 크게 부들부들 떨리고 있었다.

『프란?』

"――."

『프란!』

"――."

틀렸다, 나의 목소리에도 반응하지 못할 만큼 성나 있었다. 대답이 없는 대신 프란의 입에서는 뿌득뿌득뿌득 하고 어금니를 가는 소리만이 들려왔다.

그리고 프란이 그림자에서 단숨에 뛰쳐나왔다.

다른 병사들이 소녀의 울음소리를 듣고 모여 있었지만 그런 건 완전히 무시했다.

지금의 프란에게는 울고 있는 소녀와 그 소녀를 때린 병사들밖에 보이지 않았다.

전속력으로 병사에게 달려간 프란이 오싹할 만큼 차가운 목소리로 중얼거렸다.

"죽어."

"아――?"

"히익?"

프란이 나를 두 번 휘둘렀다. 힘을 조절하지 않은 진정한 참격

이었다.

불과 한순간. 눈 깜짝할 사이에 성인 남성 두 명의 인생이 끝났다.

첫 번째 사람은 정수리부터 세로로 쪼개져 몸이 깨끗이 좌우로 나뉘어 있었다. 두 번째 사람은 머리가 수평으로 둥글게 잘린 상태였다. 눈과 코 중간 즈음에서 깨끗하게 절단돼 있었다.

"_____."

프란이 나를 칼집에 넣은 직후 천천히 쓰러지기 시작하는 남자들.

너무 빨라서 자신이 죽은 것조차 깨닫지 못했을 것이다.

"이제 괜찮아."

"어?"

프란은 소녀를 안은 후 가볍게 걸어 그 자리를 떠났다.

그리고 프란이 몇 미터 앞에 착지했을 때 남자들의 시체가 땅에 쓰러져 체액으로 지면이 더러워졌다.

소녀가 더러워지지 않도록 신경을 써준 거겠지.

무슨 일이 일어났는지 이해하지 못하는 소녀에게 힐을 걸어주며 아까와는 다른 사람처럼 온화한 표정으로 말을 거는 프란.

"괜찮아?"

"프, 란?"

"응. 늦어서 미안해."

프란이 그렇게 말하고 소녀를 부드럽게 껴안았다. 그러자 소녀는 그 눈에 커다란 눈물을 글썽이며 다시 흐느끼기 시작했다. 하지만 조금 전까지 보였던 무서워서 흘리는 눈물이 아니라 안도해서 나오는 눈물이었다.

"프란……! 으앙!"

"이제 괜찮아."

"무서웠어! 무서웠어어!"

"그렇지."

"그리고 아팠어!"

"응."

프란에게 매달려 목 놓아 우는 소녀의 목소리가 들렸을 것이다. 은신처 안에서 소년들이 뛰쳐나왔다. 뒤를 따라 메이드와 다른 어른들도 함께 나왔다.

이건 위험할지도 모른다.

소녀의 울음소리에 이끌린 건 그들뿐만이 아니었기 때문이다.

"이, 이건 뭐야!"

"누가 이랬어!"

열 명 가까운 병사들이 동료의 시체를 보고 떠들어댔다.

개중에는 그 자리에서 토하는 녀석도 있었다. 뭐, 상당히 기괴했으니까.

"네, 네놈들이 그랬냐!"

"이봐, 이 녀석들 혹시 그!"

"탈옥수인가!"

예상대로 이쪽의 정체가 드러난 모양이다.

게다가 병사의 숫자는 늘어나기만 했다.

그 안에는 어떻게 봐도 일반 병사가 아닌 남자가 있었다.

금사 자수가 잔뜩 수놓여 졸부 취향이 가감 없이 드러나는 로브를 입고 군살이 잔뜩 찐, 오크를 닮은 몸집 작은 남자였다. 설마 이런 곳에서 재회할 줄이야.

그 녀석은 우리가 시드런 소동에 휘말리는 계기라고 해도 좋을 상대였다. 그렇다, 프란을 노예로 삼는다고 지껄인 열 받는 돼지 제독, 드와이트다.

"드와이트 님!"

"이봐, 뭘 소란 떨고 있어. 세리메어와 밀리엄이 있는 곳은 파악했나?"

"그, 그보다 저희 동료가──."

"시끄럽다. 입 다물어. 쓸모없는 놈들이. 쓰레기가 몇 명 죽는 게 대수인가."

소녀에게 폭력을 휘두른 수아레스 파 병사들이 쓰레기라는 데는 동의하지만, 그래도 부하에게 너무 지나친 말 아닌가? 병사들이 상대를 사살할 만큼 날카로운 눈으로 드와이트를 노려보고 있었다. 하지만 욕설은 그치지 않았다.

"이러니 육군 놈들은 못 쓰는 거야."

"죄, 죄송합니다."

"노예로 팔리는 만큼 슬럼의 쓰레기 쪽이 더 도움이 된다!"

"…………."

"흥. 뭐, 됐다. 기껏 잡은 외국인 노예가 탈옥했다는 소식을 들었을 때는 창자가 뒤틀리는 줄 알았는데 다시 내 앞에 나타날 줄이야. 잡아서 이번에야말로 가르디 공에게 팔아 넘겨주마. 추측컨대 비싸게 사줄 거다. 그 돈을 뿌리고 필리어스의 왕족을 잡은 공적도 합치면 장군 지위도 꿈은 아니다!"

돈을 뿌리다니, 장군 지위를 살 생각으로 머릿속이 완전히 가득 찼구면.

"그건 그렇고 너희들 잘도 세리메어와 밀리엄과 함께 있구나. 녀석들은 너희를 버린 필리어스의 왕족을 구하려고 한다고."

"네가 하는 말은 아무도 안 믿어. 헐트네가 가신을 버릴 리 없어."

"흥, 근거 없는 자신이로군. 하지만 유감이다. 그건 틀렸다. 녀석들은 자신들이 살기 위해 너희를 팔았다!"

"? 그건 거짓말이야."

"쳇. 이해 못 할 녀석이로군. 어떻게 그렇게까지 자신이 있는 거냐?"

"왜 너 같은 돼지의 말을 믿어야 해?"

"돼, 돼지라고……!"

이런, 자신의 외모를 신경 쓰고 있었나 보군. 프란의 말에 얼굴을 새빨갛게 붉히며 화를 냈다.

"아, 미안해."

"뭐가 미안해야! 이제 와서 사과해도 용서 못 한다! 너만은 노예로 삼지 않고 갖은 고통을 주다 죽여주마!"

"누구도 너 같은 거한테 사과하지 않아. 사과는 돼지한테 했어."

"뭐?"

"너와 동급으로 다루면 돼지가 가엾어. 너는 오크 같다는 말로 충분해."

"네, 네노, 네노옴!"

프란이 말이 많다. 즉, 그만큼 화가 나 있다는 뜻. 뭐, 노예로 삼느니 어쩌니 해서 이쪽을 실컷 도발했으니 당연할 것이다.

"오크 같든 게 인간의 말을 하네. 깜짝이야."

"이제 됐다! 그렇다! 거짓말이다! 너희가 절망에 떨면서 노예로 전락하는 꼴을 보며 웃어주려고 했는데, 이제 아무래도 좋다! 여기서 전원 고문해 절망에 빠뜨려주마! 이봐 너희들, 녀석들을 얼른 잡아라! 그리고 내 앞으로 끌고 와!"

잡지 못해서 병사들이 곤란해하고 있는 건데.

드와이트에게 그런 것은 관계없는 모양이다. 머뭇대는 병사에게 짜증난다는 얼굴로 고함을 질렀다.

"유예는 내가 세리메어의 목을 취할 때까지다. 그 전에 이 탈옥범들을 전원 잡아둬! 알았나!"

"하, 하지만 저희만으로는⋯⋯."

"쓸모없는 놈들! 얼른 지원이든 뭐든 불러와!"

"아, 네!"

"그리고 세리메어가 있는 곳은 파악했나?"

"아, 아직입니다. 현재 이 잡듯 뒤지고 있으니——."

"이제 됐다. 네놈들의 무능함은 잘 알았다. 이런 곳을 인해전술로 조사하면 시간이 얼마나 걸린다고 생각하나? 소용없다. 좀 더 머리를 써!"

"그러면 어떻게 하면 좋겠습니까!"

"이렇게 하는 거다. 이봐, 슬럼의 돼지들! 듣고 있겠지? 알았나, 지금 당장 세리메어를 데려 와라! 그렇지 않으면 슬럼에 불을 질러 주민 모두 태워주마!"

바람 마술을 써서 음량을 올렸는지 드와이트의 목소리는 지독히 컸다. 그야말로 슬럼 전체에 들릴 만큼.

"무, 무슨 소리를 하시는 겁니까. 그런 짓을 할 수 있을 리가 없지 않습니까!"

주민을 붙잡아 노예로 삼는 건 괜찮아도 불을 지르는 건 망설여지는 모양이다. 나로서는 양쪽 다 사형이지만, 이 녀석들 안에서는 일단 차이가 있나 보군.

"무슨 소리를 하는 거냐 네놈은? 이런 쓰레기 더미를 태우는 일에 주저할 필요가 뭐 있지? 뭐, 하지만 나도 악마는 아니다! 세리메어를 끌고 오면 태우지 않겠다! 그리고 세리메어를 데려오면 상금도 주겠다! 산 채로 끌고 오면 100만 골드! 목만 가져오더라도 50만 골드다!"

위험하다. 이 녀석, 부하는 배려하지 않는 주제에 슬럼 주민의 심리는 정확하게 꿰뚫고 있어!

아무리 숨어 있다고 해도 슬럼 주민에게 세리메어의 정보가 전혀 새어 나가지 않았을 리가 없다.

그중에는 나름대로 정보를 알고 있는 자도 있을 것이다.

그리고 슬럼 주민이라고 하면 역시 돈에 곤란한 자가 압도적으로 많다. 그 녀석들에게 거금을 슬쩍 보이는 방법은 무척 유효해 보였다.

드와이트가 슬럼 전체에 울려 퍼지는 목소리로 외친 직후 수많은 사람이 웅성대는 기척이 들렸다.

그리고 우리는 바로 둘러싸였다. 애초에 가까이서 상황을 살펴보고 있었던 거겠지.

은신처 주변에 백 명 이상의 사람이 모이기 시작했다. 그리고 숨을 죽이고 이쪽을 보고 있는 것을 알 수 있었다.

『위험하군…….』

'어떡해, 스승?'

『돌파할 수밖에 없지.』

지하 통로를 들키면 안 되니 그곳을 이용해 도망칠 수는 없다. 그렇다면 정면에서 병사와 슬럼 주민들을 흩어버리고 돌파할 수밖에 없었다.

『프란만이라면 문제없지만…….』

다른 동료들을 호위하며 돌파하게 되면 난이도가 단숨에 상승한다.

노멀 모드가 급속히 헬 모드가 되는 것이다.

"왜 그러나! 보고 있을 뿐이냐? 그렇다면 세리메어의 정보만이라도 좋다! 비싸게 사주마!"

드와이트가 다시 외친 직후였다.

"시끄러! 닥쳐!"

어디에서 고함 소리가 울려 퍼지고 돌이 드와이트에게 날아왔다.

그것을 시작으로 사방팔방에서 노성과 물건이 드와이트에게 날아오기 시작했다.

"무, 무슨 짓이냐! 나는 시드런 해군 제독, 드와이트 님이시다!"

"알 게 뭐야!"

"그, 그만둬라! 네놈들이 잡을 건 세리메어다! 왜 내게 거역하느냐! 죽고 싶은 게냐!"

드와이트가 이 마당에 와서도 여전히 거만한 말투로 외쳤지만 돌팔매질은 전혀 그치지 않았다.

오히려 이만한 욕설을 내뱉으면서 타인이 따른다고 생각한 것이 신기했다. 아니, 지금까지는 핍박을 받아도 거역하지 않을 만큼 슬럼 주민들은 순순했을지도 모른다. 하지만 역시 인내가 끊어진 거겠지.

"우리 집을 태운다고? 웃기지 마!"

"애초에! 왕녀님이 이런 곳에 계실 리가 없잖아!"

"헛소리만 해대고! 누가 돼지야. 너 같은 진짜 돼지한테 돼지라고 불릴 이유가 없어!"

"그리고 슬럼에 숨어 계시다고 해도 너 같은 놈한테 넘길까 보냐!"

"그래! 그분만이 우리한테 손을 뻗어주셨어!"

"돌아가 돌아가!"

돌뿐만이 아니라 물이나 쓰레기 같은 물건도 날아왔다.

"제, 젠장! 이봐, 계집애, 이쪽으로——커헉!"

프란을 인질로라도 삼을 셈이었을까. 드와이트가 프란의 몸을 움켜쥐려 했지만 프란이 그대로 베어버렸다. 가차 없군. 뭐, 자업자득이다. 일단 증거인멸을 위해 시체는 수납해뒀다. 어딘가에서 버리면 될 것이다.

"이봐, 아가씨. 지금 가!"

"그래도 돼?"

"그래, 이쪽 일은 신경 쓰지 않아도 돼. 우리는 너희 편이야."

"힘내라."

"세리메어 님을 잘 부탁해!"

"밀리엄도!"

아무래도 슬럼 주민들은 처음부터 세리메어의 편이었나 보다.

허둥대다 선제공격하지 않아서 정말 다행이다.

"당신들! 이쪽으로 와!"

"응?"

"자, 이쪽이야!"

프란 일행을 부른 건 몸집 작은 아줌마였다.

"왜?"

"이걸로 오물을 닦아."

아줌마가 건네준 건 물에 적신 헝겊이었다. 그리고 프란이 어깨를 감싼 소녀를 가리켰다.

프란은 그것을 사용해 구한 소녀의 얼굴을 닦았다.

"헝겊은 깨끗한 걸 썼으니까 안심해."

"고마워."

"됐어. 세리메어 공주님께 입은 은혜를 조금이라도 갚고 싶었으니까. 자, 당신들은 이제 가. 왕의 개들은 우리가 쫓아버릴 테니."

"괜찮아? 상대는 병사……."

"하하하! 멍청한 왕을 따르는 저런 똘마니들한테 질 리가 없지. 걱정하지 마."

"응. 이 헝겊, 나중에 돌려주러 올게."

"안 그래도 돼."

"아니야. 돌려주러 올래. 그러니까 또 봐."

"아하하, 그렇구나. 또 보자."

프란은 환한 얼굴로 엄지를 세우고 있는 슬럼 주민들에게 고개를 꾸벅 숙이고 아이들을 데리고 은신처로 돌아갔다.

문을 닫고 바깥 상황을 몰래 살펴봤다.

이미 모인 슬럼 주민들의 숫자는 2백 명을 넘고 있었다. 게다가 이 밖의 장소에서도 사람이 싸우는 소리가 들려 왔다.

아니, 사람이 싸운다고 해야 하나, 슬럼 주민이 일방적으로 상

대를 밀어붙이는 소리라고 해야 하나, 병사들의 가련한 비명만이
들렸다.

그대로 숨을 죽이고 있자 바닥 아래 비밀 통로에서 인기척이 느
껴졌다.

"이봐, 괜찮나?"

밀리엄과 카라다.

드와이트의 고함소리를 듣고 황급히 상황을 보러온 모양이다.

"응, 이제 괜찮아."

"이제라. 무슨 일이 있었지?"

프란이 두 사람에게 사태를 설명했다. 표현이 부족한 부분은
아이들이 보충해줬다.

"그런가, 병사를 벴나."

밀리엄이 그렇게 중얼거리고 생각에 잠겼다.

어린아이를 구하기 위해서였다고는 하나 병사를 베어 싸움을
일으킨 것을 문제 삼는 건가? 이로써 확실히 수아레스 측의 주목
을 끌었다. 적어도 병사를 더 많이 보낼 것이다.

프란도 분풀이가 조금 지나쳤다는 것을 아는지 풀 죽은 얼굴로
고개를 숙였다.

"……미안해."

"음, 아니. 사과하지 마라. 너는 나쁜 일을 아무것도 하지 않았
다. 화를 내는 게 아니다."

"하지만."

"됐다. 세리메어 언니라면 절대로 너를 질책하지 않는다."

"저도 그렇게 생각합니다."

"큰일을 하기 위해 작은 것을 버리지 않는 것이야말로 우리가 싸우는 이유다."

"고마워."

"내가 생각에 잠겼던 건 이대로 내버려 두면 슬럼 사람들이 그대로 왕궁으로 밀어닥칠 것 같았기 때문이다."

아, 그렇군. 확실히 이대로 폭동이 커지면 불만을 품고 그대로 봉기하는 것을 충분히 생각할 수 있었다.

다만 우리에게는 알맞은 상황이라고 할 수 있었다.

"계획을 조금 서두르지. 우리 병력만으로 왕궁으로 향할 셈이었지만──."

밀리엄이 싱긋 웃었다.

"슬럼 사람들의 손을 빌릴 수 있다면 단숨에 병력이 늘어난다. 그 망나니 오라버니가 쩔쩔매는 얼굴이 보이는 것 같군."

밀리엄도 나와 같은 생각을 한 모양이다.

"응."

"그럼 즉시 교섭하러 가지."

제5장 시드런 해국의 왕

슬럼에서 소동이 있던 날 정오 무렵.

프란의 모습은 민중과 함께 있었다.

2천 명 이상의 무장한 시민들이 왕궁을 향해 걸음을 옮기고 있었다.

그들의 선두에 선 건 세리메어와 밀리엄이었다. 주위를 호위들이 둘러싸고 있지만 그래도 최전선이라고 할 수 있는 곳에 그 모습이 보였다. 호위에는 살트나 프란, 카라, 그리고 외투로 모습을 가린 인물 등도 있었다.

이 군중 대부분이 슬럼 주민들이었다.

병사들을 격퇴한 슬럼 주민들에게 세리메어와 밀리엄이 머리를 숙인 결과, 그들은 두 가지 대답으로 협력을 약속했다.

물론 세리메어는 상대가 수아레스 파의 병사이고 목숨이 위험하다는 것도 제대로 설명했다.

하지만 그래도 그들의 결의는 변하지 않았다.

"세리메어 공주님께 도움이 될 수 있다면 이 정도는 아무것도 아닙니다."

"예전에 흉어였던 해에 세리메어 님께서 베풀어주신 은혜가 아니었다면 전 지금 살아 있지 않았을 겁니다."

"어머니가 병에 걸렸을 때 무료 진료소에서 진찰을 받게 해주셨습니다."

세리메어가 전왕 시절에 실시했던 백성을 구제하기 위한 갖가지 시책이 많은 사람을 구해서 감사를 받았다.

그리고 그 은혜를 조금이라도 갚고자 슬럼 주민들은 일어섰다.

자세한 이야기를 들어보니 슬럼 주민들은 처음부터 세리메어가 있는 곳을 알고 있었다고 한다. 알면서도 전원이 세리메어를 숨기며 뒤에서 지켜보고 숨겨줬던 것이다. 그야 비밀 통로 등을 사용해 교묘하게 숨어 있다고는 하나, 같은 곳에 사는 사람에게도 전혀 들키지 않고 계속 숨는 건 불가능하다.

슬럼 주민들이 일치단결해 세리메어의 정보가 밖으로 새어 나가지 않도록 해줬던 것이다.

세리메어와 밀리엄은 몰랐나 보다. 자신들이 잘 숨어 있었다고 생각했는지 진실을 듣고 얼굴을 붉혔다.

뭐, 자신들만의 힘으로 숨었다고 생각했는데 실제로는 주위 사람들이 몰래 도움을 줬다. 부끄럽겠지.

슬럼에 녹아들어 살던 세리메어의 부하들은 알고 있었지만 가르쳐주지 않았다고 한다. 세리메어가 슬럼 사람들에게 폐를 끼친다며 걱정하지 않도록.

정말 사랑받고 있구나.

선의와 선의의 따뜻한 관계다.

솔직히 왕족으로서는 선의만으로 국가를 운영할 수 없을지도 모른다. 하지만 나는 세리메어 자매가 다스리는 나라를 보고 싶다. 프란도 마찬가지일 것이다.

반대로 백성을 착취하기만 하는, 욕망 그대로의 정치를 하는 수아레스는 많은 사람의 원한을 샀다.

슬럼 사람들이 일어선 이유도 세리메어에 대한 선의가 80퍼센트, 수아레스에 대한 분노가 20퍼센트일 것이다. 그리고 슬럼 사람들뿐만이 아니었다. 일반 시민 중에서도 이쪽으로 지원을 신청하는 사람이 끊이지 않았다.

처음에는 2천 명이었던 군중이 왕궁에 가까워지자 점점 늘어갔다.

이미 3천 명을 넘었을 것이다.

인과는 돌고 돈다는 말이 바로 이런 상황을 가리키는 걸지도 모른다.

남에게 자비를 베풀면 선의가, 남을 괴롭히면 악의가 그 사람에게 돌아오는 것이다.

그런 세리메어의 군세를 상대하는 것이 수아레스의 명령으로 나온 병사들, 수는 대략 3천 명이었다.

적어 보이기도 하지만 현재 상황을 생각하면 어쩔 수 없을 것이다.

수아레스는 왕궁도 수비해야 하고 군항의 수비를 줄일 수도 없다.

그렇다면 즉시 움직일 수 있는 병사는 이 정도가 될 것이다.

뭐, 그래도 평범하게 생각하면 수아레스 쪽이 질 리는 없다.

숫자가 같아도 이쪽은 일반인. 저쪽은 병사. 장비의 질도 군세의 질도 수아레스 쪽이 압도적으로 위였다.

세리메어 군에 승산이 있을 리가 없었다.

평범하게 생각한다면 말이다.

"우리가 유리해."

밀리엄의 말대로 싸움은 세리메어 측에 유리하게 흘러갔다.

거기에는 이 나라를 원래 해적이 만들었다는 조건이 관계하고 있었다.

솔직히 말하자면 시드런이라는 나라는 혈기가 왕성해 주먹부터 내지르고 보는 어부만 있는 나라다. 선조의 피가 요동치는지 그들은 성급하고 혈기 왕성한 자뿐이었다. 그런데다 평상시 노동으로 단련돼 몸은 근육질인 마초맨이다. 그런 녀석들이 분노에 몸을 맡기고 돌진하니 박력이 상당하고 파괴력도 발군이었다.

반대로 수아레스 측의 병사들은 숙련도도 사기도 낮았다. 상관들이 권력 다툼과 뇌물 모으기에 분주해 일상 훈련은 받지 않는다. 주민들에게 미움받고 급료도 짜다. 그래서는 의욕이 생길 리도 없다. 개중에는 악랄한 짓을 해 돈을 버는 쓰레기도 있었지만, 나머지 병사들 중에는 생계를 꾸릴 방법도 없고 편하다는 이유만으로 타성에 젖어 군에 남아 있는 자가 많았다.

기세와 사기의 차이는 장비의 차이를 쉽게 뒤집는다.

결과적으로 세리메어 군이 병사들을 흩어버리는 장면이 늘어났다.

발더를 비롯한 용아 전사단이나 왕궁 근위병 같은 정예 부대라도 섞여 있었다면 또 다른 결과가 나왔을지도 모르지만, 이 자리에는 없었다.

그리고 이쪽에는 전 근위병들이 있고 세리메어가 있어서 사기도 자꾸 올라갔다.

정면으로 부딪치는 동안에는 질 리가 없었다.

여차하면 프란과 다른 호위들도 출격할 예정이었지만 여기서는 나설 필요는 없어 보였다. 세리메어를 호위하고 있자.

애초에 처음에 세리메어는 은신처에서 기다리고 있을 예정이었다.

세리메어는 이쪽의 총대장. 그 목숨만 빼앗기지 않으면 지지 않기 때문이다.

하지만 어떻게든 모두와 함께 가겠다며 말을 듣지 않았다.

백성을 싸우게 하고 자신만 뒤에서 태평하게 있을 수 없다며.

밀리엄이 설득하겠거니 했지만 소용없었다. 오히려 세리메어가 그렇게 말한다면 하고 소극적으로 찬성할 정도였다. 뭐, 밀리엄이 반대하지 않는다면 우리가 이러쿵저러쿵 떠들 수도 없다.

그리고 슬럼에 숨어 있어도 안전하다고 단언할 수 없다. 드와이트가 내뱉은 말처럼 불이라도 난다면 도망칠 곳이 없기 때문이다. 배신자에 의해 정보도 새고 있다.

그렇다면 가까이서 지키는 편이 안전할지도 모른다고 생각했다.

"녀석들이 도망친다!"

"꼴좋다!"

"안 쫓아도 돼! 우리의 목적은 여기서 병사를 죽이는 것이 아니다!"

수아레스 측 병사가 순식간에 흩어져 물러가는 모습이 보였다.

기세대로 그 뒤를 쫓으려고 하는 민중을 밀리엄이 큰 소리로 제지했다.

그래도 혈기 왕성한 녀석들이 쫓아갔지만.

뭐, 대부분은 말을 들어줬으니 다행인가.

"이궁을 향해 진군이다!"

""""오오!""""

밀리엄의 목소리에 호응해 민중이 다시 진군을 개시했다.

이미 주택지를 절반은 지났을 것이다.

병사의 저항도 거의 사라져서 이쪽의 흐름을 막는 것은 없었다.

세리메어의 모습을 보고 이쪽으로 합류하는 민중의 숫자는 지금도 계속 늘어나서 사기는 높아지기만 했다.

그런 와중에 프란이 갑자기 뛰쳐나갔다.

『프란, 왜 그래?』

"응, 저거."

프란이 가리킨 앞에는 남자 몇 명이 상점 같은 곳을 둘러싸고 있었다.

다가가 보고 무슨 짓을 하고 있는지 알 수 있었다.

"어이, 할망구. 얼른 돈 내놔."

"히, 히익."

사람이 늘어나면 이런 녀석들도 있다. 모인 녀석들에게는 일반 시민에게 폭력을 휘두르지 말라고, 어기면 처벌한다고 전달했다.

처음부터 이런 행패가 목적이었을까, 아니면 싸움의 분위기에 휩쓸려 마가 낀 걸까. 남자 몇 명이 미처 도망치지 못한 가게 주인을 위협해 돈을 빼앗으려 하고 있었다. 상품으로 보이는 식품을 안은 채 가게에서 나오는 남자도 있었다.

"뭘 보고 있어?"

"이봐, 그 녀석 분명 왕녀의 부하야."

"뭐어? 이런 꼬마가?"

프란을 평가하는 듯한 눈으로 바라봤다. 프란에게 베인 병사들과 쏙 빼닮은 불쾌한 눈이었다.

"할머니를 놔줘."

"뭐? 뭘 명령하고 난리야?"

"세리메어라면 이런 짓 절대 용서 안 해."

"우리는 왕녀를 구하러 왔다. 무상으로! 그러면 이 정도 일은 넘어가 줘야지!"

"그래그래. 뭐하면 너한테도 갈라줄까?"

역시 하는 짓이나 말은 수아레스 측 병사와 다르지 않군.

이런 녀석들은 오히려 방해가 된다. 세리메어의 이름에 흠이 간다.

프란도 같은 생각이었을 것이다.

"하앗!"

"커억!"

"크악!"

눈에 잡히지도 않는 움직임으로 남자들에게 접근해 나를 휘두르지 않고 주먹으로 남자 두 명을 땅에 기게 만들었다.

으음, 훌륭한 보디 블로다. 완벽한 각도로 간장을 얻어맞은 남자들은 그 자리에서 소리도 내지 못하고 격통에 몸을 뒤틀고 있었다.

남은 두 명도 똑같이 펀치 한 방에 침몰시킨 프란은 겁먹은 모습의 노파에게 상냥하게 말을 걸었다.

프란의 어린 외모가 주효했는지 노파는 바로 침착함을 되찾았다.

감사하듯 프란에게 머리를 숙였다.

"미안해."

"아니야. 아가씨는 나쁘지 않단다. 나쁜 건 이런 나쁜 짓을 하는 녀석들이야. 세리메어 공주님의 이름이 더러워져."

나이가 들어서 싸움에 참가할 수는 없지만 노파도 세리메어의 지지자인 모양이다.

"고마워. 오늘 가게는 이만 닫는 게 좋을 거 같아."

"그래, 그렇게 하마."

"그럼."

"아, 잠깐만. 이거, 가져가렴."

"괜찮아?"

"최소한의 보답이야."

노파가 준 건 떡처럼 생긴 경단이었다.

프란은 그것을 양손으로 받고는 머리를 꾸벅 숙이고 가게를 뒤로 했다. 물론 남자들을 질질 끌며.

그리고 멀리서 지켜보던 다른 민중의 사이를 뚫고 세리메어와 밀리엄 앞에 내팽개쳤다.

"바보를 배제했어."

"음, 잘했다!"

"대단해~."

"다른 데도 있을지도 몰라."

"그렇군……. 우리의 봉기를 이용해 단물을 빨아먹으려는 멍청이가 이것뿐일 리가 없나."

"응."

밀리엄의 말에 세리메어의 얼굴도 흐려졌다. 아마 자신의 탓이라고 생각한 거겠지.

근심으로 가득 찬 세리메어의 그 얼굴을 보고 밀리엄의 눈초리가 올라갔다.

겨우 고통이 가라앉아 일어서려고 하는 남자들에게 그대로 다가갔다.

"공주님, 그 녀석을 이쪽으로 넘겨주쇼."

"어째서지?"

"어째서? 그 녀석이 우리를 우습게 보는 짓을 했단 말이오!"

"우리는 세리메어 공주님을 돕기 위해 모인 의용병이란 말이오. 그런 용감한 우리에게 수치를 주다니, 용서 못 한다!"

"처음에 행패를 부린 건 네놈들일 텐데."

밀리엄의 정론을 남자들이 코웃음을 쳤다.

그리고 천박한 표정으로 변명을 하기 시작했다.

"하하하. 그야 그렇지만 그건 아시지 않습니까?"

"그래그래. 보상도 요구하지 않고 도운다 했다고요. 재미 좀 봤다고 벌을 주깁니까?"

"이봐, 너희도 그렇게 생각하지?"

남자들이 주위의 민중을 향해 큰 소리로 그런 말을 꺼내는 형편이었다.

시민 대부분은 혐오와 모욕의 표정을 띠고 있지만 남자들에게 동의하듯 고개를 끄덕이는 자들도 근소하게 있었다.

강도짓까지는 안 되더라도 화재 현장에서 벌이는 도둑질 정도는 용서받을 수 있다고 생각할지도 모른다.

이로써 남자들을 처단하기 어려워졌다.

남자들을 벌하는 건 그런 방종 행위를 허용하지 않는다고 선언하는 것이니 말이다. 적지 않는 사람이 이탈할지도 모른다.

어쩌면 그걸 노리고 수아레스 진영에서 보낸 것 아닐까? 아니, 그건 아닌가. 이번에 프란이 이 녀석들을 밀리엄 앞으로 끌고 온 건 우연이니까. 하지만 성가신 일인 건 틀림없었다.

하지만 밀리엄의 행동에 망설임은 없었다.

"그런가…… 훗!"

"이익——?"

밀리엄이 메고 있던 창을 세차게 내리쳤다. 날이 서지 않은 밑동 부분이었지만.

"마, 말도 안 돼! 무슨 짓이야!"

정수리를 맞고 의식을 잃은 동료를 보고 남자들이 성난 기색으로 고함을 질렀다.

"무슨 짓이냐고? 백성을 다치게 한 쓰레기를 처단했을 뿐이다. 이얍!"

"그, 그만——크아아악!"

밀리엄이 두 번째 사람의 의식도 날려버렸다. 목숨은 빼앗지 않았지만 상당한 중상일 것이다. 얼핏 냉정해 보이지만 밀리엄도 꽤나 화가 난 모양이다.

"히익! 그만——."

"안 된다. 용서 못 한다. 네놈도다!"

"크헉!"

"흐아악!"

밀리엄이 순식간에 남자 네 명 전원을 땅바닥에 쓰러뜨렸다.

갑작스러운 일에 놀랐는지 주위 사람들의 웅성거림이 정숙으로 바뀌었다. 그리고 숨을 죽이고 밀리엄을 보고 있었다. 설령 악인이었다고 해도 동료였던 사람을 가차 없이 때려눕혔다. 민중에게 냉혹하고 비정한 인간으로 보여도 이상하지 않았다.

나는 세리메어를 봤다.

온실 속 화초인 세리메어에게 눈앞에서 사람이 다치는 장면은 자극이 너무 세지 않을까 생각했기 때문이다.

하지만 세리메어의 얼굴에 겁이나 공포의 빛은 전혀 없었다.

그러기는커녕 결의를 간직한 표정으로 앞으로 나왔다.

그리고 밀리엄을 감싸는 위치에 서자 겁먹지 않고 민중을 둘러보며 소리를 높였다.

"제 말을 들어주세요! 우리는 자신의 사리사욕을 위해 싸우는 것이 결코 아닙니다."

소리를 지르지 않았으나 그런데도 쩌렁쩌렁하게 들리는 목소리였다.

"우리가 싸우는 이유, 그것은 도리와 정의를 되찾는 것. 그런 우리가 도리와 정의에 어긋나는 짓을 해서는 절대 안 됩니다."

세리메어가 몸짓과 손짓으로 민중에게 호소할 때마다 그 회보랏빛 머리카락이 사뿐히 흩날리며 태양빛을 받아 아름답게 빛났다. 그 모습은 민중의 눈길을 끌기에 충분한 효과가 있었다.

청각과 시각, 그 두 가지를 세리메어에게 사로잡힌 민중은 열기 띤 얼굴로 그녀를 응시하고 있었다.

민중에게서 방금 전까지 웅성대던 모습이 완전히 사라지고 세리메어의 말을 놓치지 않으려고 귀를 기울이기 시작하는 것을 알 수 있었다.

완전히 자리의 분위기를 장악했군.

"여러분! 가슴을 폅시다. 가슴을 펴고 우리의 행동이 정의라고 말합시다."

세리메어가 민중에게 호소하는 표정과 음색은 의도한 것이 아니었다.

그런데도 그녀의 모습에는 사람의 마음에 호소하는 무언가가 있었다. 아니, 의도하지 않았기 때문에 진실하게 들리는 거겠지.

"여러분은 계속 핍박받아 왔습니다. 그러니 분명 학대받는 자의 기분을 알 것입니다. 따라서 핍박하는 쪽이 되고 싶어 해서는 안 됩니다……."

민중이 세리메어의 말을 곱씹으며 이해하려고 하는 분위기가 전해져왔다.

그 기분은 조금 알 것 같았다.

나처럼 약간 삐딱한 타입에게도 세리메어의 말은 순순히 가슴에 들어왔기 때문이다.

그리고 이 사람의 말을 이해하고 싶다, 이해해야 한다고 생각하게 했다.

"사람은 선의만으로 살아갈 수 없습니다. 아쉽지만 그들처럼 자신만 좋으면 그만이라고 말하는 사람도 있겠죠."

짧은 시간에 세리메어는 민중의 마음을 완전히 사로잡았다.

네 남자를 바라보며 슬프게 고개를 숙이는 세리메어를 보고 많은 사람이 마찬가지로 애처로운 표정을 짓고 있었다. 의도하지 않았지만 세리메어의 말과 동작에 강한 공감을 느낀 증거였다.

"하지만 우리는 그런 사람의 힘을 빌려도 된다고 말할 수 없습니다. 도리를 바라는 우리가 도리를 무시하는 자들의 힘을 빌려 대업을 이루는 것은 허용될 수 없습니다."

회보랏빛 머리카락을 흔들고 이마에 땀을 흘리며 호소하는 세리메어의 모습은 이제 성스럽기까지 했다.

가극에 등장하는 성녀의 한 장면 같았다.

수많은 민중이 그녀의 말을 들으며 그 자리에 꿇어앉았다.

마음은 이해가 갔다.

"한 번 더 말하겠습니다! 가슴을 폅시다! 마지막에 누군가에게 거리끼는 일 없이 가슴을 펴고 올바른 행위를 했다고 말할 수 있는 그런 행동을 합시다!"

세리메어의 돌발적인 연설이 끝난 직후였다.

"""""우오오오오오오오오오오오오오오오오오!"""""

땅울림 같은 무시무시한 환성이 민중에게서 나왔다.

손을 하늘로 치켜들고 외치는 민중의 얼굴에는 환한 표정이 떠올라 있었다.

싸움에 대한 공포나 왕에게 거역한다는 죄책감. 그런 게 깨끗하게 날아간 거겠지.

강한 열기를 느낄 수 있었다.

세리메어에 대한 호의나 수아레스에 대한 증오뿐만이 아니었다. 이것이 자신들의 싸움이라고 긍지 같은 것을 품기 시작했다.

『그럼 여기서 굳히기를 해볼까.』

'굳히기?'

『그래.』

세리메어의 연설을 들은 뒤여서 조금 찔리기는 하지만 나는 더러운 인간이므로 이기기 위해서는 비겁한 방법을 쓰는 데 주저하지 않는다. 거기에 휘말릴 프란에게는 사과할 수밖에 없지만.

'괜찮아. 나는 모험가. 범죄는 저지르지 않지만 비겁한 짓은 오케이야.'

『크큭큭. 그렇지.』

그리고 프란이 민중의 소란이 잦아들기 시작한 타이밍을 노려 입을 열었다.

"이 네 명. 낯이 익어. 수아레스의 부하였을 거야."

아까 나는 이 녀석들이 수아레스의 부하가 아니라고 결론을 내렸다. 우연이라고. 하지만 우연이라고 해도 그렇게 만들면 된다. 어차피 사실은 알 수 없기 때문이다.

"뭐야, 진짜인가?"

"응. 틀림없어."

"들었나, 모두들! 수아레스는 이런 비겁한 수를 써서 우리를 혼란시키려고 한다! 비겁하고 멍청한 왕의 책략에 넘어가지 마라!"

"""우오오오오!"""

효과는 즉각적이었다. 세리메어의 말로 일치단결한 민중이 이번에는 수아레스에 대한 분노로 전의를 높여갔다. 이로써 어지간한 일이 있지 않는 한 민중이 배신하거나 겁먹고 도망치는 일은 사라졌을 것이다.

밀리엄이 조용히 목례를 했다. 아무래도 이쪽의 의도를 알고 편승한 모양이다. 세리메어를 위해 오물을 전부 뒤집어쓸 각오가 서 있을 것이다. 정말 좋은 콤비다.

"좋아, 진군이다!"

"율리우스, 반란자들의 움직임은 어떻게 됐지?"

"넷. 예정대로 이궁을 목표로 하고 있습니다."

"왕궁의 수비는 충분한가?"

"물론입니다. 복병도 배치해 일망타진할 준비를 갖췄습니다."

"그럼 됐다. 사전에 이궁을 노린다는 정보를 이쪽에 퍼뜨려 그쪽으로 수비를 분산시키고, 도중에 왕궁을 노리도록 군을 반전시켜 나의 목을 거둔다. 과연 꽤나 머리를 굴렸군. 잘될지도 몰라. 이쪽에 정보가 새지 않았다면 말이다!"

"그렇습니다. 보고로는 부하들에게도 이궁으로 진군한다고 말했다고 합니다."

"큭큭큭. 이미 배신자에게 정보가 새어 나갔다는 것도 모르고 수고하는군."

"그렇습니다. 하지만 필리어스의 왕자 일행을 이궁에 가둔 채 내버려 둬도 괜찮겠습니까?"

"어쩔 수 없지. 만약 왕궁에 잠입한 세리메어의 스파이와 접촉해 우리가 속이고 있다는 것이 들통 나면 이쪽의 목숨이 위태로워진다."

"레이도스의 스파이가 가져온 그 정보 말씀이십니까? 필리어스 왕가의 인간은 위기 때 악마를 부릴 수 있다는."

"진위를 확인할 방법은 없지만……. 가르디 공은 모르는 듯했다. 그 남자는 어째서 그런 정보를 알고 있지?"

"오랫동안 필리어스에 스파이로 잠입해 얻은 정보라고 했습니다."

"으음……. 거짓말이라고 판단하기에는 위험이 너무 크다. 만약 왕궁에서 악마를 풀기라도 한다면 큰 피해가 난다."

"그렇습니다. 수룡도 육지 위의 악마에게는 유효한 수단이 될 수 없으니까요."

"그렇다. 이궁은 소수정예로 수비하고 있겠지?"

"네. 배신할 가능성이 없는 저의 수하 서른 명 정도를 배치해 필리어스 사람들에게 접촉하는 자가 없는지 지키고 있습니다. 또한 현재 불의의 사태가 일어나고 있으니 이궁 안에서 나오지 말라고 전달했으므로 문제는 없습니다."

"네놈의 수하라면 용미 전사단인가?"

"네. 수는 적지만 용아 전사단과도 호각 이상의 정예라고 자부하고 있습니다."

"그리고 세리드라는 남자가 사라졌다고 들었는데, 소식은 파악했나?"

"송구합니다. 하지만 왼팔을 잃고 밤바다로 떨어졌습니다. 이미 살아 있지 않을 겁니다."

"그럼 됐다. 어차피 오늘 안에 결판은 난다. 살아 있어도 상관없다."

수많은 민중과 적을 배신한 병사들이 합류해 5천 명 이상으로 불어난 세리메어 군은 드디어 귀족가에 도달해 있었다.

여기까지 산발적으로 전투가 있었지만 전면 충돌에는 이르지 않았다.

이쪽의 인원을 보고 불리하다고 판단해 도망친 것이다.

세리메어의 목을 취해 공적을 올리려는 귀족이 저택 안에서 기습을 한 적도 있지만 민중의 벽을 돌파하지 못했다.

지금의 백성은 나름대로 제대로 된 무장을 하고 있었다.

세리메어에게 협력적인 무기 상인 등이 제공해준 장비와 병사 대기소 등에서 가지고 나온 장비가 있기 때문이다.

특히 최전선에 이름을 올린 거친 선원들의 싸움 실력은 압도적이었다.

병사들이 빈약한 꼬마로 보일 정도였다. 이 나라에 병사가 필요 있나? 지킬 필요도 없어 보이고 단속하기도 무리일 것 같은데.

몇 번 싸움을 겪고 어부에서 해적으로 전직을 마친 것 같았다.

거 참, 실제로 직업이 변경된 건 아니지만 그렇게밖에 보이지 않을 만큼 난폭했다.

그렇게 왕궁도 이궁도 가까워진 가운데 살트가 밀리엄에게 말을 걸었다.

"드디어 왔군요."

"아아, 그렇군요. 그대에게는 미안하지만."

"아닙니다, 최종적으로 왕자님과 왕녀님을 구하면 됩니다."

"으음. 모두들! 이궁은 바로 저기다! 왕궁에는 결코 가지 말고 이궁을 제압해라! 그리고 갇힌 사람들을 해방시킨다!"

"""오오!"""

"살트 공, 이제 얼마 안 남았습니다."

"넷."

그리고 그대로 걸은 지 30분.

다시 살트가 다가왔다.

"밀리엄 님, 이제 이궁은 눈앞입니다."

"으음."

"밀리엄 님?"

"걱정하지 마시오. 이것도 작전의 일부요."

"넷……."

납득하지 못한 얼굴로 다시 물러났다. 뭐, 그것도 당연하다.

일부러 수아레스 측에 이궁이 목표라는 정보를 흘리고 실제로 이궁을 목표로 한다. 하지만 이궁으로 병력을 분산한 수아레스 일당의 의표를 찔러 도중에 군세를 반전해 왕궁을 급습. 왕의 목을 베어 이 나라를 장악한다는 작전이 살트에게 전달됐다.

그런데 세리메어도 밀리엄도 아직도 이궁을 목표로 하는 경로를 잡고 있으니 수상하게 생각하고 있을 것이다.

그리고 30분 후.

"밀리엄 님! 어떻게 된 겁니까!"

"왜 화를 냅니까, 살트 공."

"예, 예정과 다르지 않습니까!"

"그것이, 백성의 숫자가 너무 늘어서 말입니다. 작전을 알리는데 시간이 걸렸습니다."

"뭣…… 그러면 작전은 어떻게 되는 겁니까!"

"음, 할 수 없이 왕의 목은 포기하고 이대로 이궁으로 쳐들어 가려고 합니다."

"우, 웃기지 마시오!"

"왜 화를 내지? 당신에게도 좋은 일일 텐데? 필리어스의 왕족을 먼저 구하는 것이니까."

헐트 왕자와 사티아 왕녀를 잠시 후면 구출할 수 있는데 그 얼굴은 어째선지 불안한 표정을 짓고 있었다.

"그, 그건, 그렇군요!"

"그래그래. 좀 더 기뻐하시오. 뭐, 이건 이대로 좋을지도 모르지요. 민중에게 전달한 이궁으로 향한다는 거짓말이 사실이 되었기 때문에."

"윽. 그렇군요. 하하하."

그런 대화를 나누고 한 시간 후.

세리메어 군은 놀랄 만큼 순조롭게 이궁을 제압했다.

원래 방어용 시설이 아니어서 대군을 막을 수 없었기 때문이다. 사전에 준비한 목제 파성추가 있으니 성문이 순식간에 파괴됐다.

안에 있던 쉰 명 정도 되는 군대가 쏘는 화살도 나와 프란의 바람 마술로 막았다.

돌입한 뒤에는 다소 강해 보이는 전사가 등장했지만, 발더나 그 부하들에 비하면 잔챙이 같았다. 아니, 스테이터스는 나름대로 괜찮았지만 프란과 몇 합조차 싸우는 자가 없었다. 아마 마법 약으로 스테이터스를 상승시킨 겉만 번지르르한 전사들이었을 것이다. 게다가 실전 경험도 부족해 스킬 레벨도 낮았다.

이런데도 거만하게 용아 전사단보다 강하다고 떠들다니, 웃음도 나오지 않았다.

프란도 강적과 싸우는 줄 알고 들떴다고! 그런데 잔챙이만 있어서 도중부터 매우 기분이 좋지 않았다.

달래느라 고생했다.

"그럼 이어서 필리어스의 왕족들을 구하러 갈까."

"응."

"살트 공, 선두를 부탁하오."

"네? 왜 제가……?"

"이만한 소동이오. 왕자 일행도 무슨 일이 있는지 모른 채 경계하고 있을 것이오. 그렇다면 안면이 있는 그대가 선두에 있어주면 불필요한 싸움은 피할 수 있소."

"하, 하지만."

그런 대화가 오간 후 살트가 선두를 나아가기 시작했다. 그 바로 뒤에 프란과 울시가 따라갔다. 그렇다, 울시는 이미 소환했다. 주로 그 겉모습의 위압감으로 세리메어를 호위하기 위해서다.

이궁을 나아가는 우리의 걸음에 망설임은 없었다. 프란이 기척 감지로 왕자 일행이 있는 곳을 이미 파악해 살트가 나아갈 방향을 지시하고 있었기 때문이다.

그대로 이궁 안을 나아가자 본궁의 거의 중심에 위치한 커다란 방에 이르렀다.

문부터 엄청나게 호화스러웠다. 고급 결혼식장의 문이 이런 느낌이었을지도 모른다. 나와는 인연이 전혀 없었지만 말이야! 상사의 기분 나쁜 어깨만 엉기는 결혼식에서 비슷한 문을 본 적이 있었다.

"이 안."

"그, 그런가."

"왜 그래? 열어."

"음, 실례하겠습니다!"

살트가 결심한 표정으로 문을 열자 안에 목적인 인물들이 있었다.

"살트! 어디 갔었나!"

"찾았잖아요."

"아니, 그게……."

헤어졌을 때와 다르지 않은 모습의 힐트 왕자와 사티아 왕녀.

그리고 수행인 몇 명이다.

"음, 프란. 슬슬 괜찮을 거다. 작전의 모든 마무리 할 때가 아닌가. 할 수 있겠지?"

"응."

밀리엄이 **사전에 정한** 신호를 꺼낸 순간, 프란의 눈이 가늘어졌다.

그리고 밀리엄이 살트에게도 말을 걸었다.

"어라? 살트 공, 잠시만 기다리시오. 등에 뭔가 붙었소."

"등에 말입니까?"

"프란, 떼어드려."

"알았어."

살트가 고개를 갸웃거리며 순순히 프란에게 등을 돌린 순간이었다.

"아니! 프란, 무슨 짓을 하나!"

프란이 등 뒤에서 느닷없이 살트의 어깻죽지를 조이고 품에서 뭔가를 꺼냈다. 그리고 살트에게서 꺼낸 원거리 통화 마도구를 울시에게 던졌다.

"울시."

"윙!"

울시는 그 마도구를 문 채 그림자로 들어갔다. 예상대로 그림자 안에 들어가니 마도구의 마력은 느껴지지 않게 됐다. 나도 울시의 그림자가 완전히 닫힌 상태면 염화를 쓸 수 없었다. 이로써 그 마도구가 상시 대화가 가능한 타입이었다고 해도 쓸모가 없어졌을 것이다.

"네, 네놈……!"

"상당히 화를 내는군, 살트 공. 아니, 배신자라고 부르는 편이 낫겠지?"

밀리엄의 말을 듣고 살트의 얼굴이 순간 굳어졌다.

"배신자? 누구에게 하는 말씀인지?"

"당신 말이다. 살트 공."

"무, 무슨 소리를 하시는지 모르겠군요……. 너무 갑작스럽지 않소?"

"이 마당에 와서 발뺌을 한다?"

"발뺌이라니……. 애초에 무슨 근거로 내가 배신자라고 하시오? 이건 우리 필리어스 왕국을 모욕하는 행위요."

이야, 배신한 나라의 이름을 입에 담을 줄이야, 겉치장을 신경 쓰지 않는군.

뭐, 우리가 살트의 배신을 안 건 처음 이궁에 숨어들었을 때였다. 그때까지는 살트가 아군이라고 믿고 있었다.

살트의 배신을 안 것도 추리를 했다거나 수상함을 간파했다는 멋진 이유가 아니라 우연이었다. 그때 세리메어 진영의 누군가가 배신했다는 것을 알아차린 단계에서 그 자리에 있던 전원의 말을 허언의 이치로 판별했던 것이다. 배신자가 잠입조에 있는지 없는지도 몰랐지만 일단 해보자는 식이었다.

그리고 살트가 한 세리드가 배신했다는 말과 발더가 꺼낸 세리드가 정보를 누설했다는 말이 거짓이라는 사실을 우연히 알았다.

살트는 그 후의 대화도 거짓투성이었다. 죽은 요스를 애도하는 말도 왕자 남매를 반드시 구한다는 결의의 말도 전부다. 지하 통로로 도망칠 때 프란에게 잡담을 가장해 다양한 질문을 시킨 결과, 살트는 레이도스 왕국의 스파이라는 사실이 드러났다. 어떤 목적을 가지고 필리어스 왕국에 잠입한 거겠지.

그리고 나는 그것을 역으로 이용할 수 없을까 생각했다. 살트가 멀리 있는 사람과 대화를 할 수 있는 마도구를 숨기고 있다는 건 바로 알았으니 말이다.

거짓 정보를 수아레스 측에 흘려 그 움직임을 이쪽에서 조종하려고 했는데 잘됐나 보다. 살트가 흘린 위장 정보를 믿고 수아레스 무리는 왕궁의 수비를 굳힌 것이다.

밀리엄에게는 이궁에서 도망치는 도중에 이미 살트의 배신을 전했다. 이건 도박이었지만 내가 염화로 밀리엄에게 말을 걸었다. 물론 검이라는 사실은 숨기고.

그럼 이름을 무엇으로 밝혔냐고 묻는다면 울시인 시늉을 했다. 거 참, 더듬대며 이래저래 떠드느라 엄청 힘들었다고.

『난 울시. 프란 님의 종.』

이런 식이다.

그 자리에서는 실은 살트가 배신했다는 것, 통화 마도구를 가지고 있으니 중요한 정보를 주지 않도록 하라는 것만 전했다.

너무 자세히 이야기해도 혼란스러우리라고 생각했기 때문이다.

내가 더듬대며 떠든 보람이 있었는지 밀리엄은 나의 말을 믿은 듯했다.

지하 통로를 빠져나가 슬럼으로 돌아왔을 때 이런저런 이유를 들어 세리메어의 거처를 살트에게 밝히지 않았기 때문이다. 그리고 좁은 방을 배정해 그대로 정보를 차단했다.

우리가 거짓말을 간파한 이유는 스킬 덕분이라고 말해뒀다. 무척 특수한 스킬이어서 아무 때나 쓸 수 없지만 아까는 우연히 조건이 맞아 떨어졌다고. 밀리엄이 자세히 물었지만 아무리 그래도 전부 가르쳐주지는 않았다. 이 세계에서 강력한 스킬은 숨기는 것이 상식이어서 가르쳐주고 싶지 않다고 하자, 밀리엄도 다행히 그렇게까지는 강하게 묻지 않았다.

"헐트와 사티아를 구했는데 전혀 기뻐 보이지 않아. 어째서야?"

"말도 안 되는 소리 하지 마라! 기뻐하고 있다! 어디서 트집을……!"

"살트한테는 가짜 작전을 가르쳐줬어. 그 작전이 어째선지 수아레스한테 흘러가 왕궁에 병사가 모여 있는 것 같은데, 어째서야?"

"내, 내가 누설했다고 단정할 수 없을 텐데!"

프란의 말에 살트가 초조한 듯이 받아쳤다.

"하지만 아는 건 세리메어와 밀리엄과 나와 살트뿐이야."

"뭣……."

겨우 자신이 완전히 함정에 빠졌다는 사실을 알았을 것이다.

살트의 얼굴이 분노로 시뻘겋게 물들었다.

그리고 이번에는 왕자 남매에게 호소하기 시작했다.

"전하, 녀석들은 뭔가 착각을 하고 있는 것 같습니다만, 세리드 공이 레이도스 왕국의 스파이였습니다!"

느닷없이 시작된 추리 만화의 범인 체포편 같은 전개에 참견하지 않고 입을 다물고 있던 헐트 왕자 남매였지만, 역시 그 말은 흘려들을 수 없었던 모양이다.

"세리드가 스파이였다? 그렇게 말했나, 살트."

"네! 그렇습니다! 증거도 있습니다!"

거짓말이군. 증거 따위는 없다. 뭐, 세리드는 죽었을 테니 얼마 든지 날조할 수 있을 것이다.

"프란과 다른 사람들은 어째선지 제가 배신했다고…… 어쩌면 저와 왕자님들을 반목시켜서 좋지 못한 일을 꾸미고 있을지도 모릅니다. 녀석들의 말을 조심하십시오! 속으시면 안 됩니다! 그렇지, 레이도스 왕국의 스파이였던 세리드와 공모한 게 틀림없습니다!"

그런 말을 꺼냈습니다.

쳇, 발버둥 치는군.

하지만 프란이 설득을 할 것도 없이 헐트 왕자가 그 말을 즉시 잘라버렸다.

"세리드가 우리를 배신할 리 없다."

"넷……? 어, 어째서 단정하실 수 있습니까? 그 세리드입니다."

"뭐, 확실히 세리드는 잔소리가 많고 자신을 신경 쓰는 면도 다소 있다. 하지만 절대로 필리어스 왕국을, 그리고 우리 왕가를 배신하지 않는다."

"어째서?"

자신만만한 왕자에게 프란이 되물었다. 믿는 수준이 아니라 확신하는 모습이었기 때문이다.

"자세히는 말 못하지만…… 신검의 가호라고 생각해도 상관없다."

"왕가의 사람만 알 수 있어요. 세리드가 배신하지 않는다는 것을요."

"그리고 이쪽은 증거가 제대로 있어."

프란이 그렇게 말한 순간이었다.

"이제 포기하는 게 어떤가, 살트."

수수께끼의 남자가 외투를 벗었다.

"아니⋯⋯."

살트가 눈을 동그랗게 뜨고 왼팔을 잃은 그 남자를 바라봤다.

얼굴에는 핏기가 가셔서 그 놀란 정도가 전해져왔다.

"세, 세리드! 살아 있었나!"

그렇다, 외투남은 혼자서 탈출해 도망쳐 온 세리드였다.

배에서 끌려간 후 왕자 남매와 떨어져 감시를 받고 있었다고 한다. 하지만 그 후 발더에게 죽을 뻔했다고 한다. 그래도 힘을 쥐어짜 바다로 도망쳐 위기에서 벗어났다. 왼팔이 반이 잘린 상태로 겨울 바다에 떨어졌는데 잘도 살았다고 감탄했는데, 방금 들은 신검의 가호 이야기로 납득했다. 아마 가호가 어떤 작용을 한 거겠지.

그 후 몸을 숨기기 위해 슬럼으로 도망쳐 온 세리드를 우리가 보호했다. 타이밍으로 치면 이궁에서 도망쳐 돌아와 모두에게 요리를 대접한 후. 나의 작전을 프란이 세리메어 자매에게 설명하던 때였다.

거 참, 익숙한 기척을 느꼈을 때는 놀랐다고.

세리드는 여전히 고압적인 태도로 살트에게 내뱉었다.

"누가 배신했다고?"

"네, 네놈이다! 네놈이 배신했다!"

"그럼 증거를 내놓으시지."

"여, 여기에는 없다⋯⋯."

"_____."

"_____."

모두의 시선이 살트에게 꽂혔다.

이 자리에 자신이 편이 없다는 것을 이해한 거겠지. 도망칠 수 없다는 것을 깨달았을까?

"살트, 얌전히 있으면 나쁘게 대하지는 않을게요."

잠깐, 사티아 왕녀! 그렇게 무방비하게 다가가면──!

"움직이지 마."

살트가 한 걸음 훌쩍 나왔다 싶더니 그대로 사티아 왕녀에게 달려들었다. 역시 이렇게 됐나. 저지하려고 하기는 했는데…….

허리에 차고 있던 나이프를 어느새 뽑아서 앗! 하는 순간에는 사티아 왕녀의 목덜미에 나이프를 들이대고 있었다.

그 온몸에서는 칠흑의 마력이 피어오르고 있었다. 암기사의 고유 스킬, 암흑기를 쓰고 있는 것이다. 생명력이 반 이상 줄었지만 그 대가로 완력과 민첩이 대폭 상승했다.

설마 이렇게 순식간에 사용할 수 있는 데다 이만큼 강화될 줄이야. 늦었군.

"이렇게 되면 할 수 없다! 이제 심부름꾼 짓은 끝이다."

"정말 배신자였군요."

"흥, 그 말대로다. 네놈들 필리어스의 호인들은 눈치 못 챈 것 같지만 말이다! 어이, 왕자. 이거 안에서 계약서를 꺼내라."

"이건 아이템 주머니인가?"

살트가 허리에 차고 있던 가죽 주머니를 헐트 왕자에게 던졌다. 왕자의 말대로 마력이 느껴졌다.

"노예의 목걸이도 함께 꺼내. 그리고 계약서에 자기 이름을 쓰고 목걸이를 차라."

"뭣⋯⋯. 이봐, 살트 공! 말도 안 되는 짓은 그만둬!"

"그런 아이에게 너무 지독해."

밀리엄과 세리메어가 저마다 소리를 냈지만 살트는 상대하지 않았다.

"시끄럽다! 닥치고 있어! 왕자, 얼른 해! 죽이지 않아도 고통은 줄 수 있다고. 눈이라도 뭉개줄까?"

살트가 나이프를 목덜미에서 사티아의 눈 바로 앞으로 가져갔다.

저만한 나이프가 사티아에게 밀착하자 섣부른 짓은 할 수 없었다. 염동으로 튕겨내는 것도 계산이 약간만 어긋나면 사티아가 큰 부상을 입을 것이다.

"──알았다."

왕자는 조용히 고개를 끄덕이고 계약서에 자신의 이름을 적었다. 그리고 아무런 주저도 없이 노예의 목걸이를 자신의 목에 장착했다.

기품 있는 금발 미소년의 목에 두껍고 거대한 목걸이가 단단히 채워졌다. 특수한 성벽을 가진 누님이라면 코피를 쏟으며 기뻐할지도 모른다. 뭐, 그쪽 취미가 전혀 없는 내게는 그저 가엾게만 보였지만.

"오라버니⋯⋯."

자신 때문에 노예가 된 오빠의 모습을 보고 사티아의 눈에는 눈물이 고이기 시작했다.

"이제 됐겠지?"

"우선은 그 계약서를 이쪽으로 가져와라."

"자. 사티아를 풀어줘라."

하지만 계약서를 품에 갈무리한 살트는 헐트의 그 말을 웃어 넘겼다.

"으하하하하! 싫다!"

"약속이 다르군."

"알 게 뭐냐! 애초에 강대한 힘을 얻은 내가 왜 네놈들이 하는 말을 들어야 하지?"

강대한 힘? 프란도 의문스러웠는지 고개를 갸웃거렸다.

헐트 왕자는 왕족으로서 전투 교육도 받았는지 또래 중에서는 강한 편이었다. 하지만 아직 열세 살 소년이다. 성인 남성에 비하면 스테이터스는 낮았고 스킬도 일반 병사보다 조금 위인 정도에 불과했다.

그 왕자를 노예로 삼았다고 힘을 얻었을 리는 없다고 생각하는데.

"그렇다, 힘이다! 야, 헐트, 사티아와 나를 제외하고 몰살시켜라!"

하지만 살트는 자신만만하게 헐트에게 명령했다.

『프란, 무슨 일이 일어날지 모르겠어. 방심하지 마.』

'응!'

프란은 눈도 깜빡이지 않고 언제든지 행동할 수 있도록 자세를 낮췄다. 그리고 세리메어를 뒤로 감싸며 헐트와 살트를 노려봤다. 그 손은 이미 나의 자루에 닿아 있었다.

"너희는 모를지도 모르겠지만 필리어스 왕족에게는 신검의 가호가, 즉 악마를 사역하는 능력이 있다! 성가신 능력이지만 노예로 삼으면 이쪽 것이다! 후하하하하."

"…………"

필리어스 신검의 능력인가! 확실히 악마를 사역하는 힘이 있다고 했는데, 설마 신검이 없어도 왕족에게 악마를 조종하는 능력이 있을 줄이야!

이건 진짜 위험하다. 헐트 왕자를 벨 수밖에 없나? 아니, 프란이 절대 허락할 리가 없다.

『프란, 악마가 나타난 순간 최대 화력으로 선제공격한다!』

'알았어.'

『어디선가 올 거야……!』

'응!'

"…………."

"………."

"……뭘 하고 있지? 이봐, 몰살시키라고 했잖아!"

"사티아, 이제 됐어. 이 남자에게 이 이상의 자비는 필요 없는 것 같아."

"그런가요……. 아쉽네요."

"왜 내 말을 안 듣느냐! 사인은 틀림없이 헐트의 이름이 적혀 있다! 너는 내 노예가 됐을 터다!"

"네가 말한 대로 우리 필리어스 왕족에게는 신검의 가호가 있다. 악마의 수호가 갖춰져 있지. 그리고 왕족에게 향하는 위해를 자동적으로 방어하고 그 원흉을 자동적으로 배제한다."

"그, 그러니까 뭐냐!"

"왜 네가 배제되지 않는 줄 아나? 네가 한 짓이 우리에게 깃든 수호 악마에게 위해라고 인지되지 않았기 때문이다. 즉, 노예의 목걸이 따위는 애초에 신검의 가호를 얻은 내게 쇠로 만든 목장식이나 다를 바가 없다. 따라서 너의 명령을 받아들일 일도 없다."

"뭐, 뭐라고……. 그럼 더즈에서 잡힌 건 어째서냐! 장난이라도 친 거냐!"

그러고 보니 더즈에서는 노예의 목걸이를 차고 있었지. 하지만 모습만으로 계약에 속박되는 건 아니었던 모양이다.

"그건 우리를 잡으려 했던 남자들이 다른 아이들도 붙잡았다고 했기 때문이다. 일부러 붙잡혀 아이들을 구하려고 했을 뿐이다."

"신검의 가호가 그 정도 힘을 가지고 있을 줄이야……. 악마를 사역하는 것뿐만이 아니었던 건가……."

"뭐, 프란이 구해줬으니 악마의 힘을 부릴 것까지도 없었지만. 그렇지, 그건 네 착수금이었던 건가? 쓸데없는 노력을 하느라 수고했군."

헐트의 말을 들은 살트가 격분했는지 고함을 질렀다.

"젠자아아앙!"

그리고 나이프를 사티아 왕녀의 눈에 찔렀다.

하지만 그 순간이었다.

옅은 빛의 막 같은 것이 나타나 나이프를 막았다. 눈의 몇 밀리미터 직전에 나이프의 끝이 딱 멈춰 있었다. 살트는 분노한 표정으로 나이프에 힘을 줬지만, 나이프는 그 옅은 빛의 막을 뚫지 못했다.

이것이 악마의 힘일까?

그리고 사티아의 바로 뒤에서 솟아 나온 검은 아지랑이 같은 것이 살트를 튕겨냈다.

좋아, 왕녀와 살트가 떨어졌어!

『프란, 울시! 지금이야!』

"응!"

사티아에게 정신이 완전히 팔려 있는 살트의 틈을 놓치지 않고 프란이 달렸다.

"하아압!"

"젠장! 건방진 계집애애애!"

살트의 오른 다리가 프란에게 잘려 날아갔다. 더 나아가 나는 염동을 써서 살트의 허리에 달린 검을 튕겨냈다. 이로써 전투 능력은 빼앗았을 것이다.

하지만 프란은 살트에게 추격을 허용하지 않고 사티아를 끌어안았다.

검은 안개 같은 것은 이미 보이지 않았다. 위기가 사라졌다고 판단해 들어간 걸까.

"사티아, 괜찮아?"

"프란 씨……. 고마워요. 괜찮아요."

"응. 정말로?"

"후후, 미안해요. 조금 괜찮지 않아요."

사티아는 그렇게 말하고 살트에게 시선을 보냈다.

오랫동안 호위로 함께 지내고 신뢰했던 상대에게 배신당하고 죽을 뻔했다. 평범한 사람이라면 슬프지 않을 리가 없었다.

어깨를 떨면서 눈을 적시는 사티아 왕녀를 프란이 부드럽게 감싸 안았다. 그리고 가볍게 등을 두드렸다.

"……고, 마워요……."

"응."

그사이에 살트는 밀리엄과 부하들에게 붙잡혔다. 원래 암흑기를 사용해 생명이 줄어든 데다 프란에게 다리가 절단돼 지금은 빈사 상태였다. 그런 살트에게 밀리엄이 포션을 부었다. 하급 포션으로 상처만 막아 죽지 않도록 한 거겠지.

"세리드, 사티아를 부탁해."

"알았다. 이 일은 진심으로 감사한다."

머리를 숙이는 세리드. 얼마동안 함께 지내며 알았는데, 세리드는 결코 악인이 아니었다. 다만 왕가와 국가의 권위를 중시한 나머지 신분이나 외양을 필요 이상으로 따졌다. 체면을 신경 쓴다고 해도 좋을 것이다. 그래도 자신의 체면이 아니라 왕가의 체면이다.

프란이나 아이들에 대한 태도는 혈통을 존중하는 왕가의 시종으로서는 당연하다. 아니, 왕자 남매가 그런 것을 지나치게 신경쓰지 않는 이상, 세리드는 고압적인 태도를 유지할 것이다. 미움받는 사람을 연기함으로써 왕가의 위엄을 지키는 것이다. 간단히 말하자면 엄격하지 않은 왕자 남매와 달리 우리는 고귀하다고 주위를 위협하는 것이다. 뭐, 원래 그런 성격이기도 하겠지. 그래도 연기가 어느 정도 포함돼 있는 것도 확실하다.

"응."

이 뒤는 살트와 이야기할 시간이다.

배신했다고는 하나 오랜 기간 신뢰했던 상대다. 그런 사람이 고통받는 모습을 사티아에게 보이고 싶지 않았다. 세리드도 알고 있는지 사티아를 위로하며 다른 방으로 데려갔다.

헐트는—— 뭐, 괜찮을 것이다. 왕자이고 남자이니. 이것도 공부라고 치자. 무엇보다 자신이 이 자리에 남고 싶다고 했다.

애초에 그 눈은 침착해서 다른 방으로 가라고 할 분위기가 아니었다.

"그럼 살트, 묻고 싶은 것이 여러 가지 있다. 지금까지 함께 보낸 정이다. 순순히 이야기하면 목숨만은 살려주겠다."

"……죽여라!"

여기까지는 예상대로다. 이 후 살트가 어디까지 뻗댈지 볼만하겠군.

그런 생각을 했지만…….

"히이이이익! 사, 살려줘어어어~!"

10분 만에 바로 소리를 질렀다.

하지만 한심하다고 하기는 어려웠다. 힐트 왕자가 지독했다.

놀랍게도 입에 담기도 꺼려지는 무시무시한 고문을 여러 개 실시했다.

도중에 프란의 눈과 귀를 막을 정도였다. 검을 찌르고 회복 마법으로 치료하기를 반복하는 일은 딱히 지독한 것도 아니었다.

힌트는 손톱과 눈과 침과 악마에 의한 고통의 증폭.

뭐랄까. 긴 역사를 가진 나라의 깊은 어둠의 일단을 느낀 기분이 들었다.

"호오오."

뭘 감탄하고 있어, 프란! 안 돼! 저걸 본받으면 절대 안 돼! 난 프란이 저렇게 되면 울어버릴 거야!

내가 프란에게 인간의 다정함을 이야기하는 사이에 왕자님은 대부분의 정보를 알아냈다.

"그렇군, 그렇게 전부터……."

살트는 필리어스 왕국에 10년 이상 전부터 잠입해 있었다고 한다. 그것도 왕족을 노예로 삼아 신검을 빼앗으려는 목적을 위해서. 그러기 위해서 레이도스 왕국에 올리는 정기 보고 외에는 성실히 호위 기사로 활동해 필리어스의 중추에 천천히 파고들었다. 놀랍게도 타국에서 보낸 스파이를 잡은 일도 한두 번이 아니라고 한다.

장대한 이야기로군. 다만 신검에 그만한 가치가 있다는 뜻이겠지.

왕자 남매를 노예로 삼아 더즈에서 레이도스로 보내는 계획이 실패해서 부득이하게 계획을 변경한 살트. 그 후 침입한 암살자는 살트가 고용한 것이었다. 다만 그건 암살이 목적이 아니라 처음부터 붙잡을 속셈이었을 것이다. 최종적으로는 갖가지 공작이나 배신의 죄를 세리드에게 뒤집어씌우기 위한 증인으로 이용할 생각이었던 모양이다.

아무튼 더즈에서 실패한 살트는 바르보라에서 왕자 남매를 유괴할 계획을 새로 세운다. 하지만 미드가르드오름과 폭풍 때문에 그 계획도 중단됐다. 정말 운이 없군.

그렇지만 이래도 포기하지 않은 것이 대단하다. 바퀴벌레 같은 끈기다.

살트에게 가장 큰 위기는 해적과 만났을 때였던 모양이다. 아무리 왕자 남매가 악마를 사역할 수 있다고 해도 배와 함께 대해원에 가라앉으면 역시 목숨을 잃을 것이다. 살트의 목적은 어디까지나 살아 있는 왕자와 왕녀를 노예로 만들어 레이도스 왕국으로 데려가는 것이니까. 또한 해적의 포로가 되는 것도 곤란했다. 해적에게 잡히면 몸값 교섭을 벌인 끝에 필리어스로 강제 송환된다. 게다가 한동안 국외로 나올 일은 없을 것이다. 그것도 되도록 피하고 싶었다.

그러나 살트는 그 위기를 기회로 바꾸는 방법을 떠올렸다. 그것은 왕자와 왕녀, 그리고 자신은 탈출정에 타고 도망치고 세리드 등의 방해꾼은 해적선과 공멸하게 하는 것이다. 그것도 결국 프란이 해적을 잡아서 실패로 끝났지만. 이렇게 듣고 보니 우리는 모르는 사이에 살트를 방해만 했구나.

그리고 갖가지 불의의 사태가 겹쳐서 배는 시드런 해군에 나포됐다.

거기서 같은 레이도스 인이자 훨씬 상급자인 가르디가 접촉을 해왔다. 사실 이때까지 살트는 시드런 해국에 레이도스의 손길이 뻗쳐 있는 건 몰랐던 모양이다. 그는 수아레스 일당을 레이도스 왕국 측으로 완전히 끌어들이기 위해서 시드런 해국의 협력 하에 헐트 왕자 남매를 속여 레이도스 왕국으로 보내는 작전을 제안했다. 요는 수아레스 일당을 공범으로 만들려는 것이었다. 이 작전을 처음에 제안한 건 드와이트라고 한다.

드와이트는 헐트 왕자 남매를 발견한 시점에 이 계획을 세운 모양이다. 드와이트는 노예를 파는 데 맛을 들여서 레이도스와 시드런이 밀월 관계가 되기를 바라고 있었다고 한다.

이 계획에서 시드런과의 창구는 가르디이기 때문에 언뜻 보기에 살트의 공적이 줄어드는 느낌도 들었다. 오히려 가르디에게 공적을 빼앗기기도 할 것이다. 하지만 그 점에 대해서는 아무래도 좋은 모양이다. 최종적으로 레이도스 왕국의 이익이 되는 게 중요하지, 개인 공적은 신경 쓰지 않았다고 한다.

배신자인 최악의 인간이지만 레이도스 왕국에 대한 충성심은 진짜 같다. 어쩌면 세뇌됐을지도 모르지만. 뭐, 헐트 왕자의 스페셜 고문 메뉴에는 그 충성심을 가지고 있어도 견디지 못했지만 말이다.

"헐트, 괜찮아?"

"응? 괜찮아."

"응. 수고했어."

"나는 필리어스의 왕자. 이 정도 일로 꺾이지 않아."

"……힘내."

"후후. 고마워."

헐트 왕자는 그렇게 중얼거리고 쓸쓸하게 웃었다. 그렇겠지, 헐트 왕자도 살트의 배신에 아무 생각도 없을 리가 없다. 하지만 지금은 강한 체하고 있을 것이다.

프란이 마음의 그런 미묘한 부분을 이해하게 되다니…….

헐트 왕자 남매와 만나고 굉장히 성장한 느낌이 든다. 전투력이라든지 레벨 이야기가 아니라 인간으로서 그렇다.

확실히 강해지는 것도 중요하지만 나로서는 이런 성장을 해주는 쪽이 기쁘다.

"프란, 헐트 님, 이 뒤로 어떻게 할지 의견을 듣고 싶습니다."

그 후, 일단 살트를 카라를 비롯한 전사들에게 맡기고 프란과 사람들은 앞으로의 일을 의논했다.

헐트 왕자 일행을 구출했지만 축제를 벌일 수 없는 상황이다.

봉기한 민중을 위해서도 타협점을 찾아야 한다. 아니 타협점이랄까, 백성을 구하기 위해서는 왕을 토벌하는 길밖에 없다고 해도 좋을 것이다.

여기서 반란을 중지하고 도망쳐도 왕은 반란에 가담한 자를 절대로 용서하지 않을 테니 말이다.

"저희도 돕겠습니다. 이만큼 속고서 물러나는 건 필리어스의 수치니까요."

"감사합니다. 악마를 사역하는 여러분의 힘이 있다면 일당백일 겁니다."

"아니, 그렇게까지 기대를 받으면 조금 곤란합니다. 저와 사티아는 확실히 악마의 힘을 빌릴 수 있습니다. 그러나 매우 한정적입니다. 게다가 몇 번이나 쓸 수도 없습니다. 저희의 힘만으로 왕의 목을 거두기는 어려울 겁니다."

"그렇습니까⋯⋯."

역시 난관은 왕궁에 있는 병사들이다.

그들이 있는 한 왕의 수비는 철벽이다.

좋은 방법은 없나 생각하고 있는데 프란이 천천히 입을 열었다.

"저기, 살트한테서 빼앗은 원거리 통화 마도구를 쓰면?"

그리고 프란이 작전을 이야기하기 시작했다. 그렇군, 확실히 잘될지도 모르겠다.

살트에게 다시 사용법을 물어보니 이건 상시 통화가 가능한 것이 아니라 마력을 주입해야 몇십 초 동안 한 쌍인 마도구를 가진 상대와 대화할 수 있게 되는 도구라고 했다. 게다가 유효 범위는 10킬로미터 정도라서 그다지 만능 도구는 아닌 듯했다.

프란과 사람들은 꼼꼼하게 다음 작전을 협의했다.

그리고 마침내 왕궁으로 진군을 재개했다. 물론 이궁에서 출격하는 민중의 전투에 앞장선 건 세리메어와 밀리엄이었다.

"목표는 허술해진 군항입니다! 모두 힘을 빌려주세요!"

"""우오오오오오오오!"""

《가르디 님. 들리십니까? 살트입니다.》

"오오, 살트! 대체 어떻게 된 거냐! 녀석들은 왕궁으로 오지 않았다! 수아레스 왕도 화가 났어!"

《면목 없습니다. 아무래도 군세의 수가 너무 불어나 세리메어 자매가 하는 말이 전달되지 않은 모양입니다. 그, 그래서 작전을 변경해 그대로 이궁으로 향한 겁니다.》

"젠장, 중요한 작전을 그런 이유로 변경했다고? 결국 숫자만 많은 오합지졸이라는 건가."

《네, 네, 그래서 드리는 보고입니다. 녀석들은 구출한 필리어스 사람들을 데리고 군항으로 향하고 있습니다. 전군으로 군항을 함락시키고 배를 접수해 그대로 국외로 탈출한다고 합니다.》

"뭐라! 사실인가?"

《자, 자신들이 탈것을 제외한 배는 모두 불태운다고 했습니다. 그, 그리고 필리어스 왕국으로 망명할 생각인 것 같습니다.》

"알았다! 즉각 수아레스 왕에게 보고하겠다! 수고했다!"

그런 대화가 성립된 것이 지금부터 30분 전의 일이다.

가르디는 어지간히 초조했는지 살트의 목소리가 군데군데 떨렸는데도 눈치채지 못했다.

살트가 쓸데없는 소리를 꺼내지 않는지 뒤에서 위압을 걸고 있었는데, 그런 수작은 전혀 부리지 않았다. 헐트 왕자의 고문을 다시 받는 게 정말 싫을 것이다.

결국 살트는 포박돼 세리드에게 맡겨졌다. 물론 밀리엄의 부하도 몇 명 딸려 보냈으니 문제는 없을 것이다.

"자, 이로써 수아레스 일당이 왕궁의 병사를 군항으로 보내주면 좋겠는데."

"괜찮을 겁니다. 그들에게 군항은 중요한 거점일 테고, 국력을 유지하기 위해서도 군함이 불타는 일만은 반드시 저지하고 싶을 겁니다."

"뭐, 그건 그렇지요."

"그리고 왕궁의 수비를 그대로 둬도 상관없습니다. 그때는 정말로 군항을 점령하면 되니까요."

밀리엄과 헐트 왕자가 그렇게 대화하는 옆에서 프란은 사티아와 대화를 나누고 있었다.

배는 고프지 않냐든가 그런 시시한 이야기였다.

아직 얼굴이 어두운 사티아를 신경 쓰는 거겠지.

뭐, 이궁에서 나온 식사가 굉장히 호화로웠다는 이야기를 듣고 프란이 부러워하기는 했지만. 그리고 사티아에게 위로를 받고 있었다.

이봐, 반대잖아.

아니, 사티아의 시름이 잊혔으니 그걸로 됐나?

그러는 동안에 눈앞에 왕궁의 모습이 보였다.

우리는 지금 군세에서 이탈해 몰래 왕궁을 목표로 삼고 있었다.

이후, 왕궁에서 병사가 군항으로 향한 것을 확인하고 몰래 숨어들 예정이다.

우선 그 제1 단계로 병사가 줄어들어야 하는데——.

"어라, 문이 열렸어."

프란이 가리킨 쪽을 보니 확실히 왕궁 정문이 열려 있었다. 그리고 그곳에서 병사들이 쏟아져 나오는 모습이 보였다. 이쪽 의도대로 황급히 군항을 수비하러 출격한 모양이다. 왕궁에는 5천 정도의 병사가 있었을 텐데 대부분 출격시킨 듯했다. 민중에게 대항하기 위해서는 인원이 필요하니 말이다.

그 안에 수아레스가 있다면 작전이 실패할 텐데, 어떨까?

프란이 물어보니 아무래도 지금 군세 안에 수아레스의 모습은 없었다고 한다.

"오라버니의 화려한 갑옷은 멀리서도 눈에 띄거든."

"그리고 근위병에게도 취향 나쁜 번쩍이는 갑옷을 입히니까. 그게 있으면 아무리 멀다 해도 놓칠 리가 없다."

"응. 그럼 됐어."

최초 예정대로 왕궁으로 잠입해 그 목을 벨 뿐이다.

평범하게 생각하면 왕궁에 숨어드는 일은 무모하지만 이쪽에는 왕족이 두 명이나 있다. 비밀 통로나 긴급용 비밀 방도 속속들이 알고 있어서 들키지 않고 숨어드는 건 불가능하지 않았다.

"그럼 가볼까. 망나니 오라버니의 목을 벤다!"

"응."

"그러네. 가죠."

"저희도 미력하나마 돕겠습니다."

"오라버니의 말 대로예요."

지금 알아차렸는데, 이 파티의 왕족 비율이 굉장하군. 프란과 카라와 바이크를 제외하면 나머지 네 명은 전원 왕족이다. 반 이 상이라니 기가 막힌다.

"이쪽에 긴급 탈출용 통로가 있다. 그걸 이용하면 상당히 안쪽 까지 들어갈 수 있다."

"그런 중요한 정보를 타국 사람인 우리에게 가르쳐줘도 괜찮겠 습니까?"

"상관없습니다. 지금은 그런 사소한 일에 구애될 상황이 아니 니까요. 우리가 늦으면 늦을수록 백성이 목숨을 잃습니다."

"실례했습니다. 당신의 품위 있는 마음에 경의를 표할 뿐입니다."

벽을 조작하던 밀리엄이 탈출용 통로를 발견한 모양이다. 그녀 가 벽의 돌을 슥, 하고 밀자 그 옆에 작은 통로가 나타났다.

밀리엄을 선두로 그 통로를 나아가자 커다란 홀 앞으로 나왔 다. 붉은 융단과 호화로운 샹들리에가 달린 상당히 위엄 있는 방 이었다. 이곳은 이미 왕궁의 중추부에 가까운 장소인가보다.

"이 앞에 알현실이 있고 그 앞 통로를 빠져나가면 왕의 방이 나 온다."

"가죠. 오라버니라면 반드시 왕좌에 있을 거예요."

"자기현시욕은 남의 곱절인 남자이니까요. 반드시 있을 겁니다."

확실히 이 앞에 있는 넓은 방에는 몇 사람의 기척이 있었다. 하 지만 알현실이나 왕의 방 직전 통로에도 인기척이 미약하게 느껴 졌다. 게다가 그중 하나는 익숙했다.

이건 이궁 때와 마찬가지로 소수정예 호위만큼은 남긴 패턴일 지도 모르겠군.

예상대로 알현실에 돌입한 밀리엄과 사람들은 심각한 표정으로 그 방에 있던 남자를 노려보고 있었다.

"발더."

"호오. 내 이름을 기억했나? 영광이로군."

프란이 중얼거리자 전혀 영광으로 들리지 않는 목소리로 흑아의 발더가 대답했다.

그렇다, 방 안에 있던 건 시드런 해국 최강의 사내였다.

"여긴 내가 맡을게. 다들 앞으로 가."

나도 그게 좋다고 생각한다. 헐트와 사티아의 가호는 오늘은 이제 그렇게까지 오래 쓸 수 없다고 한다. 진짜 비장의 무기라는 느낌이다.

그렇다면 도박성 힘에 의지하기보다 프란이 확실히 저지하는 편이 피해를 줄일 수 있을 것이다.

『울시는 세리메어 일행의 호위로 붙어.』

'웡!'

"……하지만……."

밀리엄은 고민했지만, 세리메어가 먼저 결단을 내렸다.

"알겠습니다. 다들 갑시다."

"하, 하지만! 상대는 발더입니다!"

"밀리엄, 너는 전사의 각오를 짓밟는 거니?"

"……알겠습니다. 미안하다, 프란. 너를 믿지 못했어."

"괜찮아."

"아니, 안 된다. 돌아오면 맛있는 걸 대접하지. 내가 좋아하는 음식을. 그러니 살아서 또 만나자."

"맛있는 거?"

"그때까지 비밀이다."

"응! 꼭 먹을게!"

그런 이야기를 나누는 와중에도 나는 발더에게서 주의를 떼지 않았는데, 애초에 공격할 마음이 없는 듯했다.

"의욕은 생겼나?"

그러기는커녕 진지한 얼굴로 그런 질문을 했다.

"응."

"그렇군. 그럼 됐다."

게다가 안쪽 통로로 나아가는 세리메어와 사람들을 저지하려고도 하지 않았다.

괜찮은가? 그 태도에 프란도 의심스러워진 모양이다.

"괜찮아?"

"넌 녀석들을 가게 하고 싶었을 텐데??"

"응."

"그럼 딱히 상관없잖아?"

"응? 분명 그럴지도 모르겠네."

"크큭. 애초에 내가 수아레스에게 협력했던 건 그편이 강한 녀석과 싸울 수 있을 것 같았기 때문이다. 언젠가 이런 식으로 강자가 수아레스의 목숨을 빼앗으러 온다고 생각했지."

이 녀석도 전투광이었나. 강한 녀석과 싸울 수 있다면 다른 건 어떻게 돼도 상관없다는 타입이다.

프란도 비슷한 면이 있어서 잘 안다.

이런 녀석은 전력을 발휘하는 상대와 싸우고 싶어 한다.

그래서 기습도 하지 않았고, 프란의 뒷걱정을 차단하기 위해 세리메어와 사람들을 그냥 통과시켰다.

모두 프란이 자신과의 싸움에 집중할 수 있도록 하기 위해서다.

하지만 인사는 하지 않았다.

결국 모든 것은 발더 자신의 전투 욕구를 충족시키기 위해서 한 행동이기 때문이다.

"그럼 이로써 방해꾼은 없어졌다. 마음껏 싸워볼까."

"응!"

그리고 격렬한 전투가 시작됐다.

처음에는 검으로 맞부딪쳤다.

"하아압!"

"하하하! 제법이구나!"

서로에게 일격필살의 공격을 반복했지만 그래도 각자의 검은 전혀 닿지 않았다.

방에 격렬한 칼소리가 울려 퍼졌고, 그때마다 비싸 보이는 장식이나 가구류가 부서져 파편이 흩날렸다.

짧은 시간에 방에는 엄청난 참상이 벌어졌다.

회오리바람이라도 지나갔나?

그런데도 불구하고 프란과 발더에게는 거의 상처가 없었다.

뺨 등에 희미한 찰과상이 있을 뿐이었다.

게다가 이 상처는 서로의 공격에 직접 상처가 난 게 아니라 흩날린 나뭇조각 등이 스쳐서 생긴 것이었다. 실질적으로 대미지는 없었다.

검술 스킬은 프란이 위. 경험과 숙련도는 발더가 위.

그 결과, 교착 상태에 빠졌다.

"이야아아아압!"

"후하하!"

발더는 들뜨면 웃음이 나는 모양이다.

처음에 만났을 때와 같은 허무한 웃음이 아니라 소름끼치는 너털웃음을 쉴 새 없이 터뜨리고 있었다.

그리고 두 사람의 싸움은 보다 격렬해져갔다.

하지만 이 싸움은 차츰 프란이 유리해졌다.

그것은 공격을 피할 때 미약한 차이가 불러 일으켰다.

프란과 발더의 싸움이 톱 기어에 들어갔는데, 대미지를 입은 건 프란 쪽이었다.

발더의 칼끝에 찢겨 자잘한 상처를 입기 시작했다.

반면에 발더는 프란의 검을 모두 피했다. 아니, 본의 아니게 피했다.

사실 프란이 발더의 공격을 조금씩 맞고 있는 건 일부러 그런 것이다.

치명상이 되지 않을 정도로 피하고 반대로 카운터를 날렸다. 상처는 내가 힐로 순식간에 회복시키고 있으므로 문제는 전혀 없었다.

그리고 발더는 프란의 공격을 피할 수밖에 없었다. 이전에 한 번 맞은 마독아를 경계하고 있는 것이다. 이만큼 실력이 비슷한 상대라면 독에 한 번 중독되기만 해도 단숨에 전황이 기울기 때문이다.

하지만 무리한 자세로 회피를 반복한 결과, 차츰 프란에게 밀리게 됐다.

"크하하하!"

그래도 너털웃음은 그치지 않았지만.

그러나 역시 위험하다고 생각한 모양이다.

놀랍게도 손에 들고 있던 검을 프란에게 던지고 뒤로 물러나 거리를 벌렸다.

이 행동은 예측하지 못했기 때문에 검을 튕겨내는 것이 고작이었다.

하지만 무기를 버리고 어쩔 셈이지?

그렇게 생각했는데 발더는 허리에 찬 아이템 주머니에서 새로운 검을 꺼냈다.

그렇군, 저렇게 아이템 주머니에 넣으면 감정에 포착되지 않는건가.

이름 : 마검 소울 드레인

공격력 : 900　보유 마력 : 300　내구도 : 300

마력 전도율　A-

스킬 : 만진 상대의 힘을 흡수해 강화한다

다른 이의 힘을 흡수해 발더가 아니라 검 자신이 강화되는 모양이다.

재미있는 능력이로군. 나와 좀 비슷한가?

"신급 대장장이의 제자가 담금질했다는 일급품 마검이다. 이거라면 네 검과도 겨룰 수 있겠지! 하하! 제2 라운드로 가볼까!"

마검을 든 발더가 다시 달려들었다.

그리고 목숨을 건 싸움이 다시 격렬하게 시작됐다.

"율리우스 숙부님. 글라디오. 수아레스 오라버니는 어디 있나요?"

"글쎄, 어디일까요? 그건 그렇고 놀랐습니다. 설마 소수의 친구를 데리고 왕궁으로 들어올 줄이야. 대담하시군요."

"믿음직한 동료가 잔뜩 있으니까요. 이제 당신들은 끝입니다. 얌전히 투항해주시지 않겠습니까?"

"글쎄, 뭐가 끝인지 잘 모르겠군요. 여기서 당신들의 목을 거두면 지금까지와 똑같습니다. 설마 반란군을 기대하고 계시는 건 아니겠죠? 오합지졸 따위는 병사들에게 격퇴되면 끝이겠죠. 당신들이 죽고 반란을 꾀한 분수를 모르는 놈들은 처형된다. 자, 아무것도 바뀌지 않습니다."

"원거리 통화를 할 방법이 있는 것은 당신들만이 아닙니다. 필리어스 왕국의 힐트 왕자도 비슷한 힘이 있다고 합니다. 왕자가 필리어스 본국에 연락을 하니 상대방이 크게 분노하며 바로 이쪽에 협력을 확약해주었습니다. 함께 있던 크란젤 왕국의 대신도 동의해주었다고 합니다."

"뭐…… 뭐라고! 너, 넌 반란을 성공시키기 위해 타국의 힘을 빌렸다고 하는 거냐! 매국 행위다!"

"당신들에게 듣고 싶지는 않군요. 하지만 레이도스 왕국의 지배를 받는 것보다 훨씬 낫습니다. 필리어스 왕국, 크란젤 왕국과는 전력을 보내주는 대가로 현재 왕이 부당하게 올린 관세를 전왕 시절로 되돌려달라는 교섭이 성립됐으니까요."

"……이 창녀가! 어쨌든 여기서 네년의 목을 치면 어떻게든 된다!"

"해보시죠."

"뽑아라! 왕궁에서 금이야 옥이야 자란 네가 장군직에 있는 내게 이길 수 있다고 생각하지 마라!"

"저도 왕족의 일원. 책임은 제 손으로 지겠습니다."

"아버지와 세리메어도 불타오르고 있지 않나. 이쪽도 뭔가 이야기라도 하지 않겠어?"

"흥. 닥쳐라, 글라디오. 네놈과 할 말은 아무것도 없다."

"말이 심하군."

"닥치라고 했다. 네놈의 입이 열리기만 해도 내 귀와 코가 썩는다."

"……이봐, 말조심해라. 계집애. 또 강간당하고 싶나?"

"헛소리하지 말아주겠어? 누가 누구를 범해? 네놈이 말하는 계집애를 덮치려다 구슬을 차여 깨져서 울며 도망친 게 틀림없을 텐데. 그때 네놈은 정말 한심했지."

"시끄럽다! 아버지의 명령이 없었다면 너 따위에게 손을 대려고 했겠냐! 갖고 놀다 죽여줄 테니 각오해라! 옛날부터 너는 죽여버리고 싶었다!"

"나도다. 내가 받을 수룡함이 네놈에게 넘어간 것을 알았을 때의 내 마음을 알겠나? 그때 거기뿐만이 아니라 목숨을 빼앗을 걸 그랬다고 몇 번이나 후회했다!"

"실력이다! 애초에 너 같은 계집애가 수룡함을 받는 게 이상하다. 너 같은 건 왕가의 피가 흐르지 않았다면 몸집 큰 목각인형에 불과하다!"

"네놈이야말로 부친의 권력이 없었다면 단순한 성범죄자다! 이제 됐다! 어느 쪽이 위인지 실력으로 판가름내자!"

"그건 이쪽이 할 말이다! 밀리엄!"

"──윈드 애로!"

"하하!"

『윈드 블로어!』

"소용없다!"

프란과 발더의 싸움은 원거리와 근거리 공격이 뒤섞인 싸움으로 바뀌어 있었다.

왕궁 안에서 불을 쓸 수는 없어서 바람 마술을 메인으로 썼지만 녀석의 마검에 흡수됐다.

그리고 흡수한 마력을 반대로 날렸다.

역시 팽팽한 싸움이 이어졌다.

그러나 갑자기 서로의 균형이 무너졌다.

뜻하지 않게 갑자기.

"커헉!"

"후하하하! 왜 그러느냐, 왜 그래!"

『무슨 일이야!』

갑자기 녀석의 검이 사라졌나 싶더니 다음 순간 프란의 어깻죽지가 찢긴 것이다.

아니, 무슨 일이 있었는지는 안다. 발더의 검이 우리가 보지 못할 정도로 신속하게 날아와 어깨를 가른 것이다.

『——힐!』

"크하하하!"

"우앗!"

『——힐! 일단 떨어져!』

"놓칠까 보냐!"

"큭!"

발더가 가진 고유 스킬, 섬검이다! 그 이름대로 초고속 참격을 날리는 스킬이었다. 그러나 마력 소비가 커서 연발은 할 수 없을 터였다. 승부를 결정짓기 위한 필살기에 가까운 스킬인 것이다.

하지만 지금의 발더는 싸움 중간에 섬검을 끼워 넣는 방법으로 이미 다섯 발이나 썼다.

『저 마검인가.』

발더는 발더의 마검 소울 드레인이 흡수한 마력을 끄집어내 쓸 수 있을 것이다. 마검이 마력 탱크가 된 것이다.

그런 점까지 나와 비슷하고 난리야!

"네 마검은 상당히 강력한가 보구나! 소울 드레인이 그 검과 부딪칠 때마다 무시무시한 마력이 흘러들어오는 것이 느껴진다!"

내 탓인가! 이거 마력의 소비가 빠르다고 생각했는데 설마 내게서도 힘을 흡수하고 있었을 줄이야!

"핫!"

"그건 이미 봤다! 왜 그러냐! 움직임이 둔해졌다!"

"타아앗!"

"어설퍼!"

위험하다. 확실히 프란의 움직임이 조금 둔해졌다. 게다가 프란의 공격 패턴이 발더에게 읽히기 시작했다. 이 부분에서 경험의 차이가 고스란히 드러나고 있는 것이다.

칼을 부딪치면 부딪칠수록 힘이 흡수되는 데다 검 실력은 상대가 한 수 위. 마술은 마검에 힘을 주기만 할 뿐. 그리고 흡수된 힘 때문에 전국은 발더에게 더욱 기울어갔다.

『시간을 끌면 끌수록 저쪽이 유리해져!』

'응…….'

그럼 어떻게 할까…….

내가 다음 방법을 생각하고 있는데 갑자기 안에서 솟아나는 힘이 느껴졌다.

『어라? 이거 뭐지?』

나는 아무것도 하지 않았다.

그런데 도신 안쪽에서 칠흑의 마력이 치솟기 시작하는 것이 보였다.

그 힘은 출력을 점점 늘려갔다.

실체로 드러난 거무칙칙한 마력이 무시무시한 기세로 도신에서 뿜어져 나왔다.

『어, 잠깐, 뭐야 이거? 이거 뭐냐고!』

'스승?'

『아니, 내가 아냐! 나는 아무것도 안 했어!』

"뭐냐 그건……!"

발더도 거리를 벌리고 경계하고 있었다.

무슨 일이 일어나고 있는 거지?

이것이 나의 뜻으로 일으킨 현상이라면 "나 굉장한데!" 하고 외치겠지만, 의도하지 않았는데 이런 무시무시한 힘이 방출되는 건 공포밖에 느껴지지 않았다.

예전에 부유도에서 모르는 사이에 발휘한 푸른빛과도 달랐다. 그건 나와 프란, 쌍방의 힘을 좋은 방향으로 강화해주는 것이었다. 나나 프란이 의도적으로 발휘한 것도 아니고 전투에 열중해 전혀 알아차리지 못했지만. 나중에 장이 가르쳐줘서 알았을 정도다.

지금 나의 도신에서 뿜어져 나오고 있는 검은 마력도 우리가 의도하지 않았다는 점에서는 똑같았다. 다만 이쪽은 명백하게 불길한 분위기를 풍기고 있었다.

내버려 두면 위험한 거 아냐?

애초에 이런 압도적인 힘이 어디에서 나왔는지도 알 수 없었다.

'괜찮아? 스승!'

『프란, 일단──.』

일단 나를 내려놓으라고 말하려고 했지만 갑자기 세계가 멈췄다. 프란도 발더도 움직임이 멈췄다. 아니, 완전히 멈춘 것이 아니라 정말 몇 밀리미터씩 움직이고 있었다. 정지라기보다는 나의 시간이 늘어나서 생각만이 가속한 상황인 듯했다. 시공 마술로 가속한 상태와도 비슷하지만 이쪽이 보다 효과가 높았다.

『뭐가 뭔지 모르겠어!』

칠흑의 마력이 피어오르는 자신의 도신을 바라보며 대체 무슨 일이 일어났는지 살펴보려고 하는데 느닷없이 누군가의 목소리가 들렸다.

『여, 오랜만이로군!』

『그 목소리…….』

이 세계에 처음 왔을 때 들은 그 목소리다. 잠재 능력 해방을 사용했을 때도 이야기를 나눴다.

『월연제가 가까워진 덕분에 힘이 약간 돌아왔지만 그래도 대화를 나눌 수 있는 건 3분 정도야! 시간이 아까워! 일단 내 얘기를 들어!』

그 목소리에서 상당한 초조함이 전해져왔다. 아무래도 정말 뭔가 긴급 사태가 일어난 모양이다. 나는 일단 그 이야기를 듣기로 했다.

『아, 알았어.』

『긴급 사태야. 지금 네 안에 있는 중요한 봉인이 급격히 약해지고 있어!』

『봉인이라니……. 내 안에 뭔가가 봉인돼 있다는 거야?』

『비슷해! 아무튼 평소라면 풀릴 리가 없는 봉인이야! 하지만 저번 잠재 능력 해방의 여파로 그 녀석의 힘이 약해졌어!』

그 녀석? 알림을 말하는 건가?

『그 탓에 봉인에 미세한 구멍이 생겼어! 그리고 그 구멍에서부터 봉인이 약해지기 시작했어! 너희가 싸우고 있는 적이 가진 마검 탓일 거야!』

그렇군, 힘이 흡수되어 봉인 뭐시기의 힘까지 흡수됐다는 뜻인가.

『뭐, 어떻게 이렇게 됐느냐는 지금은 아무래도 좋아. 아무튼 일단 흘러넘치려고 하는 힘을 어떻게든 하지 못하면 폭주가 시작돼!』

『포, 폭주?』

『그래, 이 왕궁이 통째로 날아갈 거야.』

『잠깐, 그건 위험하잖아!』

『알아. 그러니까 이 힘을 발산시킬 필요가 있어!』

『어, 어떻게 하면 돼?』

『일단 검의 주도권을 내게 넘겨!』

『잠재 능력 해방 때 알림에게 넘긴 때와 같은 식인가?』

『그래! 잠시면 돼!』

『아, 알았어. 부탁해!』

『그래!』

그리고 시간이 원래대로 돌아왔다.

『프란, 들어봐!』

'응? 누구? 스승이 아냐! 그리고 스승에게서 굉장한 마력이 느껴져!'

『나는 스승의 친구 같은 존재야! 조금 위험한 사태가 일어나 스승 안에서 잠시 말을 걸었어!』

'?'

『나중에 스승에게 설명을 들어! 시간이 없어!』

아니, 그렇게 떠넘겨봐야 나 역시 설명할 자신이 없다고!

『아무튼 지금부터 엄청나게 큰 공격을 쏠 거야. 너는 방벽을 전력으로 쳐서 휘말리지 않도록 해!』

'알았어.'

『좋아, 착하구나! 그럼 간다!』

의문의 목소리가 그렇게 말한 순간이었다.

나의 늑대 의장이 희미하게 울리고, 그리고 그 부분에서 뭔가가 스르륵 기어 나왔다. 그대로 도신에 휘감기자 뱀처럼 머리를 치켜들고 발더를 흘겨봤다.

그것은 사람마저도 통째로 삼킬 수 있을 만큼 거대한 늑대의 머리 형상을 갖췄다. 칠흑의 무언가였다. 그리고 지금의 나는 그 칠흑의 무언가가 도신에 휘감긴 이상한 모습을 하고 있었다.

"뭐, 뭐냐 그건……? 무시무시한 마력이지 않은가! 비장의 수인가! 후, 후하하!"

발더의 얼굴에 굳어져 제대로 웃지 못했다.

뭐, 그것도 당연한가.

발더에게 마력을 감지하는 능력이 없지만, 기척 감지는 우수했다.

지금의 내게는 무시무시한 기척이 발산되고 있었다. 그야말로 힘을 해방한 리치에게 필적할 만큼 압도적인 존재감이었다.

인간이 저항할 리가 없었다. 오히려 아직 서 있는 것만으로도 칭찬해주고 싶었다.

『크르오오오오오오오오오오오!』

칠흑의 늑대는 한 번 포효하고 그 거대한 턱을 쩍 벌렸다.

그리고 그 입에서 칠흑의 섬광이 흘러나왔다.

겉모습은 검은 빔이로군. 섬광이 방 안을 물들였다.

검은 빛 다발이 발더를 스치는 모습이 보였다. 마검으로 막은 순간 그 몸이 핀볼처럼 뒤로 날아가 벽에 등부터 박혔다. 튼튼한 왕궁 벽에 발더의 몸이 깊숙이 들어갈 정도의 충격이었다.

검은 빔은 그대로 왕궁 벽을 모조리 뚫고 저쪽으로 사라져갔다.

무시무시한 힘의 분류(奔流)에 의해 방 안은 파괴 상태가 되었다. 보호막을 펴지 않았다면 폭풍 때문에 프란도 무사히 끝나지 않았을 것이다.

벽이 깨끗이 소멸해 바깥 풍경이 보였다.

그 앞에서는 군항 옆에서 거대한 폭발이 일어나는 모습이 보였다. 바닷속에서 폭탄을 폭발시켜도 저 정도 물기둥은 일어나지 않는다. 해저 화산이 분화한 수준의 폭발이지 않을까? 항구에 정박한 군함 대부분이 전복되고 높은 파도가 병사들을 집어삼켰다.

뭐, 뭐어, 피해가 나온 건 수아레스 쪽뿐인 것 같으니 괜찮지?

확실히 지금 공격이 폭주했다면 나도 프란도 멀쩡하게 끝나지는 않았을 것이다.

『이로써 어떻게든 될 거야. 봉인의 보강은 맡겨줘. 넌 앞으로도 신경 안 써도 돼.』

『그, 그래?』

『——아, 갈——또——만나——.』

『아, 잠깐만! 적어도 이름만이라도!』

『————.』

늘 이렇다니까! 하여간에!

뭐, 매번 도움을 받았으니 아군인 건 확실하다고 생각하는데…….

'스승?'

『프란이구나. 다친 덴 없어?』

'응. 괜찮아. 지금 사람은 누구야?'

『아, 나중에 설명해줄게. 그보다 지금은 발더야!』

'알았어.'

좋아, 시간 벌기 성공!

"무, 무서운 위력이었다. 내 마검이 이 꼴이다."

파편을 밀치고 발더가 비틀비틀 일어섰다. 역시 살아 있었나.

하지만 중요한 마검은 도신이 소멸해 자루밖에 남아 있지 않은 상태였다.

그리고 온몸이 엉망이었다. 왼손은 엉뚱한 방향으로 꺾였고 왼쪽 눈은 보이지 않는 상태일 것이다.

"더 해볼래?"

"당연하다. 목만 남아도 움직일 수 있는 한, 나는 계속 싸운다."

그래도 그 온몸에서 흘러넘치는 투지는 조금도 줄어들지 않았다. 역시 시드런 제일의 전사라고 불릴 만했다.

"알았어."

프란도 거기에 응하듯 고개를 끄덕였다.

"가겠다."

"응."

발더가 눈앞에 떨어져 있던 양산품 검을 들고 자세를 잡았다.

프란도 마찬가지로 나를 들었다.

"하아아압!"

"카아아압!"

그리고 승부는 순간이었다.

프란의 참격을 부러진 왼팔로 저지한 발더는 들고 있던 검을 전력으로 찔렀다.

카운터로 승기를 찾아낸 거겠지. 하지만 그 칼끝은 프란의 몸을 찌르기 전에 눈에 보이지 않는 벽에 막혀 튕겨나갔다.

사티아 왕녀의 장벽을 보고 떠올린 압축 공기 벽이다. 원래 쓸 수 있었지만 마력을 전력으로 실어서 발더 정도 되는 달인의 공격조차 튕겨내는 강도를 실현시킨 것이다. 조풍 스킬을 훈련한 성과다.

검이 튕겨나가자 자세가 크게 무너진 발더의 틈을 프란은 놓치지 않았다.

"하아압!"

나의 도신이 발더의 몸 안으로 쑥 들어갔다.

"커──헉──."

"내 승리야."

"그, 렇군……. 크하하, 좋은 승부였다.……."

"검으로는 졌어."

"푸핫! 시, 합에 이겨──살아, 남으면──승리, 다."

"……응."

"난 만족, 했다──."

"나도."

그리고 발더는 만족스러운 웃음을 띤 채 숨이 끊어졌다.

정말 생사를 건 싸움을 좋아했구나. 이만큼 만족한 웃음을 보니 원망하는 말도 할 수 없었다.

『프란, 미안해. 여러모로 방해해서.』

"아니야. 스승 탓이 아냐. 내가 강하면 나만의 힘으로 이겼을 거야. 스승의 도움이 없으면 이기지 못했던 건 내 탓이야. 그리고 나랑 스승은 일심동체야. 우리의 승리."

『그래?』

"응!"

발더를 격전 끝에 쓰러뜨린 우리는 먼저 간 세리메어와 사람들을 지원하기로 했다.

수리비를 생각하고 싶지 않을 만큼 엉망이 된 알현실을 나와 왕의 방으로 향했다.

그러자 알현실에서 왕의 방으로 이어지는 통로에 낯익은 얼굴이 있었다.

"헐트, 사티아."

그곳에 있던 건 필리어스의 헐트와 사티아였다.

아마 이곳에 있던 적을 저지하고 세리메어 자매를 먼저 보냈을 것이다.

이 두 사람이 감정에서 보이는 대로 도련님과 아가씨가 아니라는 것은 이미 알고 있었다.

악마의 힘을 사용하면 대부분의 상대에게 이길 수 있을 것이다.

그렇다 치더라도 대단하군.

통로에 쓰러진 적의 상태는 참혹하다는 말이 딱 들어맞을 모습이었다.

시체 열 구가 쓰러져 있었는데, 시체의 상태에 일관성이 없었다.

정수리부터 가랑이까지 세로로 갈라진 시체. 온몸에 미세한 구멍이 무수히 뚫린 시체. 어째선지 쥐어짠 걸레처럼 온몸이 뒤틀린 시체 등등. 어느 것이나 온전한 방법으로 죽지 않았다. 게다가 전원의 얼굴이 공포와 고통으로 일그러져 있었다.

전투라기보다 고문을 받았다고 하는 편이 납득할 수 있었다.

헐트와 사티아에게는 피 한 방울조차 튀지 않은 점도 두 사람의 높은 전투력을 나타내고 있군.

"프란 씨인가요. 무시무시한 마력을 느꼈는데 괜찮나요?"

"문제없어."

"으음, 프란의 비장의 수인가."

"응."

그 이상은 묻지 않았다. 자신들도 신검에 대해 이야기할 리 없는 데다 힘이나 스킬을 숨기는 일의 중요성을 알고 있을 것이다.

『그건 그렇고 화려하게 벌였군.』

"응."

프란도 적병의 시체를 보고 나의 말에 동의했다.

"저기 프란 씨……. 이건 그, 우리도 하고 싶어서 하는 게 아니에요."

"사티아!"

"그렇지만 프란 씨가 적을 농락하다 죽이기를 좋아하는 변태라고 생각하면 난……."

"하아……. 어쩔 수 없군."

딱히 그렇게 생각하지 않는데. 이 시체가 레이도스 인의 것이라는 사실을 알고 있었다. 가르디의 시체도 있으니 말이다. 눈과 입을 한계까지 벌리고 상당히 강렬한 표정으로 죽어서 감정하지 않으면 알아볼 수 없었지만.

이것들을 본 우리는 정보를 빼내기 위해 또다시 고문했다고 생각했을 뿐이다.

"이건 그, 평판을 유지하기 위해 어쩔 수 없이 한 거예요."

"평판?"

"왕족을 건드리면 냉혹하고 비정하게 용서하지 않는다는 평판입니다."

"그렇구나."

그런가. 그렇게 신검을 가진 두려운 나라라는 소문을 유지함으로써 억지력으로 삼고 있는 것이다. 그러기 위해서도 적은 무참히 죽일 필요가 있겠지.

"그러니 우리를 싫어하지 마세요."

"괜찮아. 사티아랑 헐트를 싫어할 리 없어."

"정말로요?"

"응. 정말이야."

"고마워요!"

사티아가 프란에게 안겨 기쁨을 표현했다. 헐트 왕자도 조금 안심한 모양이다. 이런 새침데기 같으니라고! 뭐, 그래도 프란은 못 준다! 만약 프란에게 반했다면 우선 악마를 제외하고 내게 이길 수 있을 만큼 강해져야겠지!

"그럼 세리메어 님을 지원하러 가자."

"응."

"그, 그러네요."

"하지만 우리는 이제 전력이 되지 않는다고 생각해줘. 오늘 이이상 수호력을 쓰는 건 무리다."

"알았어."

그러면 무슨 일이 있어도 우리만으로 어떻게든 해야 한다는 뜻인가.

우리는 프란을 선두로 왕의 방으로 돌입했다.

왕의 방에는 이궁에서도 싸운 용미 전사단 어쩌고의 시체가 흩어져 있었다. 그 깨문 자국을 보니 울시가 쓰러뜨린 것 같았다.

"세리메어, 밀리엄, 무사해?"

그런 왕의 방에서는 지금은 두 개의 전투가 전개되고 있었다. 하나가 밀리엄과 글라디오의 싸움이었다. 이쪽은 지금 막 밀리엄의 창이 글라디오의 몸을 꿰뚫은 차였다.

"크악——."

"나의 승리다, 글라디오!"

"젠장! 어째서냐! 나는 어째서 네게 이길 수 없——."

그 말을 마지막으로 글라디오가 쓰러졌다.

남은 건 세리메어와 율리우스로군.

그런데 세리메어가 직접 싸울 줄은 몰랐다.

그 온몸은 상처투성이라서 당장이라도 쓰러질 것 같았다. 하지만 그래도 세리메어는 포기하지 않고 율리우스의 검을 계속 막고 있었다.

"글라디오! 치잇! 쓸모없는 놈이! 계집애 하나 못 해치우나!"

"후후, 율리우스 숙부님. 그러는 당신도 아직 계집애 한 명 해치우지 못했네요."

"건방 떨지 마라! 저 늑대만 없었다면!"

그렇게 말하고 율리우스가 벽으로 힐끗 시선을 보냈다. 그곳에서는 울시가 언제든지 뛰어들 자세를 취하고 있었다.

부하 전사를 몰살시킨 울시에게 강한 공포를 느끼고 있는 모양이다. 그 공포가 율리우스의 움직임을 엉성하게 만들고 있는 듯했다.

"저 아이에게는 이건 나의 싸움이니 관여하지 말라고 했어요."

"그런다고 믿을 수 있겠느냐!"

율리우스라고 불린 장년 남성이 그렇게 외쳤지만 완전히 허세로밖에 들리지 않았다.

결국 실력으로 세리메어를 해치울 수 없는 것뿐이겠지.

장군직에 올라 있기는 하지만 엄청나게 약했다. 완전히 핏줄로 장군이 된 경우인가 보다. 아무리 그래도 세리메어보다 약하지는 않았지만, 울시에게 신경을 지나치게 쏟아서 세리메어를 밀어붙이지 못하는 것 같았다.

거기에 프란과 헐트 남매가 나타나 자신에게 승산이 없다는 것을 깨달았는지 도망칠 길을 찾듯 눈동자가 흔들렸다. 하지만 프란과 울시에게 앞뒤를 막혀 도망칠 곳이 없다는 것을 이해했다.

"젠장! 젠자앙!"

최후의 발악인지 검을 마구 휘두르며 세리메어에게 달려들었다.

초조한 나머지 그 움직임은 지금까지 이상으로 빈틈투성이였다.

세리메어가 완벽하게 막을 만큼. 그리고 세리메어에게 검이 날아간 율리우스는 그 자리에 엉덩방아를 찌었다. 거기에 검이 겨눠져 끝이 났다.

"내…… 패배다."

그렇게 중얼거리고 고개를 숙였다.

"수아레스 오라버니는 어디 갔죠?"

"군항이다."

"어째서요? 그 군대에 오라버니는 없었을 텐데요."

"그런 건 구슬려서 수수한 옷차림을 갖추게 만들면 얼마든지 속일 수 있다. 이번에는 작은 배로 몰래 군항으로 향하게 했지만. 아무튼 수룡함에만 도착하면 오합지졸은 어떻게든 돼."

세리메어에게 진 것을 어지간히 참고 있는지, 아니면 순순히 대답해 목숨만은 건지려고 하는 건지, 율리우스는 묻는 말에 고분고분히 대답했다.

그들은 수아레스 왕과 헐트 남매를 싸우게 만들어 어부지리를 노렸다고 한다.

수아레스를 구슬려 수룡함으로 반란군을 진압하도록 만든다. 이때는 세리메어 일행과 헐트 남매가 군항으로 향하고 있다고 생각했기 때문이다. 방해꾼들을 충돌하게 해 공멸을 노린 것이다.

그리고 그사이에 자신들은 레이도스 왕국의 사자와 거래를 한다. 자신들의 후원자가 되도록.

최종적으로 율리우스와 글라디오의 수룡함으로 수아레스 무리나 세리메어 일행 중 생존한 쪽을 배제하면 시드런 해국은 그들의 것이다.

"어리석은 짓을."

"나도 왕족이다……. 왕을 목표로 하는 게 뭐가 나쁘냐!"

어릴 때부터 전왕을 증오해 호시탐탐 왕좌를 노렸다고 했는데, 진득하군. 몇십 년을 기다린 거지? 능력은 낮고 인격적으로도 최악의 인간이지만 그 점만은 칭찬해도 좋을지도 모른다.

"그러면 군항으로 가죠. 수아레스 오라버니를 잡을 때까지는 우리의 승리가 아닙니다."

"그러네요. 거리가 상당히 있습니다. 서둘러야 합니다."

"헐트랑 사티아는 쉬는 게 낫겠어."

"그건 프란 씨도잖아요."

"나는 괜찮아. 모험가니까."

프란은 알통을 불끈 만들어 보였다. 팔심이 전혀 있어 보이지 않는 가느다란 팔이었다.

"저도 힐트 왕자님과 사티아 왕녀님을 위험에 노출시키고 싶지 않습니다."

"확실히 위험하겠지만……. 여기까지 와서 빠질 수 없습니다."

"그렇습니다. 저희도 함께 가겠습니다."

으음. 뭐, 그렇게 말한다면 어쩔 수 없군.

"알았어. 울시."

"웡!"

"힐트와 사티아를 지켜."

울시가 프란의 명령으로 힐트 남매의 뒤로 이동해 앉았다.

그것을 본 세리메어가 손뼉을 치고 고개를 끄덕였다.

"어머나, 그러면 안심이네요."

"웡!"

"후후, 아까는 고마워. 덕분에 살았어."

"웡웡!"

아무래도 왕의 방에서 벌어진 싸움에서 세리메어 자매와 울시의 사이가 크게 좁혀진 모양이다. 세리메어 왕녀가 그 가는 팔로 울시의 턱을 쓰다듬었다. 그러자 그 얼굴이 주르륵 녹아내렸다. 오오, 한 번 쓰다듬어서 울시를 함락시킬 줄이야! 세리메어, 무서운 아이!

뭐, 사티아도 세리메어도 울시를 전혀 무서워하지 않아서 다행이다.

"간질간질~."

"워, 워후."

야, 얼굴이 너무 풀어졌잖아! 방송 금지 직전이야!

"언니, 슬슬 가시죠."

"아아, 그러네. 여러분, 이쪽으로."

밀리엄의 재촉을 받고 세리메어가 걷기 시작했다. 그 앞은 왕의 방의 출구가 아니었다. 왕좌의 뒤편이었다.

왕좌의 뒤쪽 벽을 밀리엄이 만졌다.

이거 기시감이 드는군. 몇 번이나 본 것 같아.

몇 초 후.

역시 비밀 통로가 나타났다.

그 앞은 나선 계단이 아래로 죽 이어져 있었다.

"가시죠."

세리메어의 뒤를 따라 긴 계단을 내려가니 그 앞으로 이상한 광경이 펼쳐져 있었다.

반지하의, 호수 같은 곳이었다. 하지만 호숫가나 천장이 제대로 정비돼 있어서 이곳이 인공호라는 것을 이해할 수 있었다.

이런 곳이 왕궁 지하에 있을 줄이야.

25미터 수영장 몇 개 정도 수준이 아니라 도쿄돔 두 개 정도라고 말하는 편이 정확한 수준의 넓이일 것이다.

그 안에 거대한 배가 정박해 있었다.

드와이트의 전함도 크다고 생각했는데 이것은 그 이상의 크기였다. 선체는 금속판으로 덮여 있었고 갑판이나 뱃전에는 대포가 줄지어 있었다. 그것을 보고 이것이 싸우기 위한 배라는 사실을 알았다.

게다가 그 웅장함은 비교가 되지 않았다. 뱃머리의 여신상은 신전에 놓인 것과 비교해도 손색이 없는 훌륭한 완성도의 조각상이었고, 뱃전에는 나무를 본뜬 정교한 조각이 붙어 있었다. 전투함인데 이런 장식이 있어? 부서질 때마다 고치면 비용이 만만치 않을 거 같은데.

"이 배로 군항에 갈 생각인가요?"

"네, 그렇습니다."

"하지만 이걸 움직이게 되면⋯⋯."

헐트가 말을 흐리는 것도 무리는 아니었다. 이만큼 거대한 배를 움직이려면 숙련된 선원이 몇 명이나 필요할 것이다. 초보자만 있는 이 상황에서는 제대로 출항할 수 있을지도 미심쩍었다.

"뭔가 있어⋯⋯!"

『그래.』

사실 프란이 입을 다물고 있는 건 이유가 있었다. 물속에 잠긴 뭔가의 마력을 감지하고 있던 것이다.

무시무시할 정도로 밀도가 높은 마력이었다. 그야말로 위협도는 확실히 B 이상일 것이다.

그래도 우리가 도망치거나 소란을 피우지 않았던 건 그 상대가 이쪽에 적의를 전혀 품지 않았기 때문이다. 살기도 투기도 없었고, 오히려 평온한 기척이 물속에서 발산되고 있었다.

"프란 씨는 눈치챘구나. 소개할게."

세리메어가 웃으며 호숫가로 다가가 물속의 존재를 향해 큰 소리로 불렀다.

"나오렴! 월네이트!"

"크오오오오오오오오오오오!"

수면을 가르고 나타난 건 거대한 용이었다.

"오오."

"괴, 굉장해!"

"이게 수룡이야?"

"응, 그래. 나의 수룡, 월네이트."

"크웡!"

"우후, 오랜만이야. 건강해서 기뻐."

"크워워웡!"

연붉은색 수룡이 세리메어에게 얼굴을 문질렀다. 괜찮은가? 가장 작은 어금니라도 세리메어와 비슷한 크기인데.

수룡이라면 표면이 매끈매끈한 플레시오사우르스 형을 떠올렸지만 상상과는 완전히 달랐다.

형태는 플레시오사우르스 풍이었지만 울퉁불퉁한 비늘이 온몸을 빽빽이 뒤덮고, 머리에는 날카로운 뿔이 솟아 있었으며, 등에는 날개가 퇴화된 것처럼 보이는 거대한 지느러미가 돋아나 있었다. 또한 꼬리가 무척 길고 손발은 지느러미와 손의 중간 형태였다. 강치의 앞발과 비슷하군. 아마 지상에서도 활동할 수 있을 것이다.

"이 아이가 배를 끌어줄 테니 저속으로 가는 정도라면 할 수 있습니다."

"도중까지는 이렇게 간다. 다들 바로 올라타도록!"

"응."

"아, 알았습니다."

"괘, 괜찮은 거죠?"

밀리엄의 재촉을 받고 수룡함에 탔는데 그 승선감은 최고였다.

수룡은 물을 조종하는 능력이 있어서 물의 저항을 억제해 흔들림이나 기울임을 제어할 수도 있었기 때문이다.

바다는 조금 거칠었지만 거의 흔들리지 않았다.

그런데도 엄청나게 빨랐다.

지구의 페리 못지않을 것이다. 이게 저속인가?

"수룡함, 굉장해."

"그래, 소문으로는 들었지만 이 정도일 줄이야. 역시 시드런과 싸우는 건 어리석기 그지없어."

헐트 왕자도 갑판에서 바다를 보며 심각한 얼굴로 신음했다.

빠르고 좁은 곳에서도 선회가 가능하며 수룡의 공격력까지 갖췄다. 이거 수룡함이 최강이로군.

이 배가 호화롭게 장식된 이유도 알았다. 애초에 공격받을 일을 상정하지 않은 것이다. 그보다 적의 공격을 모두 피할 자신이 있을 것이다. 오히려 이렇게 호화로운 모습을 보임으로써 적에게 존재를 과시해 위압감을 주고 있는 것이다.

왕궁의 지하 항구에서 군항까지는 금방이었다.

"보였다! 군항이다!"

"하지만 뭔가 이상하지 않아?"

밀리엄이 외쳐 알렸지만 망원 마도구를 들여다보는 세리메어가 미심쩍은 목소리를 냈다. 뭔가 문제가 발생했나?

"저건…… 망나니 오라버니다! 망나니 오라버니가 꽁꽁 묶여 있어!"

"뭐라고?"

밀리엄과 세리메어가 소란을 피운 대로 군항에 있는 민중 안에서 화려한 갑옷을 입은 덩치 큰 남자가 로프에 둘둘 감겨 거꾸로 매달려 있는 모습이 보였다. 저건 큰 물고기를 걸어서 운반하기 위한 활차지? 말하기는 그렇지만 멀리서 보기에는 얼빠진 바다사자로밖에 안 보였다.

그 옆에는 무참한 모습의 수룡함이 계류돼 있었다.

형태는 지금 우리가 타고 있는 수룡함과 거의 같았다. 다만 그 선체는 절반이 부서지고 마스트도 세 개 중 두 개가 부러져 사라져 있었다. 그 배를 끌어야 할 수룡도 어째선지 정신을 잃은 상태로 항구에 밀려와 있었다. 자세히 보니 등의 일부가 파이고 온몸에 찰과상과 화상이 나 있었다. 등에서 폭탄이라도 폭발한 듯한 참상이었다.

"무슨 일이 있었던 거지……."

밀리엄이 멍하니 중얼거렸다.

음, 난 살짝 짐작이 간다.

아니, 분명 내가 아까 쏜 검은 빔 탓이겠지?

그때는 거대한 물기둥과 파도에 가려져 보이지 않았지만, 검은 광선이 수룡에게 직격한 것 같았다. 의문의 목소리는 우리를 사실 이래저래 지켜보고 있는 것 같으니 진짜로 우리를 위해 노린 걸지도 모른다.

그 대단한 수룡도 그 공격을 맞고는 잠시도 버티지 못했을 것이다. 오히려 큰 부상만 입고 살아난 것이 대단했다.

"언니! 항구로 서두르죠!"

"응, 그러네."

그렇게 수룡함을 군항으로 입항시키자 커다란 환성이 나왔다.

그 자리에 있던 건 모두 세리메어를 따라 일어선 민중들이었기 때문이다.

밀리엄이 부하를 찾아 사정을 들었는데, 그들이 결사의 각오로 군항에 도착했을 무렵에 국왕군은 이미 괴멸적인 상황이었다고 한다. 반 이상이 대폭발과 그 폭발로 일어난 파도에 휩쓸려 목숨을 잃었고, 남은 병사도 공포와 혼란으로 전혀 통제가 되지 않았다고 한다.

거기에 민중이 단숨에 덤벼들어 병사들을 포박했는데, 그 앞에 말도 안 되는 것이 나타났다.

해국의 수호신라고도 불리는 수룡함과 수룡이 무참한 모습으로 항구에 밀려올라 왔고, 그 옆에 익숙한 얼굴의 남자가 정신을 잃고 쓰러져 있었던 것이다.

"그것이 망나니 오라버니였던 건가."

"넷, 그 말씀대로입니다!"

그 후 민중은 분노한 채로 수아레스를 묶어 이곳에 매달았다고 한다. 어째서 그런 짓을 했느냐면 돌을 쉽게 맞히기 위해서라고 했다.

우리가 활차에서 아래로 내렸을 때는 온몸이 돌팔매질로 멍투성이였고 얼굴도 몰라볼 만큼 부어올라 있었다. 뭐, 직접 본 적은 없었으니 밀리엄이 그렇게 한 말을 들었을 뿐이지만.

상당히 오만해 타인에게 사과한 적이 없다고도 들었는데, 구했을 때는 눈물을 흘리며 감사 인사를 했다. 수천 명에게 욕설을 들으며 돌을 줄기차게 맞은 시간이 수아레스라는 남자의 마음을 완전히 꺾어버린 듯했다.

"고, 고맙다아⋯⋯. 고맙다아!"

울면서 밀리엄에게 고개를 숙이고 있었다.

뭐랄까, 최종 보스가 전혀 모르는 곳에서 쓰러져 개심해버렸군.

그 검은 빔은 내가 쐈지만 실질적으로 내가 아니었고.

왠지 미묘하게 상쾌하지 않았다.

그럴 때 세리메어가 민중 앞에 나섰다. 그리고 천천히 입을 열었다.

"여러분──."

그 순간이었다.

민중의 웅성거림이 딱 그치고 정숙이 자리를 지배했다.

"왕은 쓰러졌습니다."

세리메어는 그렇게 말하며 밀리엄 앞으로 걸어갔다.

"이미 그에게 가담했던 자들도 밀리엄 장군과 다른 이들의 손에 배제됐습니다."

세리메어가 그렇게 말하고 밀리엄의 손을 잡아 칭찬하듯 그 손을 들어올렸다.

그러자 민중에게서 밀리엄에 대한 성원이 날아왔다.

여성들에게 인기가 많은 모양이군. 새된 성원도 많았다.

"또한 우리나라가 위기에 처하자 필리어스의 왕족들께서도 손을 빌려주셨습니다. 저의 목숨을 지킬 수 있던 것도 그분들 덕분입니다."

그 말 뒤에 헐트와 사티아가 우아하게 고개를 숙였다.

역시 왕족. 엄청나게 그럴듯하군.

민중에게서도 성대한 박수가 쏟아졌다.

이것으로 필리어스와 사이가 좋다는 소문도 퍼뜨릴 수 있을 테니 레이도스 왕국이 파고들 여지는 사라질 것이다.

"그리고——."

이번에는 그렇게 말하고 프란에게 다가왔다. 분명히 그 눈은 프란을 보고 있었다.

어? 혹시 이 흐름은——.

세리메어는 그대로 프란의 앞으로 와서 그 어깨를 가만히 안았다.

하지만 프란은 고개를 크게 가로저었다. 그리고 손으로 가위표를 만들었다.

"!"

"주목받는 건 싫어."

그 중얼거림을 들은 세리메어는 놀란 듯이 눈을 크게 떴다. 그녀처럼 어릴 때부터 사람에게 보이는 일에 익숙한 인간은 믿을 수 없는 일일지도 모른다.

하지만 세리메어는 프란의 말을 존중해줬다.

그대로 프란에게서 살며시 떨어졌다.

"그리고 우리나라의 전사들도 그 무용을 가지고 우리의 길을 열어주었습니다."

카라를 비롯한 전사단에서 승리의 함성이 나왔고, 그것을 들은 민중들에게서도 한층 큰 환성이 터져 나왔다.

『괜찮겠어? 내일부터 영웅이 됐을 텐데.』

'괜찮아. 친구를 도왔을 뿐이니까.'

『그래, 그렇구나.』

'응.'

프란에게는 친구가 우선이고 나라를 구한 건 거기에 속한 일인 모양이다.

으음, 프란답군.

"마지막으로── 가장 위대한 일을 한 사람들에게 제가 감사 인사를 드리겠습니다."

가장 위대? 누구지? 그런 목소리가 민중에게서 나왔다.

웅성거림은 잦아들지 않고 오히려 퍼져갔다.

하지만 세리메어는 자신의 말이 침투하기를 기다리듯 그대로 입을 닫고 있었다.

"누구지?"

"밀리엄 님 아냐?"

"하지만──."

그런 모습에 민중이 살짝 초조해하기 시작했다.

그때였다.

세리메어가 그 자리에서 깊숙이 고개를 숙였다. 양손을 무릎에 대고 허리를 계속 굽히고 있었다.

그 머리 앞에 있던 남성에게 전원의 시선이 모였지만 그는 당황한 모습으로 손을 흔들어 부정했다.

"이 감사는 가장 위대한 시드런 백성에게. 이 나라를 구하고 자신들의 힘으로 왕을 체포한 멋진 당신들에게 드립니다!"

고개를 든 세리메어가 그렇게 선언한 순간이었다.

땅울림처럼 우오오오오! 하는 환성이 솟아올랐다.

민중 누구나 주먹을 치켜들고 자신들의 승리를 서로 칭찬했다.

그 기쁨의 대소동은 잦아들 줄을 몰랐다.

그리고 누구나 시드런의 국가를 합창하기 시작했다.

활기찬 노래였다. 마치 해적들이 배에서 노래하는 듯한, 바다와 하늘과 동료에게 보내는 찬가.

이 자리에 있는 민중 누구나 웃으며 얼굴로 노래를 계속 불렀다.

세리메어도 밀리엄도 손뼉을 치고 있었다.

프란도 살짝 몸을 흔들며 온화한 얼굴로 노래를 듣고 있었다.

노래는 끝나기는커녕 주위로 퍼져나갔다.

어느새 항구뿐만이 아니라 주택가에서도 귀족가에서도 슬럼에서도. 온 나라에서 사람들의 노랫소리가 울려 퍼지기 시작했다.

누구나 어깨동무를 하고 기쁨의 소리를 높여 계속 노래했다.

그것은 마치 이 나라에 앞으로 찾아올 밝은 미래를 상징하는 것 같았다.

에필로그

하이 엘프 역사 연구가, 윌로 매그너스가 저술한 「해국기」에서 일부 발췌.

3627년 3월 29일

이날, 제1 왕녀와 그녀를 지지하는 민중에 의해 악정으로 백성을 괴롭히던 수아레스 왕이 타도되어 시드런 해국의 역사에 새로운 한 페이지가 새겨지게 됐다.

전쟁이라고 할 만한 커다란 싸움은 아니었을 것이다. 하루 만에 결말이 난 내란이다.

그래도 놀라운 것은 봉기부터 종전까지 시간이 짧은 점일 것이다. 하루라고 적었지만 실제로는 반나절 정도였다.

혁명군이 전투에 훨씬 뛰어났던 것일까? 아니, 조사해본 결과 그렇지는 않았다. 오히려 즉흥적인 행동도 많았고 애초에 결기한 계기가 우발적이었다.

그렇다면 수아레스 왕 측이 훨씬 한심했던 것일까? 여기에 관해서 고개를 끄덕이지 않을 수 없다.

혁명 당일, 왕을 지키기 위한 병사가 확연히 적었다. 이것이 혁명이 성공한 커다란 요인 중 하나였는데, 그 이유는 무엇이었을까? 실은 수아레스 왕이 부여한 무거운 세금 때문에 수많은 백성이 도망쳐고, 해적으로 전락한 자가 상당히 늘었다. 그 해적을 단속하기 위해 해병 대부분이 바빴다. 왕궁에는 소수의 전사단과 시드런 본섬의 수비병만이 남아 있었을 뿐이라고 한다.

그래도 병사 수천이 주둔하고 있었을 것이다. 하지만 그들은 봉기한 민중에게 변변한 저항도 하지 못하고 산산이 격퇴되고 말았다. 그만큼 약했던 것일까? 아니면 혁명군이 강했던 것일까?

결론부터 말하자면 병사들은 질 만해서 졌다고 말할 수밖에 없었다.

확실히 그 무장은 민병을 웃돌았을 것이다. 하지만 사기 면에서는 압도적으로 열세였다.

애초에 이때 국왕 측 병사들의 대다수는 권력자에게 붙어 단물을 빨아먹는 자이거나 핍박받는 쪽에 있을 바에야 병사로 있는 편이 났다는, 사기가 높다고는 할 수 없는 자들이 태반을 차지하고 있었던 것이다. 기개 있는 병사는 상관에게 거역해 옛날에 해고되거나 자신의 의사로 군을 떠났다. 오랜 부패 정치로 인해 병사의 단련도도 저하되어 기세등등한 혁명군을 상대로 싸울 수 있는 상태가 아니었다.

혁명군에게 대항하지 못하고 고작 하루 만에 왕궁이 함락된 것도 당연한 귀결이라고 할 수 있다.

조사를 좀 더 계속해보니 여러 가지 소문도 나왔다.

수아레스 왕의 횡포에 염증을 느껴 대부분의 모험가가 나라에서 떠난 상황인 가운데, 세리메어 왕녀에게 힘을 빌려준 모험가가 있었다는 이야기에서부터 왕성에서 빛기둥이 솟아 올랐다는 황당무계한 소문까지 다양했다. 그중에 세리메어 왕녀 측이 발신원으로 보이는 소문도 포함되어 있는 점을 미루어 특정 정보를 숨기려고 한 의도도 간파할 수 있었다. 혁명은 단순히 힘으로 시행된 것이 아니고 그 뒤에서 갖가지 암투가 있었다는 점도 시사하고 있다고 할 수 있다.

왕이 붙잡힌 후, 신속하게 세리메어 왕녀의 대관이 시행됐다. 그 자리에 필리어스 왕국의 왕족이 있었다는 사실도 있으니 레이도스 왕국과 적대하고 있는 그 나라의 개입이 있지 않았느냐는 억측도 할 수 있다. 하지만 단언할 수 없는 이상, 그것은 추측의 영역을 넘어서지 못했다.

그렇게 수수께끼가 많은 혁명 안에서 유일하게 확실한 것은 세리메어 왕녀의 대관을 수많은 국민이 환영하고 그 후 정권이 반석에 올라서는 데 한몫한 일일 것이다.

민중의 지지로 왕좌에 오른 세리메어 여왕은 백성 친화적 정치를 펼쳐서 전왕이 황폐화시킨 시드런 해국을 누구도 예상하지 못한 무시무시한 속도로 부흥시켜가게 된다.

백성에게 자비를 가지고 정치를 펼치고 그 은혜에 조금이라도 보답하고자 일하는 백성들.

부패한 군부나 관료는 세리메어 여왕의 심복으로 알려진 밀리엄 장군에게 배제되었고, 민중을 착취하기 위해 만들어진 갖가지 세금과 법은 철폐되어 갔다.

혁명 때 세리메어 여왕을 따른 빈민들은 그대로 병사로 채용돼 국가를 지키는 주축이 되어갔다.

시드런 해국의 오랜 역사 중에서도 가장 평온하고 가장 번영하고 가장 강했다고 일컬어지는 세리메어 여왕의 통치. 왕으로서 걸은 그 길은 이날 백성과 함께 기쁨을 나누었던 그 순간부터 시작된 것일지도 모른다.

"이제 곧 도착이다!"

"오오, 벌써?"

"그래, 수룡함의 속도라면 이 정도는 당연하다."

"역시 수룡함이로군."

"네. 정말 빠르네요."

시드런 해국에서 일어난 소동이 일단락된 이날. 우리는 밀리엄의 배에 타고 당초의 목적지였던 바르보라를 향해 여행을 떠나 있었다.

놀랍게도 무리를 하면 하루 만에 시드런에서 바르보라에 도착한다니, 굉장하다. 보통 배의 열 배 가까운 빠르기다.

설마 월연제에 늦지 않으리라고는 생각도 못 해서 헐트 왕자 남매도 감동한 모양이다.

"수룡함, 굉장해."

"그렇지? 그렇지?"

프란과 사람들의 말에 밀리엄이 자랑스럽게 가슴을 폈다.

그녀는 어제 세리메어에게 정식으로 수룡의 주인으로 임명됐다.

듣자하니 어릴 적부터 꿈이었다나. 수룡함의 함장이 얼마나 되고 싶었는지 어젯밤 프란이 잔뜩 들어서 자알 알고 있다. 밀리엄이 자기가 좋아하는 섬딸기를 약속대로 가져와서는 프란이 먹는 옆에서 수룡함 이야기를 끝도 없이 했다. 어지간히 기뻤나 보군. 그 이야기 속에서 글라디오에게 빼앗긴 이야기도 했으니 그것이 밀리엄과 글라디오의 인연이었을 것이다.

"그래그래, 나의! 나의 아큐스는 멋지구나!"

"크오오오."

"오, 착하다 착해. 귀여운 녀석!"

뭐, 수룡과 사이가 좋아서 부럽기 그지없습니다요.

"하지만 이로써 너희와도 이별인가……."

실은 프란은 시드런에서 기사가 되지 않겠느냐는 권유를 무척
받았다.

그 소식을 들은 헐트 왕자와 사티아 왕녀가 시드런에서만 작위
를 받으면 치사하다, 필리어스의 기사가 되지 않겠느냐고 강요해
서 어젯밤에는 대소동이 벌어졌다. 물론 프란이 남고 싶다고 하
면 나는 따를 생각이었다고? 하지만 프란은 모든 관직 이야기를
거절했다.

프란은 이번에 발더와 싸운 일로 힘을 보다 강하게 동경하게 된
모양이다.

"힘도 기술도 수련이 더 필요해. 우선 울무토 던전에 갈 거야."

그런 말을 했다. 프란에게 출사는 무리일 테니 정답이었다고
생각한다.

"또 올게."

"정말인가?"

"응."

"정말 그런 거겠지?"

"응. 친구한테 거짓말은 안 해."

프란에게 밀리엄도 친구인가 보다. 까딱하면 세리메어도 친구
로 인식할지도 모른다.

하지만 밀리엄은 처음 만났을 때처럼 신분의 차이를 들먹이며 화내지 않았다.

"친구인가……. 뭐, 그렇지. 친구지."

"응. 그러니까 꼭 또 올게."

"그래, 기다리마."

"응."

"어머나, 우리는 어떻게 되는 건가요?"

"친구."

"우후후. 기뻐요. 오라버니도 기뻐 보여요."

"뭣? 따, 딱히 기쁘지는——."

"이제 와서 뭘 부끄러워하는 건가요?"

"부끄러워하지 않아!"

"후후."

"푸하하하. 헐트 님도 사티아 님에게는 못 당하는군!"

그나저나 이번에는 친구가 잔뜩 생겼구나. 그 덕분에 인간으로서 굉장히 성장했다.

가능하면 앞으로도 이번 같은 만남이 많이 있으면 좋겠는데.

'스승.'

『왜?』

'바르보라, 기대되지?'

『그렇지. 큰 항구인가 봐. 분명 맛있는 것도 잔뜩 있을 거야.』

'응. 그리고 어떤 사람이 있을지 기대돼.'

『오, 제법인데. 하지만 그렇지. 만남이란 건 중요해.』

프란은 역시 성장했다. 음식이나 몬스터와의 만남을 기대한 적은 있어도 사람에게 흥미를 가지는 일은 없었기 때문이다. 역시 이 나라에 오기를 잘했다.

다만 사람에게 흥미를 가졌기에 이별이 보다 괴로워진 것도 확실했다.

어젯밤에는 침대에서 잠시 울었던 것을 나는 알고 있다.

하지만 이런 만남과 이별이 사람을 성장시키니 프란이 더욱더 다양한 사람과 접촉했으면 한다.

그리고 어젯밤이라고 하면, 내게는 또 하나의 큰일이 남아 있었다. 의문의 목소리에 대해 프란에게 설명을 해야 했던 것이다. 하지만 나도 그것이 누구인지는 알지 못한다.

물어봐도 대답해주지 않았다.

그래서 내 안에는 나 이외의 위험한 뭔가가 함께 봉인돼 있다는 것을 설명해 납득시켰다. 아니, 납득이랄까, 그것으로 넘어가 줬다는 편이 올바르려나.

그리고 앞으로도 나를 계속해서 사용할 것이냐고 물었다. 안에 뭔가 위험한 것이 봉인된 검이다. 그런 검을 안심하고 쓸 수 있을까? 나라면 사양이다. 하지만 그렇게 말한 순간 프란에게 얻어맞았다. 그것도 나의 늑대 의장이 약간 찌그러지고 때린 프란의 주먹에서 피가 날 정도의 세기로. 그리고 진지한 얼굴로 말했다.

"나는 스승을 믿어. 무슨 일이 있어도 스승을 떠나지 않아. 절대로."

『하지만…….』

"괜찮아.

『아니, 하지만……..』

"괜찮아. 다음에 스승이 이상해지면 내가 멈출게. 그러니까 스승을 멈출 수 있을 만큼 나를 단련시켜줘."

그렇게 말하고 프란은 나를 꼭 껴안아 줬다.

이래도 구차하게 떠들면 검의 체면이 떨어진다!

『알았어. 그럼 앞으로는 지금 이상으로 엄하게 갈게. 그러니까 앞으로도 잘 부탁해.』

"응! 괜찮아, 우리는 최고의 콤비. 분명 무슨 일이 있어도 괜찮을 거야."

그런 어젯밤 대화를 떠올리며 잠시 가만히 있는데 밀리엄의 목소리가 갑판에 울려 퍼졌다.

"바르보라가 보였다!"

"오오, 어디야?"

"정말인가?"

"벌써 도착했네요."

프란과 왕자 남매가 사이좋게 줄지어 서서 갑판 가장자리에서 밀리엄이 가리키는 쪽을 응시했다.

"저기다!"

밀리엄의 시선 끝에 있는 반도에 도시가 희미하게 보였다.

확실히 커 보였다. 저기가 바르보라가 틀림없을 것이다.

그럼 이번에는 어떤 모험이 기다리고 있을까.

『으음, 두근거리기 시작하는구나!』

'스승도?'

『프란도 그래?』

'응!'

역시 프란이 말한 대로 우리는 최고의 콤비일지도 몰라!

안녕하세요, 타나카 유라고 합니다.

처음 뵙는 분은 적을지도 모르겠습니다만, 혹시 계시다면 1, 2권도 꼭 읽어주셨으면 합니다.

오랜만에 뵙는 분들도 반년이 지났습니다.

기다리게 해서 죄송합니다.

다만 그만큼 이번에는 새로 쓴 부분이 상당히 많아서 인터넷 게재 버전을 보신 분이라도 신선한 기분으로 읽으실 수 있지 않을까 합니다.

매번 그렇습니다만, 역시 마지막에는 감사의 말을 올립니다.

3권 출판을 허락해주신 마이크로 매거진사(社)와 난산으로 고생하는 작가를 격려해주신 편집자 I 씨. 덕분에 어떻게든 마칠 수 있었습니다.

최고의 일러스트를 그려주신 llo 님. llo 님이 안 계시면 이 작품은 있을 수 없습니다!

그리고 출판과 집필에 관계되고 도움을 주신 모든 분들과 응원해주시는 독자 여러분.

정말 감사합니다.

만화화도 시작돼 더욱 확장되어가는 《전생했더니 검이었습니다》의 세계를 앞으로도 잘 부탁드립니다.

그러면 다음에는 4권에서 만나 뵙겠습니다.

마지막까지 읽어주셔서 감사합니다.